www.tredition.de

Why-Not

Dämonen
der Leidenschaft

© 2019 Why-Not
(why-not@gmx.com, http://why-not-stories.tk/)
Umschlag, Illustration: Paintix (paintix(at)gmx.de)

Verlag und Druck:
tredition GmbH, Halenreie 40-44, 22359 Hamburg

ISBN
Paperback: 978-3-7482-7714-9
e-Book: 978-3-7482-7715-6

Gefangen

Im Hotel

Was für ein Leben! Lächelnd schaute sie sich um. Nicht nur, dass sie ihren Traummann gefunden hatte, es musste auch noch der wichtigste Mann in der ganzen Stadt sein. Na gut, einer der beiden wichtigsten. Wobei sie sich nicht hätte vorstellen können, mit seinem Bruder zusammenzuleben. Irgendwie verursachte dieser ihr eine Gänsehaut, wenn sie ihm begegnete. Es schien ihn immer ein eiskalter Hauch zu umwehen. Ganz anders als bei ihrem Mann. Zwar hatte auch er die Aura eines Machtmenschen, aber er war ehrlich und berechenbar.

Wo blieb er bloß? Eigentlich sollte er schon längst hier sein. Sie hörte ein Poltern aus dem Nebenraum. Schnell lief sie hin. Ihr Mann taumelte herein und hielt sich die Brust. Bevor sie etwas sagen konnte, schüttelte er energisch den Kopf.

»Die Sonnenscheibe«, keuchte er, »er darf sie auf keinen Fall behalten.«

Seine Tunika färbte sich um seine Hand herum tiefrot, während sein Gesicht kaum noch Farbe hatte. Sie wollte ihm helfen, aber er wehrte sie mit der linken Hand ab.

»Was mit mir passiert, ist nicht wichtig«, fuhr er immer leiser fort, »aber du musst ihm die Sonnenscheibe abnehmen. Bring sie zum Wald am Stadtrand, dort, wo er am dunkelsten wird. Alles andere ist unwichtig. Versprich es!«

»Dein Bruder?«, fragte sie, obwohl sie die Antwort bereits kannte.

»Wer sonst! Versprich mir, dass du die Sonnenscheibe zum dunklen Waldstück bringst!«

»Ja, mein Geliebter, ich verspreche es.«

Ihre Stimme war fast so brüchig wie seine. Tränen standen in ihren Augen.

»Dann werden wir uns wiedersehen«, waren seine letzten Worte, bevor er zusammenbrach.

Sie stieß einen erstickten Schrei aus und nahm ihn in die Arme. Aber er war bereits tot. Sie schob seine erschlaffte Hand zur Seite und erblickte ein faustgroßes Loch in seiner Brust, direkt unterhalb des Brustkorbs. Einen Moment lang war sie wie erstarrt. Behutsam ließ sie den toten Körper ihres Mannes zu Boden gleiten.

Ihr Gesicht glich einer ausdruckslosen Maske, als sie sich erhob. Dann sah sie sich suchend um. Zielstrebig ging sie auf eine Kiste zu und entnahm ihr ein Obsidianmesser.

Schweißgebadet fuhr Anita hoch. Ihr Herz raste. Was war das für ein scheußlicher Traum gewesen? So einen realistischen Albtraum hatte sie noch nie gehabt. War ihr der Hamburger nicht bekommen, den sie nach ihrer Ankunft am Flughafen gegessen hatte?

Sie setzte sich auf die Bettkante und atmete ruhig durch. Ihre Hände zitterten leicht. Nur langsam beruhigte sie sich wieder. Fahrig tastete sie nach dem Schalter der Nachttischlampe. Als das schummrige Licht anging, ließ sie ihren Blick durch das Hotelzimmer schweifen. An der gegenüberliegenden Wand hing noch immer das kitschige Bild mit den bunt gekleideten Personen. Auch der Rest der eher schlichten Einrichtung war an seinem Platz. Alles war völlig in Ordnung. Allmählich hörten ihre Hände auf zu zittern. Sie hatte einfach nur einen blöden Traum gehabt.

Mit einem Ruck stand sie auf und ging zu dem kleinen Tisch, auf dem die Touristik-Prospekte lagen. Ob die Bilder der Landschaft und der Kunstgegenstände sie zu ihrem Traum inspiriert hatten? Einige Obsidianobjekte waren darunter, nicht aber das Messer aus ihrem Traum. Wenn sie morgen ihren ersten Ausflug machte, würde sie hoffentlich positivere Impressionen sammeln.

Langsam kehrte die Müdigkeit zurück. Ein wenig sträubte sie sich noch gegen das Einschlafen. Sie hatte Angst, der verrückte

Traum könnte weitergehen. Schließlich legte sie sich doch wieder in das Hotelbett. Denn morgen wollte sie ausgeschlafen sein.

Möglichst unauffällig schlich sie bei beginnender Dämmerung am Rande des großen Platzes entlang. Sie war nur noch wenige Schritte vom Hintereingang des Hauses entfernt. Niemand schien Notiz von ihr zu nehmen. Einen Moment später schlüpfte sie durch die Tür. Sie hörte bereits sein kaltes Lachen und spürte, wie sich ihre Eingeweide zusammenzogen. Wut und Angst hielten sich bei ihr die Waage. Vorsichtig schlich sie zur nächsten Tür und spähte kurz hinein. Er stand mit dem Rücken zu ihr und ließ sich in seine bunte Robe helfen. Sie sah das Lederband in seinem Nacken und wusste, dass daran die Sonnenscheibe hing, die er ihrem Geliebten abgenommen hatte. Am liebsten wäre sie schreiend mit dem Messer auf ihn zugelaufen, um ihn zu erstechen. Aber dann wäre der Überraschungseffekt verschenkt gewesen, und ohne diesen hätte sie gegen ihn keine Chance. Dann kam ihre Gelegenheit. Ein Diener ließ eine Schale mit Kräutern fallen und der Mörder ihres Mannes schrie ihn wütend an. Mehr Ablenkung durfte sie nicht erhoffen. So leise wie möglich näherte sie sich ihm, nahm das Messer in beide Hände und rammte es dort, wo das Lederband verlief, in sein Genick. Es gab ein hässliches Geräusch, als das Messer sich seinen Weg zwischen zwei Halswirbel bahnte. Zu ihrem Entsetzen brach er nicht sofort zusammen, sondern drehte sich noch mit dem Messer im Genick zu ihr um. Sein Gesicht war hasserfüllt, während er sie anstarrte. Sie fürchtete, dass er jeden Moment das Messer herausziehen und sie töten würde, wie er es mit ihrem Mann getan hatte. Der Gedanke an ihren Geliebten holte sie aus ihrer Erstarrung. Sie griff nach der Sonnenscheibe und zerrte mit aller Kraft daran. Das Lederband, das sie mit ihrem Messer angeschnitten haben musste, riss und gab die goldene Scheibe frei. So schnell sie konnte, flüchtete sie aus dem Haus. Hinter ihr erschollen erste Alarmrufe.

Rennend überquerte sie die große Straße und verschwand in einer der kleinen Gassen. Zunächst wechselte sie ziellos die Richtung. Schließlich erinnerte sie sich, wohin sie die Sonnenscheibe bringen sollte. Für einen

Moment lehnte sie sich an eine Hauswand und rang um Atem. Ihre Hand umklammerte die Sonnenscheibe, an der noch immer das Lederbändchen hing. Dessen Enden verknotete sie und hängte sich das Schmuckstück um den Hals. Sorgfältig steckte sie die Scheibe unter ihre Tunika, um sie vor neugierigen Blicken zu verbergen. Dann ging sie langsamer und zielstrebig zum Viertel der Obsidianschleifer, das am Fuße der zweiten, großen Pyramide lag. Von dort aus war der Wald bereits zu erkennen. Sie fragte sich, was sie mit der Sonnenscheibe machen sollte, wenn sie in dem dunklen Waldstück angekommen war. Zumindest würde sie versuchen, sie dort zu verstecken. Warum ihr Geliebter glaubte, dass sie dort sicher sei, war ihr allerdings nicht klar. Trotzdem würde sie genau das tun, was er von ihr verlangt hatte.

Sie war überrascht, dass sie überhaupt so weit gekommen war. Normalerweise konnte man sich weder ihrem Mann noch seinem Bruder unbemerkt nähern, geschweige denn, sie überrumpeln. Auch wusste sie nicht, warum sie das Messer genau auf diese Weise eingesetzt hatte. Es schauderte ihr bei dem Geräusch, das sie in Gedanken noch immer hörte. Aber offenbar hatte sie es genau richtig gemacht. ...

Erneut schrak Anita aus ihrem Bett hoch. Das durfte doch nicht wahr sein. Jetzt hatte sie doch tatsächlich den Albtraum von vorhin weitergeträumt! Wieder unglaublich realistisch. Sie erinnerte sich an das grässliche Geräusch, das das Messer verursacht hatte und an das Gewicht der Sonnenscheibe. Bei der Erinnerung lief es ihr kalt den Rücken herunter.

Plötzlich hatte sie ein Verdacht. Sie sprang förmlich aus dem Bett und begann, in ihrem Koffer zu wühlen. Triumphierend hielt sie ein Amulett hoch, das sie erst kürzlich zu Hause auf einem Flohmarkt erstanden hatte. Aus einer Laune heraus hatte sie es mit in den Urlaub genommen. Sie nahm es in die Hand. Es schien zwar aus Ton zu sein und war etwas größer, hatte aber ungefähr das Gewicht der Sonnenscheibe aus ihrem Traum.

»Du bist also die Inspiration für meinen Albtraum«, murmelte sie, während sie das Amulett anstarrte. »Und für so einen Mist zahle ich auch noch zwanzig Euro! Weißt du, was du mich mal kannst?«

Sie schleuderte es mit Schwung in den Papierkorb. Dann ging sie zurück in ihr Bett. Mit dem festen Vorsatz, jetzt einen angenehmen Traum – am besten von einem Traummann – zu haben, schloss sie die Augen und schlief ein.

Aus verschiedenen Richtungen kamen laute Rufe. Offenbar suchte man nach ihr. Sie musste sich beeilen, wenn sie ihre Aufgabe noch erfüllen wollte. Dass ihr danach die Flucht gelingen würde, bezweifelte sie. Aber wo sollte sie auch hin? Sie riss sich zusammen. Zunächst musste sie zum dunklen Waldstück. Über alles andere würde sie sich später Gedanken machen.

Als die Rufe näher kamen, verfiel sie in einen Dauerlauf. Sie durfte sich auf keinen Fall erwischen lassen. Nicht, bevor sie ihre Aufgabe erfüllt hatte.

Die letzten Häuser fielen hinter ihr zurück. Sie war jetzt auf freiem Feld und hatte noch eine längere Strecke bis zum Waldrand zurückzulegen. Den Rufen hinter sich entnahm sie, dass man sie entdeckt hatte. Trotz des schmerzhaften Stechens in ihren Lungen erhöhte sie das Tempo und schlug Haken, um nicht von einem Pfeil getroffen zu werden.

Sie hatte den Waldrand gerade erreicht, als sich doch noch ein Pfeil in ihre Hüfte bohrte. Für einen Schmerzensschrei fehlte ihr die Luft. Stolpernd rettete sie sich vor weiteren Pfeilen hinter die ersten Bäume. Ein pochender und brennender Schmerz drängte sich in ihre Wahrnehmung. Auch, wenn sie sich nicht die Zeit nahm, die Wunde anzuschauen, wusste sie doch, dass sie diese Verletzung nicht überleben würde. Mit der Kraft der Verzweiflung stolperte sie auf das dunkle Waldstück zu. Sie wurde dabei immer langsamer und ihre Verfolger kamen näher. Ob sie noch die Zeit haben würde, die Sonnenscheibe wirkungsvoll zu verstecken? Schließlich erreichte sie ihr Ziel und musste trotz ihrer Schmerzen lächeln.

Auf einem Baumstumpf saß ein grüner Vogel mit scharlachroter Brust. Ein heiliger Vogel, der ihrem Geliebten manche Schwanzfeder geschenkt hatte. Jetzt wusste sie, was sie zu tun hatte. Sie nahm die Sonnenscheibe aus ihrer Tunika und hielt sie dem Vogel entgegen. Der erhob sich von seinem Baumstumpf und ergriff die Scheibe mit seinen Krallen. Dann schraubte er sich langsam mit seiner Last immer weiter in die Höhe und stieß seinen typischen Ruf aus. Ungläubig sah sie, dass einige Pfeile auf den Vogel abgeschossen wurden. Hinter sich nahm sie Kampfgeräusche wahr. Als sie sicher war, dass der Vogel die Reichweite der Pfeile verlassen hatte, drehte sie sich um. Die Anhänger des Mörders ihres Mannes wurden von anderen Tempelwächtern attackiert, die den Frevel, auf den heiligen Vogel zu schießen, nicht ungesühnt lassen wollten. So, wie es aussah, würde es keine Sieger geben. Letztlich war es ihr egal. Sie hatte ihre Aufgabe erfüllt. Noch einmal hörte sie den Ruf des Vogels. Lächelnd brach sie zusammen. ...

Als Anita am nächsten Morgen aufwachte, fühlte sie sich wie gerädert. Ihr nächtlicher Wutanfall hatte offenbar nicht verhindert, dass sie diesen verrückten Traum bis zum Ende miterleben musste. Außerdem irritierte es sie, dass der Traum bei allen seltsamen Details realistisch und schlüssig war. Ganz anders als ein normaler Traum oder Albtraum. Zudem bauten alle drei Teile nahtlos aufeinander auf.

Nach dem dritten Teil des Traums, an den sie sich genauso detailliert erinnern konnte wie an die anderen, war der Spuk zu Ende gewesen. An weitere Träume in dieser Nacht konnte sie sich nicht erinnern. Hoffentlich war dieses seltsame Thema jetzt abgeschlossen. Und hoffentlich sah man ihr diese anstrengende Nacht nicht an. Sie ging ins Badezimmer und schaute in den Spiegel. Nein, sie sah aus wie immer. Sie hatte sogar das Gefühl, ihre leicht exotischen Gesichtszüge, die von den langen schwarzen Haaren unterstrichen wurden, würden heute noch besser zur Geltung kommen.

Wenn es schon nichts geholfen hatte, das Amulett wegzuwerfen, konnte sie es auch genauso gut wieder an sich nehmen. Sie fischte es aus dem Papierkorb und spülte es im Bad unter fließendem Wasser ab. An einer Seite hatte der Ton einen Sprung bekommen. Als sie dagegen klopfte, brach ein Stück ab. Allerdings schien es sich nur um eine äußere Schicht zu handeln. Neugierig entfernte Anita noch mehr von der tönernen Hülle. Darunter kam ein dunkles Metall zum Vorschein, an dem Anita sich die Hände schmutzig machte. Mit Duschgel und einer Bürste versuchte sie, sich und das Metall zu säubern. Verdutzt hielt sie inne. Unter dem Dreck kam ein gelblicher, warmer Glanz zum Vorschein. Das Medaillon schien aus Gold – zumindest aber aus Messing – zu bestehen. Je weiter sie die Scheibe säuberte, desto mehr glich sie der Sonnenscheibe aus ihrem Traum. Mit einem Durchmesser von etwa sieben Zentimetern war sie nicht besonders groß. Doch obwohl sie höchstens einen halben Zentimeter dick war, hatte sie ein erstaunliches Gewicht. Durch die deutlich dickere Tonumhüllung war ihr das bisher nicht aufgefallen. War die Scheibe tatsächlich aus Gold? Dann musste sie ein kleines Vermögen wert sein. Anita kniff sich in den Arm. Da es ihr wehtat, ohne dass sie aufwachte, war das jetzt wohl kein Traum mehr. So langsam wurde ihr die Angelegenheit unheimlich. Auf was war sie da gestoßen? Sie betrachtete die Scheibe genauer. In ihrem Traum war die Scheibe an einem Lederband um den Hals getragen worden, und nachdem sie die letzten Reste der Tonschicht entfernt hatte, erkannte sie genau die beiden Löcher zum Durchfädeln des Bands.

Teotihuacán

Unschlüssig drehte sie das Amulett mit den Fingern. Was sollte sie damit tun? Sie wollte schließlich nicht jede Nacht von diesen Albträumen heimgesucht werden. Dass ihre Träume von diesem Amulett ausgingen, stand für sie außer Zweifel. Einen

Moment lang dachte sie daran, es doch wieder wegzuwerfen. Allerdings fühlte sie sich gleichzeitig auf eine seltsame Weise zu der Sonnenscheibe hingezogen. Ihr war, als gäbe es eine tiefere Verbindung zwischen ihr und dem Gegenstand, auch wenn sie diese nicht näher benennen konnte. Vernünftig wäre es, das Amulett in das kleine Schließfach ihres Zimmers zu legen, wenn sie heute ihren Ausflug machte. Die Vorstellung, ihr Zimmer ohne diese Scheibe zu verlassen, machte sie jedoch unruhig.

»Na gut, dann kommst du eben mit. Und ich weiß auch schon, wie ich dich trage.«

Zufällig hatte sie einen Schmuckstein, der an einer Lederkette getragen wurde, mitgenommen. Sie brauchte nur die Anhänger auszutauschen. Allerdings passten weder die silberne Öse an dem einem Ende der Lederkette, noch der Federringverschluss am anderen durch die Löcher der Sonnenscheibe. Kurz entschlossen schnitt sie beide Enden mit einer Nagelschere ab, zog das Lederband durch die Öffnungen und verknotete es in ihrem Genick. Sicherheitshalber trug sie das Amulett unter ihrer Bluse. Sie wollte schließlich nicht riskieren, wegen dieses auffälligen Schmucks überfallen zu werden. Dann schnappte sie sich etwas Geld, legte ihre Papiere in das Schließfach und verließ das Zimmer.

Im Foyer des Hotels sammelte sich bereits die kleine Touristenschar, die den Ausflug zu den Ruinen von Teotihuacán mitmachen wollte. Anita gesellte sich zu ihnen.

»Entschuldigen Sie, aber sind Sie nicht die Schauspielerin aus den beiden Mumien-Filmen?«, fragte einer der Touristen.

»Fünfhundertsiebenundneunzig«, antwortete Anita resigniert.

»Wie bitte?«

»Sie sind der Fünfhundertsiebenundneunzigste, der mich danach fragt. Nein, ich bin nicht die Darstellerin der Anck-Su-Namun aus den Mumienfilmen. Wir sind auch nicht verwandt, obwohl wir zufällig den gleichen Nachnamen haben.«

»Tut mir leid, wenn ich Sie damit belästigt habe. Aber Sie sehen ihr wirklich zum Verwechseln ähnlich.«

»Schon okay. Wahrscheinlich sollte ich mich freuen, so hübsch wie diese Filmschauspielerin zu sein. Besser, als Mutter Beimer ähnlich zu sehen.«

»Wem?«

»Ach egal, vergessen Sie's.«

Im klimatisierten Bus verließen sie Mexiko-City. Die kleine Reisegesellschaft bestand überwiegend aus älteren Paaren und aus ein paar esoterisch angehauchten Spinnern, die etwas von den »Schwingungen der Vergangenheit« faselten.

Anita zog es vor, aus dem Fenster zu schauen und vor sich hin zu dösen, statt sich mit den anderen Fahrgästen zu unterhalten. Sie verlor dabei völlig das Gefühl für die Zeit. Nach einer Weile drehten sich ihre Gedanken wieder um den Traum, den sie letzte Nacht gehabt hatte. Die Erinnerungen daran waren immer noch erschreckend klar und detailliert. Sie fragte sich, was es mit diesem Traum wohl auf sich haben mochte. Ob das Amulett sich an seine Vergangenheit erinnerte und sie teilhaben ließ? Sie lächelte. Solche Gedanken wären eher etwas für die esoterischen Mitfahrer, die nun über die »Magie des untergegangenen Volkes« spekulierten, das einst in den Ruinen von Teotihuacán gelebt hatte.

Inzwischen hatte der Bus einen großen Parkplatz erreicht, auf dem zahllose weitere Reisebusse standen. Das würde wohl ein ziemlicher Rummel werden, wenn all die Touristen aus den anderen Bussen bereits in den Ruinen herumliefen. Wieso war sie überhaupt hierher gekommen? Klar, untergegangene Kulturen hatten schon einen gewissen Reiz, insbesondere, wenn sie so mysteriös waren, wie die hiesige. Tatsächlich wusste man so gut wie nichts über die Bewohner, die die beiden großen Pyramiden und die Tempelanlagen erbaut hatten. Selbst die Azteken hatten diesen Ort erst entdeckt, als er bereits verlassen war. Von ihnen hatte er auch seinen Namen bekommen: Teotihuacán – »der Ort, an dem Menschen Götter wurden«. Zumindest stand es so in ihrem Reiseführer. Der ursprüngliche Name der Stadt war ebenso verschwunden, wie seine Bewohner.

Bevor Anita und die anderen Touristen aus ihrem Bus einen Blick auf die Ruinen werfen konnten, mussten sie erst einmal eine ganze Ansammlung provisorischer Hütten und Verkaufsstände passieren, die Andenken, billigen Schmuck und sonstigen Ramsch anboten. Auf einem Tisch sah Anita sogar eine Schneekugel mit dem Eiffelturm stehen. Als sie sich grinsend abwandte, wurde sie von einer älteren Frau angerempelt.

»Du hättest nicht herkommen sollen«, raunte sie Anita zu. »Schon gar nicht mit der Sonnenscheibe. Hüte dich, er ist hier.«

Verblüfft drehte Anita sich zu der Frau um, die weitergegangen war. In den Touristenströmen zwischen den Verkaufsständen konnte sie sie jedoch nicht mehr entdecken. Hatte sie sich diese Begegnung nur eingebildet?

Reflexartig fasste sie sich ans Amulett. Es war noch immer unter ihrer Bluse verborgen. Als sie versuchte, die Worte der Frau leise zu wiederholen, erlebte sie die nächste Überraschung. Die Frau hatte in einer Sprache gesprochen, die sie noch nie gehört hatte. Trotzdem hatte Anita jedes Wort verstanden und konnte es auch wiederholen. Sie spürte das heftige Schlagen ihres Herzens. War sie etwa noch immer in einem Albtraum gefangen? Alles andere um sie herum war jedoch normal.

Mit größter Willensanstrengung riss sie sich von diesen Gedanken los und folgte der Menschenmenge zu den Ruinen. Bisher hatte sie nur wenige Bilder der großen Pyramiden gesehen. Als sie endlich in ihrem Blickfeld auftauchten, bekam sie plötzlich einen Schock, als hätte ihr jemand Eiswasser über den Kopf geschüttet. Genau hier hatte die Handlung ihres Traums stattgefunden!

Wie in Trance lief sie die Strecke ab, die sie auch im Traum zurückgelegt hatte. Natürlich gab es viele der Gebäude aus ihrem

Traum nicht mehr. Oder es war nur noch der Grundriss der Mauern erkennbar. Aber es bestand für sie nicht die Spur eines Zweifels, dass die Handlung genau hier stattgefunden hatte. Vielleicht sollte sie sich doch einmal mit den Esoterikern aus ihrem Reisebus unterhalten. Womöglich hatten die eine einigermaßen sinnvolle Erklärung dafür, was ihr gerade widerfuhr. Unwirsch schüttelte sie den Kopf. Nein, die ganz bestimmt nicht.

Benommen lief sie einer Gruppe von Touristen nach, die die sogenannte Sonnenpyramide aus der Nähe anschauen wollten. Ihr kam der Gedanke, dass es Quatsch war, dieses Bauwerk Sonnenpyramide zu nennen, auch wenn ihr kein vernünftiger Grund dafür einfiel. Für sie hatte dieses uralte Bauwerk eine dunkle, bedrohliche Ausstrahlung. Je näher sie der Pyramide kam, desto stärker verkrampfte sie sich. Schließlich blieb sie unschlüssig stehen.

Ein stechender Schmerz im Bein riss sie aus ihren Gedanken und ließ sie stürzen.

»Haben Sie sich wehgetan? Tut mir leid, aber Sie sind so plötzlich stehen geblieben ...«

Verwirrt schaute Anita den Mann an, der sie auf Englisch mit spanischem Akzent angesprochen hatte.

Er war groß und kräftig, ein Berg von einem Mann. In seiner linken Hand hielt er einen schweren Metallkoffer. Zumindest nahm Anita an, dass er schwer sein musste, denn er war die Ursache ihres Schmerzes. Sie versuchte aufzustehen, gab dies jedoch gleich wieder mit einem Stöhnen auf. Sie konnte das Bein nicht belasten.

»Haben Sie sich etwas getan?«

Bevor sie etwas entgegnen konnte, griff der Hüne nach ihrem verletzten Bein. Sie ärgerte sich darüber und über seine Fragen, ob sie sich etwas getan habe. Schließlich hatte er ihr etwas getan, nämlich ihr seinen Koffer ans Bein gerammt.

»Au!«, entfuhr es ihr, als er das Bein abtastete. »Wollen Sie es mir auch noch brechen?«

Es ärgerte sie, dass er bestimmte, was geschah, während sie nur hilflos auf dem Boden saß.

»Nun stellen Sie sich nicht so an. Es ist nur geprellt. Mehr als einen blauen Fleck gibt das nicht. Am besten kommen Sie mit zum Lager. Da haben wir eine Salbe gegen Prellungen und etwas Eis zum Kühlen.«

Wieder fühlte sie sich bevormundet. Er behandelte sie wie eine unreife Göre. Allerdings war der Vorschlag vernünftig. Sie konnte schließlich nicht einfach auf dem Boden sitzen bleiben.

»Von welchem Lager reden Sie überhaupt? Und wie soll ich da hinkommen?«

Anita wollte zumindest wieder etwas die Kontrolle zurückbekommen und ihn außerdem ihre Verärgerung spüren lassen. Ihren aggressiven Ton schien er jedoch gar nicht zu bemerken.

»Auf der Rückseite der großen Pyramide ist ein archäologisches Forschungsteam mit der Untersuchung der Höhlen beschäftigt, die es dort gibt. Kommen Sie, ich helfe Ihnen auf und stütze Sie. Dann wird es schon gehen.«

Sie stellte sich absichtlich etwas ungeschickter an und hängte sich mit mehr Gewicht an seine Schulter, als es wegen des schmerzenden Beins nötig gewesen wäre. Er schien allerdings gar nichts von ihrem Gewicht zu spüren.

Ein Mann unbestimmbaren Alters mit John-Lennon-Brille kam auf sie zu.

»Hey, Juan, da bist du ja endlich. Wen hast du denn da im Schlepptau?«

»Die Touristin hat sich ihr Bein an dem Koffer gestoßen und braucht jetzt etwas Salbe und einen Eisbeutel. Können Sie sich darum kümmern, Professor?«

Während Anita wütend darüber wurde, dass dieser Koloss ihr erneut die Schuld an dem Unfall gab, lachte der Professor kurz auf.

»Läufst du wieder alles platt, was sich dir in den Weg stellt? Bring' sie hier ins Zelt. Ich mache dann den Rest.«

Nachdem er Anita auf einer Pritsche abgesetzt hatte, verließ Juan das Zelt wieder. Der Professor holte einen Erste-Hilfe-Kasten aus einer Truhe und kam auf Anita zu.

»Vielleicht sollte ich mich erst einmal vorstellen: Mein Name ist Raoul Montoya, und ich leite diese kleine Expedition. Und wer sind Sie?«

»Anita Velasquez. Ich bin, wie ihr Mitarbeiter schon richtig vermutete, als Touristin hier.«

Er antwortete etwas auf Spanisch, was Anita nicht verstand.

»Tut mir leid«, antwortete sie auf Englisch, »aber ich spreche nur ein paar Worte Spanisch. Meine Großeltern stammten zwar aus Mexiko, aber ich bin in Deutschland geboren und aufgewachsen.«

»Da muss ich mich wohl entschuldigen. Bei Ihrem Namen hatte ich einfach vorausgesetzt, dass Sie Spanisch sprechen.«

Zu ihrer Überraschung hatte er die letzten beiden Sätze in akzentfreiem Deutsch gesprochen.

»Ich komme viel herum«, beantwortete er ihre unausgesprochene Frage, »und spreche einige Sprachen. Lassen Sie mich jetzt mal Ihr Bein ansehen. Ich bin zwar kein Arzt, habe aber eine Sanitäterausbildung. Archäologische Expeditionen sind nicht immer so nahe an der Zivilisation, wie hier in Teotihuacán.«

Anita schob vorsichtig ihr Hosenbein nach oben. Der Unterschenkel, an dem sie der Koffer getroffen hatte, schillerte bereits in gelbgrünen Farben.

»Na das wird ja höchste Zeit«, murmelte Professor Montoya, »wenn nicht der ganze Unterschenkel anschwellen soll.«

Er verteilte großzügig eine kühlende Salbe auf der Prellung.

»Ich hole Ihnen noch einen Eisbeutel«, sagte er und verließ das Zelt.

Anita schaute auf die Uhr. Sie hatte noch vier Stunden Zeit, bevor ihr Bus wieder nach Mexiko-City zurückfuhr. Die Schmerzen ließen bereits nach. In einer Stunde sollte sie in der Lage sein, die Ruinen noch weiter zu besichtigen, bevor sie zum Parkplatz zurückschlenderte. Solange würde sie sich hier ausruhen. Sie fühlte sich erschöpft. Ob das an dem schmerzenden Bein lag? Oder machte die Salbe sie etwa schläfrig? Wann kam endlich dieser Professor Montoya mit dem Eisbeutel?

Während sie an den Professor dachte, lief es ihr kalt den Rücken herunter. Er war nett und hilfsbereit gewesen, aber irgendetwas an ihm irritierte sie, auch wenn sie nicht genau bestimmen konnte, was es war. Wahrscheinlich war sie einfach erschöpft und sah Gespenster. Das war ja auch kein Wunder, wenn sie sich an ihre Albträume der letzten Nacht erinnerte. Nicht nur, dass sie deshalb schlecht geschlafen hatte. Die Träume und diese Ruinen ergaben eine gespenstische Mischung. Die alte Frau fiel ihr wieder ein. Was hatte sie noch gesagt?

»Du hättest nicht herkommen sollen«, zitierte sie die alte Frau leise und benutzte dabei unbewusst die fremde und doch vertraute Sprache.

»Was sagten Sie gerade?«

Anita zuckte zusammen. Professor Montoya stand am Zelteingang und beobachtete sie, wie eine Mikrobe unter dem Mikroskop.

»Haben Sie mich aber erschreckt. Ich habe Sie gar nicht kommen hören.«

»Hier ist Ihr Eisbeutel.«

In der Hand hatte er einen Plastikbeutel, der mit leicht ange-
tauten Eiswürfeln gefüllt war. Bevor sie etwas sagen konnte, legte
er ihr den Beutel auf die Prellung.

»Sie sagten gerade etwas in einer seltsamen Sprache. Das
weckt natürlich sofort meine wissenschaftliche Neugier. Was war
das denn?«

»Keine Ahnung. Eine Frau sagte das zu mir, als ich durch die
Andenkenbuden schlenderte. Ich weiß auch nicht, was diese
Worte bedeuten«, log sie. »Kennen Sie diese Sprache?«

»Nein, ich habe sie noch nie gehört.«

Anita war sicher, dass seine Antwort genauso wenig der Wahrheit entsprach wie ihre. Es wäre wohl besser, wenn sie dieses Lager verließ, sobald ihr Bein das ermöglichte.

»Ruhen Sie sich einfach etwas aus. Ich schaue nachher noch
einmal nach Ihnen.«

»Ja, danke, das mache ich.«

Sie wartete, bis er das Zelt verlassen hatte. Dann versuchte sie,
ihr Bein zu belasten. Es mochte undankbar sein, aber sie wollte
sich wieder unter die Touristen mischen, bevor er zurückkam. Ein
heftiger Schmerz im Bein ließ sie ihr Vorhaben noch etwas verschieben.

Sie schaute auf die Uhr. In einer Viertelstunde spätestens
würde sie es wieder versuchen. Notfalls musste sie die Strecke
zum Bus unter Schmerzen zurücklegen. Für einen Moment legte
sie ihren Oberkörper auf die Liege.

Dann war sie eingeschlafen.

Zorn eines Gottes

Einen Moment lang wusste sie nicht, wo sie war. Sie fühlte
sich, als sei eine Dampfwalze über sie gefahren. Mit einem Ruck
richtete sie sich auf. Die Liege unter ihr ächzte. schlagartig kam

ihre Erinnerung zurück. Das Eis im Plastikbeutel an ihrem Bein hatte sich in lauwarmes Wasser verwandelt. Sie musste eingeschlafen sein. Wie spät war es? Ihre Uhr zeigte kurz nach sieben an. So ein Mist. Dann war ihr Bus bereits seit zwei Stunden weg. Wie sollte sie jetzt zu ihrem Hotel zurückkommen? Natürlich könnte sie Professor Montoya fragen, ob er eine Mitfahrgelegenheit für sie hätte. Nur war er ihr unheimlich. Vorsichtig stand sie auf. Ihr geprelltes Bein schien wieder belastbar zu sein, auch wenn sie noch einen pulsierenden Schmerz spürte. Leise näherte sie sich dem Ausgang des Zeltes und spähte nach draußen. Die Dämmerung hatte bereits begonnen.

»Kommen Sie doch heraus, meine Liebe. Die Luft ist angenehm und auch noch gar nicht kühl.«

Anita seufzte und trat nach draußen.

»Schön, dass Sie wieder bei Kräften sind.«

»Warum haben Sie mich nicht geweckt? Jetzt habe ich meinen Bus verpasst.«

»Das macht nichts. Ich kümmere mich schon darum, dass Sie nach Hause kommen.«

Seine Betonung von ›nach Hause‹ klang irgendwie falsch. Aber da stimmte noch etwas anderes nicht. Sie wusste nicht genau, was es war, aber sie spürte es deutlich. Es war, als müsste es ihr jeden Moment einfallen. Und doch konnte sie es gerade nicht bewusst fassen.

»Wir werden gleich die größte der Höhlen unterhalb der Pyramide untersuchen. Wollen Sie uns nicht begleiten? Das ist eine touristische Attraktion, die normale Besucher nicht zu sehen bekommen.«

»Nein, vielen Dank. Höhlen sind mir irgendwie unheimlich. Ich bleibe lieber hier oben. Aber lassen Sie sich durch mich nicht aufhalten.«

»Oh, ich bestehe darauf, meine Liebe. Ich bestehe darauf.«

»Juan, du kümmerst dich darum, dass unser Gast uns in die Höhle begleitet.«

»Klar, Boss.«

Schlagartig wurde Anita klar, was vorher nicht gestimmt hatte. Dieser Professor, oder was auch immer er war, hatte mit ihr in dieser unbekannten Sprache geredet. Erst, als er Juan ansprach, wechselte er ins Englische. Er kannte die Sprache also doch und konnte sie sprechen. Nun wusste er, dass sie sie ebenso beherrschte. Ein eisiger Hauch wehte sie an. Doch noch bevor sie sich entschließen konnte wegzurennen, hatte Juan ihren Arm gepackt. Er drückte nicht fest zu, trotzdem konnte sie sich nicht einmal ansatzweise aus seinem Griff befreien.

»Was wollen Sie von mir? Was haben Sie mit mir vor?«

»Geduld, junge Dame, Geduld. Sie werden schon noch alles erfahren ... falls Sie sich nicht vorher von alleine daran erinnern.«

»Ich nehme an, es war kein Zufall, dass Juan mir den Koffer ans Bein gerammt hat.«

»Juan, hast du das etwa absichtlich getan?«, fragte Montoya mit gespielter Entrüstung.

»Aber nein, Boss, so was würde ich nie tun«, antwortete Juan lachend und zog Anita zum Einstieg in die Höhle.

Ein weiterer Mann gesellte sich zu ihnen. Er hatte mehrere Lampen dabei. Eine reichte er Montoya, eine weitere Juan. Dieser dritte Mann erinnerte Anita an ein Frettchen. Sein Gesicht sah irgendwie spitz und lauernd aus. Die Augen wirkten wie seelenlose schwarze Knöpfe.

Die Lampen, die ein grell weißes Licht verströmten, wurden von den Männern wie Fackeln getragen. Wie in einer gespenstischen Prozession folgten die Vier den Windungen der Höhle und kamen dabei immer tiefer nach unten. Montoya ging voraus und wandte sich bei jeder Abzweigung zielsicher einem der Gänge zu. Selbst wenn Anita fliehen könnte, würde sie wahrscheinlich eher verhungern, als den Ausgang des riesigen unterirdischen Labyrinths zu finden. Resigniert ließ sie den Gedanken an eine Flucht fallen.

Die Luft wurde allmählich kühl und feucht. Mehrere Male kamen sie an Abzweigungen, die Anita zuerst gar nicht als solche erkannte. Erst, als sie unmittelbar vor dem neuen Gang standen, nahm sie ihn überhaupt wahr. Wer sich hier unten nicht auskannte, würde viele Gänge übersehen. Und wer verloren ginge, würde nie gefunden werden. Inzwischen war nicht mehr nur die kalte, feuchte Luft für Anitas Gänsehaut verantwortlich.

Plötzlich standen sie vor einer Gittertür aus massivem Stahl, die offenbar erst kürzlich hier eingebaut worden war. Die Verankerung der Tür im Gang hob sich farblich von der tristen Umgebung ab. Montoya öffnete das hochmoderne Schloss mit einem flachen, langen Schlüssel, den er im Schloss stecken ließ.

»Hereinspaziert in mein bescheidenes Verlies«, sagte er lachend und machte eine einladende Geste.

Wollte er sie etwa hier unten einsperren? Anitas Magen verkrampfte sich. Montoya blieb allerdings nicht draußen stehen, sondern betrat ebenfalls den abgesicherten Gang, der nach einem Knick in einem etwa 30 Quadratmeter großen Raum endete. Ein undefinierbarer Geruch hing in der Luft. Eine Wand war glatt poliert und schien eine große Tür zu beherbergen. Sie hatte einen eingelassenen Griff und oberhalb, statt eines Schlüssellochs, einen schmalen Schlitz, der Anita an den Münzeinwurf eines Parkautomaten erinnerte.

Juan hatte sie losgelassen, während Montoya lächelnd auf sie zukam.

»Jetzt kommt dein Einsatz, Schätzchen.«

Sie schaute ihn nur verständnislos an.

»Mach schon, gib mir die Sonnenscheibe.«

»Ich weiß nicht, wovon Sie reden.«

»Ach ja?«

Montoya kam auf sie zu, während sie zurückwich. Juan packte sie von hinten an beiden Armen. Sie versuchte, dem immer näher kommenden Montoya in den Unterleib zu treten, doch der wich aus und lachte nur.

»Temperament hat sie also. Um so besser.«

Dann stand er so dicht vor ihr, dass sie weder ausweichen noch treten konnte.

»Du möchtest mir die Scheibe also nicht geben? Macht nichts. Dann nehme ich sie mir halt selbst.«

Mit einer Hand holte er ein Messer aus seiner Hosentasche und öffnete es. Dann schnitt er ihre Bluse vom Ausschnitt nach unten auf. Beiläufig schob er das Amulett zur Seite, das jetzt frei zugänglich vor ihrer Brust baumelte, und durchtrennte auch die vordere Verbindung ihres BHs. Routiniert schloss er das Messer wieder mit einer Hand und steckte es weg. Beide Hände umschlossen ihre Brüste.

»Nicht schlecht. Aber im Moment interessiert mich etwas anderes doch stärker.«

Er ließ ihre Brüste los und nahm ihr mit einem triumphierenden Grinsen das Amulett ab. Als er mit seiner Trophäe zu der eingelassenen Tür gehen wollte, meldete sich der dritte Mann zu Wort.

»Gib mir die Goldscheibe!«

Das Frettchen hatte eine großkalibrige Pistole auf Montoya gerichtet. Dieser drehte sich um und schaute ungläubig auf den Angreifer.

»Soll das ein Witz sein?«

»Keine Tricks. Gib mir die Münze, sonst schieß ich dich in Stücke, du aufgeblasener Idiot.«

»Du wirst gleich sehen, wer hier der Idiot ist. Glaubst du etwa, du könntest dich mit einem Gott anlegen?«

Das Frettchen lachte humorlos.

»Mich beeindruckst du nicht mit deinen Sprüchen. Aber wir können ja mal sehen, ob du ein kugelsicherer oder ein sterblicher Gott bist.«

Er schoss auf Montoya, der blitzschnell zur Seite sprang. Trotzdem durchschlug die Kugel seine linke Schulter, bevor sie als Querschläger jaulend von der dahinterliegenden Wand abprallte.

Unbeeindruckt von dem Treffer sprang Montoya den Angreifer an, drehte mit der linken Hand dessen Waffe zur Seite und rammte ihm die rechte Faust mit unvorstellbarer Wucht direkt unterhalb des Brustbeins in den Körper. Dann riss er dem Mann dessen noch schlagendes Herz aus der Brust und hielt es triumphierend nach oben. Im Gesicht des Mannes zeigte sich grenzenloses Entsetzen, bevor er zuckend zusammenbrach. Das Blut des immer noch schlagenden Herzens lief an Montoyas rechtem Arm nach unten.

»Ich glaube, jetzt weiß er, warum man sich nicht mit Göttern anlegen sollte«, lachte er und ließ das Herz achtlos fallen.

Anita, die vor Entsetzen einen Moment lang nicht atmen konnte, starrte auf das Loch in der Brust des Getöteten. Sie erinnerte sich an den ersten ihrer Albträume. Und mit einem Mal war sie sicher, dass sie denjenigen vor sich hatte, dem sie im Traum das Messer ins Genick gerammt hatte. Einen Sinn ergab das Ganze für sie zwar noch immer nicht, aber zumindest schloss sich allmählich der Kreis. Das war der Mann, der auf keinen Fall die Sonnenscheibe bekommen durfte. Und nun hatte er sie.

Montoya bückte sich und hob das Amulett auf, das er im Kampf fallen gelassen hatte. Dann ging er zu der Tür und schob die Sonnenscheibe in den Münzeinwurf. Zumindest versuchte er es. Die Scheibe war für den Schlitz allerdings zu groß und zu breit.

»Das gibt es doch nicht!«, regte er sich auf. »Ich weiß genau, dass das die richtige Scheibe ist.«

Wütend versuchte er, die Sonnenscheibe mit Gewalt in den Einwurfschlitz zu drücken, aber es hatte keinen Sinn. Die Scheibe war einfach zu groß und zu dick für die Öffnung. Nach einer Weile schlug er wütend gegen die Tür und drehte sich um. Dann ging er entschlossen auf Anita zu.

»Raus mit der Sprache: Was mache ich falsch? Antworte. Oder soll ich dir auch das Herz herausreißen?«

Anita starrte ihn nur entsetzt an. Sie war sich nicht sicher, ob sie das Geheimnis gewahrt hätte. Montoyas Worte hatten eine überraschend starke Wirkung auf sie. Da sie das Geheimnis jedoch selbst nicht kannte, konnte sie gar nichts verraten. Plötzlich entspannten sich seine Gesichtszüge wieder.

»Nein, du weißt es auch nicht. Na gut, dann muss ich mir eben noch etwas mehr Zeit nehmen, um den Trick herauszubekommen. Aber was ist schon Zeit.«

Er verließ den Raum.

»Juan, bring sie nach oben und schaff sie in den Wagen. Und die Leiche des Idioten wirf in die Grube im anderen Gang. Du weißt schon, wo.«

Nachdem Juan sie wieder durch das Labyrinth der unterirdischen Gänge nach oben geschoben hatte, zerrte er sie in einen großen, fensterlosen Lieferwagen und fesselte sie so streng, dass sie sich nicht mehr rühren konnte. Anschließend schob er ihr eine Atemmaske über das Gesicht und fixierte sie mit Gummibändern an ihrem Kopf. Für einen Moment bekam sie keine Luft. Panik ergriff sie. Dann hörte sie ein Zischen und konnte wieder atmen. Sie wurde in eine gepolsterte Kiste gehoben, deren Deckel lautstark verriegelt wurde. Danach war es stockdunkel und sie hörte nichts mehr außer ihrem eigenen Atem und dem pochenden Herzschlag.

Ihre Gedanken überschlugen sich. Irgendeinen Sinn musste das Ganze doch ergeben. Erkennen konnte sie diesen allerdings nicht. War sie noch immer in ihrem Albtraum gefangen? Aber aus einem Albtraum, von dem man weiß, dass man ihn träumt, sollte man doch erwachen können. Und doch passten Traum und Realität auf eine verrückte Weise genau zusammen.

An den Erschütterungen spürte sie, wie der Wagen losfuhr. Anfangs versuchte sie, die Schlaglöcher zu zählen, um irgendeine Art von Zeitgefühl zu behalten. Bei 317 gab sie es auf. Wie lange sie die Pressluftflasche wohl mit Atemluft versorgen würde? Beim Tauchen hing es von der Tiefe ab. Aber es gab unterschiedliche Flaschengrößen, und sie wusste nicht, ob ihre Atemmaske an eine eher große oder kleine angeschlossen war. Würde sie ersticken, wenn man sie nicht rechtzeitig befreite? Wahrscheinlich. War Ersticken der bessere oder der schlimmere Fall? Sie hatte keine Ahnung, was mit ihr geschehen würde. Dass dieser Montoya sie so schnell nicht wieder freilassen würde, stand für sie allerdings außer Frage. Würde er sie umbringen? Foltern? Oder sie als Sklavin zu seinem Vergnügen halten? Letzteres war zwar eine ihrer geheimen Fantasien, aber nicht bei so einem Widerling wie Montoya. Das war eher ein romantischer Tagtraum, zu dem auch ein Traummann gehörte.

Sie hatte das Gefühl, sich beinahe an Montoyas richtigen Namen zu erinnern. Aber eben nur beinahe. Wobei es auch keinen Unterschied machte. Ihre Gedanken drehten sich nutzlos im Kreis. Sie war in seiner Gewalt. Und sie konnte nichts dagegen tun.

Kerker und Flucht

Bei aller Aufregung sorgte das Fehlen jeglicher Sinneseindrücke bei Anita mit der Zeit für einen widerwilligen Fatalismus. Gelegentlich wurde sie an die eine oder andere Seite der Kiste gedrückt, wahrscheinlich beim Durchfahren von Kurven. Manchmal schien der Wagen durch Schlaglöcher zu fahren. Insgesamt verursachten die allgegenwärtigen, dumpfen Vibrationen bei ihr einen gedankenlosen Dämmerzustand. Sie verlor jedes Zeitgefühl. Schließlich schlief sie ein.

Sie wachte auf, als sie keine Luft mehr bekam. Von einem Moment auf den anderen war die Panik wieder da, die sie bereits beim Anlegen der Maske durchlebt hatte. War die Pressluftflasche zu früh leergeworden? Absichtlich ließ man sie sicher nicht ersticken. Das hätte man einfacher haben können. Da sie sich noch immer nicht bewegen konnte, gab es für sie auch keine Möglichkeit, gegen die Kiste zu treten, um auf sich aufmerksam zu machen. Zum Schreien fehlte ihr bereits die Luft, wobei die Atemmaske Geräusche ohnehin nur sehr gedämpft nach außen durchgelassen hätte. Sie spürte, wie ihr das Blut in den Kopf schoss, während ihre Lunge vergeblich nach Luft rang und schmerzte.

Der Deckel der Kiste öffnete sich und die Atemmaske wurde ihr abgenommen. Gierig sog sie die Luft ein. Juan grinste sie an. Offenbar hatte er ihr absichtlich zuerst die Luft abgedreht, bevor er sie aus der Kiste holte. So ein Arschloch! Er und Montoya schienen jedenfalls gut zusammenzupassen. Wie eine Spielzeugpuppe hob er sie ohne erkennbare Anstrengung aus der Kiste heraus. Die Fesseln wurden ihr nicht abgenommen. Juan trug sie aus dem Wagen. Unbewusst registrierte sie, dass es nicht mehr derselbe Wagen war, in dem ihre Fahrt begonnen hatte. Sie überlegte, ob sie um Hilfe schreien sollte, hatte aber Angst, dann gleich wieder die Atemmaske aufgesetzt zu bekommen.

Juan trug sie über einen Innenhof. Der Morgen dämmerte bereits. Ihr schienen einige Stunden zu fehlen. Es ging eine Treppe hinab in einen Keller, in dem sie immer wieder dicke Stahltüren passierten. Schließlich gelangten sie in einen Raum, der in der Mitte noch einmal durch eine Gittertür aufgeteilt war. Hinter dieser Tür wurde sie von Juan einfach auf einer Pritsche abgelegt.

Dann verließ er den Raum, wobei er sowohl die Gittertür, als auch die Stahltür, die in den Raum führte, geräuschvoll abschloss.

Soweit ihre Fesselung das zuließ, schaute sich Anita in der Zelle um, denn nichts anderes war dieser Raum. Ein Fenster gab es nicht, nur ein Gitter mit einem sich langsam drehenden Ventilator dahinter. Dieses befand sich gegenüber der Gittertür in etwa 2 m Höhe und maß höchstens 30 x 30 cm. Eine Fluchtmöglichkeit war das jedenfalls nicht. Neben der Liege, von der aus sie die Zelle betrachtete, gab es noch eine stählerne Toilette und ein ebensolches Waschbecken. Außerdem waren in den Wänden mehrere Ringe eingelassen, deren Bedeutung sich Anita nicht erschloss. Die Wände selbst schienen aus unverputztem Beton zu bestehen. In allen vier Ecken waren an der Decke Scheinwerfer in einer eigentümlichen Verkleidung angebracht. Wahrscheinlich befanden sich auch Überwachungskameras in dieser Konstruktion.

Schritte erklangen vom Gang her. Die Stahltür wurde aufgeschlossen und Juan betrat die Zelle, gefolgt von Montoya. Während Juan erwartungsfroh grinste, war Montoyas Gesicht eine undurchdringliche Maske. Juan öffnete die Gittertür und begann, Anita die Fesseln abzunehmen. Aufgrund der langen Fixierung konnte sie sich auch danach kaum rühren. Dann verließ Juan den inneren Bereich der Zelle wieder, verschloss die Gittertür und lehnte sich mit verschränkten Armen an eine Wand. Anita richtete sich mühsam auf der Pritsche auf und rieb sich Arme und Beine.

»Zieh dich aus und wirf deine Kleidung durch das Gitter nach draußen«, kam es mit kalter Stimme von Montoya.

»Oder ist es dir lieber, wenn Juan dir die Kleider vom Leib reißt?«, fügte er hinzu, als sie nicht gleich reagierte.

Man sah Juan an, dass er gerne dazu bereit war. Zögernd kam sie der Aufforderung nach. Bluse und BH waren ja ohnehin zerschnitten. Bei ihrem Slip zögerte sie noch einmal. Als Juan sich von der Wand abstieß und auf die Gittertür zukam, entledigte sie sich dann doch schnell des Slips und warf ihn durch das Gitter zu ihren anderen Sachen, was Juan mit einem enttäuschten Gesicht quittierte. Nachdem er ihre Kleidungsstücke eingesammelt hatte, verließ er die Zelle.

»Ich hatte dir ja zugesagt, dich nach Hause zu bringen«, äußerte Montoya und gönnte seinem Pokerface ein spöttisches Lächeln. »Dazu müssen wir nur erst einmal entscheiden, wo zukünftig dein Zuhause sein wird. Dazu werde ich eine kleine Auktion veranstalten, nach der wir mehr wissen werden. Mach es dir so lange hier gemütlich. Juan wird dir später etwas zu essen bringen. Apropos Juan: Er würde sich gerne mit dir vergnügen. Du brauchst bloß nahe genug an die Gitter heranzutreten, dann findet er sicher einen Weg.«

Lachend ging er aus der Zelle und schloss sie ab.

Sicherheitshalber stand sie auf und rüttelte an der Gittertür. Sie war fest verschlossen. Aber Juan hatte ja einen Schlüssel gehabt. Das würde ihr jetzt gerade noch fehlen, von diesem Hünen vergewaltigt zu werden! Wobei die Zukunftsaussichten, die Montoya ihr angedeutet hatte, nicht wirklich besser klangen. Bei dieser Auktion sollte sie ja wohl zum Verkauf stehen, nichts anderes konnte er gemeint haben. In was für einen Schlamassel war sie da bloß hineingeraten? Wenn sie nicht den Ausflug nach Teotihuacán unternommen hätte, wäre sie jetzt in ihrem Hotelzimmer in Sicherheit.

Irgendetwas schien sie in diese Situation förmlich hineingezogen zu haben. Es fing schon mit dem Kauf des Amuletts an. Danach hatte sie kurz entschlossen einen Flug nach Mexiko gebucht. Warum hatte sie dieses verdammte Amulett gekauft? Sie erinnerte sich, wie sie es auf dem Flohmarkt entdeckt hatte. Eigentlich sah es mit der Tonhülle recht unscheinbar aus. Trotzdem hatte es ihre Aufmerksamkeit dermaßen auf sich gezogen, dass sie es gar nicht mehr aus den Augen lassen konnte. Erst, als sie es gekauft hatte, schien der Bann – zumindest vorläufig – gebrochen. Es war ihr, als hätte das Amulett sie gesucht und sei nicht bloß von ihr gefunden worden.

Nun saß sie nackt in einer Zelle, hatte nicht einmal mehr das Amulett und sah einer mehr als ungewissen Zukunft entgegen. Je mehr sie darüber nachdachte, desto sicherer war sie, dass sie in Wirklichkeit gar keine Wahl gehabt hatte. Bislang hatte sie nie an so etwas wie Schicksal geglaubt. Jetzt fühlte sie sich jedoch wie die Heldin einer griechischen Tragödie, die mit jedem Versuch, ein prophezeites Schicksal abzuwenden, diesem erst recht in die Arme getrieben wurde. Nur, dass sie nicht einmal die Prophezeiung kannte.

Wirklich nicht? Ihr Traum spielte zwar in der Vergangenheit, zeigte ihr aber auch einen Teil ihrer Gegenwart. Als was hatte Montoya – sie weigerte sich, gedanklich seinen Vornamen zu benutzen – sich in der Höhle bezeichnet, als er dem abtrünnigen Ganoven das Herz herausriss? Als Gott! Nein, nicht als Gott, sondern als ein Gott. Sie erinnerte sich an die grausamen Geschichten, in denen die Azteken ihren Göttern Feinde opferten, indem sie diesen bei lebendigem Leib die Brust aufschnitten und das Herz herausrissen. Manche dieser Geschichten galten zwar als Gräuel-Propaganda der spanischen Eroberer, die eine Rechtfertigung brauchten, um raubend und mordend in den neu entdeckten Kontinent einzufallen. Viele Wissenschaftler glaubten aber, dass es solche Opferungen in gewissem Umfang tatsächlich gegeben hatte.

Schaudernd dachte sie an die Szene, die sie miterlebt hatte. Montoya hatte nicht einmal sein Messer benötigt, um dem vormaligen Komplizen das Herz herauszureißen. Eigentlich war das völlig unmöglich. Und doch hatte sie es mit eigenen Augen gesehen. Wer oder was war dieser Montoya? Ein aztekischer Gott? Während ihr Verstand das für völligen Blödsinn hielt, wusste der Rest von ihr, dass sie fast richtig lag. Kein aztekischer Gott, sondern ein noch älterer. Sie hatte ihn in ihrem Traum gesehen. In

Teotihuacán, als es noch keine Ruinenstadt war. Zu jener Zeit gab es noch kein Aztekenreich. Er hatte zwar äußerlich anders ausgesehen, aber sie wusste, dass es derselbe Mann war. Und da war noch etwas. Im ersten Teil des Traums war ›ihr Mann‹ sterbend zu ihr gekommen und hatte ihr noch Anweisungen gegeben. Jemand, dem das Herz herausgerissen worden war, konnte aber höchstens noch Sekunden leben. Das hatte sie mit eigenen Augen gesehen. Andererseits hatte in ihrem Traum auch der Mörder, dem sie ein Messer ins Genick gerammt hatte, noch einige Zeit weitergelebt. Noch eine weitere Beobachtung passte zu diesen ›Unmöglichkeiten‹: Montoya war von der großkalibrigen Waffe seines Komplizen in die Schulter getroffen worden. Sie hatte gesehen, wie die Kugel seine Schulter durchschlagen hatte. Kein Mensch konnte solch eine Verletzung einfach ignorieren, selbst nicht mit dem Adrenalinschub einer Kampfsituation. Auch später schien Montoya sich nicht um die Verletzung gekümmert zu haben.

Wirklichen Sinn ergab das noch immer nicht, aber es passte immer besser zusammen: Was immer Montoya war, ein normaler Mensch konnte er nicht sein.

Juan kam in ihre Zelle und brachte einige Orangen und eine Plastikflasche Mineralwasser mit. Er stellte beides nahe ans Gitter und grinste sie an. Offenbar wartete er darauf, dass sie das Obst und die Flasche durch das Gitter fischte. Montoya hatte vorhin ja bereits angedeutet, dass er sich mit ihr am Gitter vergnügen wollte. Sollte sie warten, bis er ging? Womöglich nahm er dann auch die Orangen und das Wasser wieder mit. Sie spürte plötzlich, dass sie hungrig und durstig war. Warten kam also nicht in Frage. Als er begann, aus einem mitgebrachten, dicken Seil eine Schlinge zu legen, wusste sie, was er vorhatte. Er würde versuchen, ihre Hände zu erwischen und sie dann so am Gitter festbinden, dass sie hilflos wäre, wenn er durch die Gittertür käme.

Spielte sie nach seinen Regeln, hätte sie keine Chance. Einen Kampf mit ihm konnte sie ebenfalls nicht gewinnen. Zumindest keinen fairen Kampf. Aber sie hatte eine andere Idee.

»Warum bringst du die Sachen nicht herein?«, fragte sie, während sie sich aufreizend auf der Pritsche räkelte.

Taxierend schaute er sie an und versuchte offensichtlich, ihre Absichten zu erkennen. Man sah ihm an, dass er ihr nicht traute. Andererseits hatte er auch keinen Zweifel daran, jederzeit mit ihr fertig zu werden. Seine körperliche Überlegenheit war zu offensichtlich. Anita gab sich alle Mühe, ihn auf Touren zu bringen, was ihr auch gut gelang. Er nahm die Orangen und die Flasche wieder auf und öffnete die Tür.

»Dann schauen wir doch mal, was du so drauf hast«, grinste er und kam auf sie zu. Dabei ließ er sie nicht aus den Augen.

Sie schaute ihn nur auffordernd an. Kurz bevor er nach ihr greifen konnte, sprang sie von der Liege auf und versuchte, an ihm vorbei die noch offene Gittertür zu erreichen. Er ließ das Obst und die Flasche fallen, ergriff ihren rechten Arm und drehte ihn ihr auf den Rücken.

»Hätte mich doch gewundert, wenn du das nicht versucht hättest«, lachte er hämisch. »Ich werde auf jeden Fall meinen Spaß haben.«

Wenige Sekunden später hatte er ihr auch den zweiten Arm auf den Rücken gedrückt. Mit seiner linken Pranke hielt er ihre beiden Handgelenke fest und schob sie rückwärts auf die Liege zu. Den Versuch, ihr Knie in seinen Unterleib zu rammen, vereitelte er, indem er ihr Bein mit seinen Oberschenkeln festhielt. Sie stand jetzt nur noch auf einem Bein, während er sie völlig unter Kontrolle hatte. Mit seiner freien Hand nestelte er an seiner Hose herum. Anita drückte sich an ihn und rieb ihre Brüste an seinem Oberkörper. Dabei stöhnte sie auf und warf ihren Kopf in den Nacken. Irritiert schaute er ihr ins Gesicht. Sollte sie etwa doch noch Spaß an der Angelegenheit finden?

Mit aller Kraft riss sie ihren Kopf nach vorne und schlug mit der Stirn auf seine Nase, die hörbar brach. Er stieß einen Schrei aus und ließ sie vor Schreck und Schmerz los. Sie rannte auf die Gittertür zu und warf sie ins Schloss. Den Schlüssel zog sie schnell noch ab. Wütend stürzte Juan auf das Gitter zu und warf sich mit aller Kraft dagegen. Es hielt allerdings auch dieser brachialen Gewalt stand.

Zu ihrer Freude stellte Anita fest, dass der Schlüssel auch die äußere Zellentür verschloss. Wenn sie Glück hatte, waren alle Schlösser dieses Zellentraktes gleichschließend. Dann würde dieser eine Schlüssel reichen, um zu fliehen. Nachdem sie die Zellentür von außen verschlossen hatte, war von dem Brüllen Juans kaum noch etwas zu hören. Zeit, sich auf diesem Erfolg auszuruhen, hatte sie jedoch nicht. Sie brauchte dringend etwas zum Anziehen und musste den Keller so schnell wie möglich verlassen. Kurz entschlossen lief sie nach rechts in den Gang vor ihrer Zelle. Die nächste Tür ließ sich wieder mit dem Schlüssel öffnen, enthielt allerdings nur eine weitere leere Zelle. Zwei Türen später fand sie zumindest eine weite Decke, die sie sich als Poncho umhing. So gut es ging, versuchte sie, sich an den Weg zu erinnern, den sie in ihre Zelle getragen worden war. Dabei öffnete sie eine Tür, hinter der sich ein ganzes Arsenal an Folterwerkzeugen, Metallfesseln und Käfigen befand. Schaudernd schlich sie zurück in den Gang. Plötzlich hörte sie Schritte auf sich zukommen. Schnell hastete sie wieder in die Abstellkammer für Foltergeräte und verriegelte den Zugang. Ihr Ohr klebte förmlich an der Tür. Die Schritte kamen näher. Nach einem Rütteln an der Klinke entfernten sie sich. Anita wartete noch einen Moment und verließ leise die Kammer. Schließlich fand sie die Treppe und schlich sie hinauf. Die Tür zum Innenhof war unverschlossen. Ein Fahrzeug war nicht zu sehen. Ein Blick in den Himmel verriet ihr, dass es bereits Mittag war. Das große Tor, durch das sie der Lieferwagen gebracht haben musste, war geschlossen. Diesmal passte der Schlüssel nicht. Gehetzt schaute sie sich um. Neben dem Haus, in dem sich das Kellergewölbe befand, gab es noch ein zweites, das eher wie ein Schuppen aussah. Die Tür stand offen. Innen befanden sich viele Kisten. Einen Weg ins Freie gab es jedoch nicht.

Von draußen erklang Motorengeräusch. Sie schlich zur Tür des Schuppens und spähte hinaus. Das Tor war geöffnet worden, und ein Motorradfahrer stellte gerade seine Maschine ab. Er ging ins Haupthaus. Jetzt oder nie, dachte Anita und schlich auf das Tor zu. Als sie an dem Motorrad vorbeikam, sah sie, dass der Schlüssel noch steckte. Kurz entschlossen schwang sie sich auf die Maschine, nahm die Decke von den Schultern und setzte sich darauf, damit sie nicht weggeweht würde. Das musste ein komisches Bild abgeben, eine nackte Frau auf dem Motorrad mit einer Decke zwischen den Beinen. Sie ließ das Motorrad an. Der Motor brummte dumpf. Froh darüber, den Motorradführerschein gemacht zu haben, wendete Anita das Gefährt und fuhr auf das Tor zu. Der Motorradfahrer kam schimpfend aus dem Haus gerannt, erreichte kurz vor ihr das Tor und begann, es zuzuschieben. Anita riss am Gashebel und schoss gerade noch durch den letzten Spalt, bevor das Tor krachend hinter ihr ins Schloss fiel.

Wo zum Henker war die Straße? Um sie herum war eine schier endlose Salzwüste. Wohin sollte sie sich wenden? Die einzige erkennbare Landmarke war das Gebäude hinter ihr. Sie sah die Spur, die der Motorradfahrer hinterlassen hatte. Auch ihre Spur war deutlich zu erkennen. Selbst, wenn ihre Entführer keinen Hubschrauber hatten, würden sie ihr leicht folgen können. Sie orientierte sich an der Motorradspur. Irgendwo musste diese ja hinführen. Im Rückspiegel sah sie ein Geländefahrzeug, das ihr folgte. Wo kam das her? Im Innenhof hatte es jedenfalls nicht gestanden. Hoffentlich war das Motorrad schneller.

Gedemütigt

Vorbereitungen

Sie blickte auf die Geschwindigkeitsanzeige. Ihr Herz stockte, als sie dabei die Tankuhr sah. In dem Motorrad war fast kein Benzin mehr. Trotzig folgte sie weiter der Spur. Der Abstand zu ihrem Verfolger wurde größer. Wenn allerdings nicht gleich eine Tankstelle in Sicht käme, würde ihr das nichts helfen. Vielleicht sollte sie etwas langsamer fahren, um weniger Benzin zu verbrauchen. Ein Blick auf die Tankfüllungsanzeige ließ ihren Mut sinken. Sie fuhr bereits auf Reserve. Außerdem würde sie einen Vorsprung brauchen, falls sie es tatsächlich bis zu einer Tankstelle schaffte. Selbst wenn sie das Bezahlen ausfallen ließe, was sie in Anbetracht ihrer fehlenden Barschaft ohnehin würde tun müssen, würde die Zeit wahrscheinlich nicht reichen, den Tank vor der Ankunft ihrer Verfolger zu füllen.

Ein Ruckeln des Motors machte ihr klar, dass sie sich diese Überlegungen hätte sparen können. Immer öfter setzte der Motor aus. Schließlich legte sie den Leerlauf ein und ließ die Maschine ausrollen. Der Motor war inzwischen ausgegangen. Sie stieg ab, zog die Decke fest um ihre Schultern und lief barfuß durch das Salz. Nach wenigen Schritten schmerzten ihre Füße. Beim Blick über die Schulter sah sie bereits den Wagen näherkommen. Ein Versteck war weit und breit nicht zu sehen. Resigniert blieb sie stehen.

»Na, eine kleine Spritztour gemacht?«

Montoya grinste sie vom Beifahrersitz des breiten Geländewagens aus an. Am Steuer saß Juan, der einen Verband an der Nase hatte und sie hasserfüllt ansah.

»Juan hatte vorgeschlagen, die Suche erst in zwei, drei Tagen zu beginnen. Ich glaube, er ist nicht gut auf dich zu sprechen.«

Juan stieg aus und hob das Motorrad in eine vorgesehene Halterung am Heck des Wagens. Dann setzte er sich wieder ans Steuer.

»Falls du mitmöchtest, solltest du jetzt einsteigen«, sagte Montoya, während er ausstieg und die hintere Tür öffnete.

Mit hängenden Schultern stieg Anita ein. Die hinteren Plätze waren von den vorderen durch ein Gitter getrennt. Außerdem hatten die Türen innen keine Griffe. Als Montoya wieder auf seinem Platz saß, fuhr der Wagen los.

»Ich hatte mit Juan gewettet, dass es dir gelingt, aus der Zelle zu fliehen. Danke, dass du mir geholfen hast, diese Wette zu gewinnen«, plauderte Montoya.

»Gern geschehen«, kam es sarkastisch von Anita.

»Die Motorradspur hätte dich übrigens nicht sehr weit gebracht. Sie führt in einem großen Kreis zurück zum Haus.«

»Sie haben mich also absichtlich fliehen lassen?«

»Natürlich, ich wollte schließlich auch meinen Spaß haben. So konnte ich deine Flucht in aller Ruhe per Überwachungsmonitor genießen. Nicht nur in deiner Zelle, auch in allen Gängen sind Kameras angebracht.«

Deprimiert schwieg Anita den Rest des Rückweges.

»Den Schlüssel und die Decke bitte«, forderte Montoya sie auf, als sie wieder im Innenhof angekommen waren.

Anita reichte ihm beides.

Sie wurde zurück ins Kellergewölbe geführt. Bei der Tür zur Abstellkammer für Folterwerkzeuge hielten sie an. Montoya ging hinein, während Juan Anita bewachte. Ihr Magen verkrampfte sich, während sie in dem Raum das Rasseln von Ketten hörte. Als Montoya herauskam, hatte er einen schweren Koffer dabei. Sie setzten ihren Weg zur bekannten Zelle fort. Dort angekommen, öffnete Montoya den Koffer und nahm zunächst einen Metallgürtel heraus, an dem rechts und links je eine Handfessel befestigt war. Er legte Anita den Gürtel um die Taille und sicherte ihn mit einem massiven Vorhängeschloss. Dann legte er jedes ihrer Handgelenke bei angewinkelten Armen in die vorgesehene Schelle und sicherte auch diese mit Schlössern. Anita leistete keinen Widerstand.

»Als nächstes kommt eine Strafe für deinen Fluchtversuch.«

»Den haben Sie doch selbst geplant.«

»Stimmt. Das hindert mich aber nicht daran, dich dafür zu bestrafen.«

Er hielt eine Art Metallkopf hoch, dessen vordere, einem Gesicht nachempfundene Seite sich wegklappen ließ. Anita wich vor ihm zurück. Ihre Augen waren angstgeweitet.

»Nein, bitte nicht. Das können Sie doch nicht tun.«

»Natürlich kann ich das. Und ich werde es. Wenn du dich wehrst, wird es wehtun.«

Er legte ihr die Rückseite an den Hinterkopf und klappte von rechts die Vorderseite zu. Anita musste dabei den Mund öffnen, da eine integrierte Metallkugel sonst ihre Schneidezähne eingedrückt hätte. Sie hörte, wie auch diese Konstruktion mit einem Schloss gesichert wurde. Sehen konnte sie nichts. An ihrer Nase war eine Öffnung, die groß genug war, sie ungehindert atmen zu lassen. Sprechen konnte sie mit der Kugel im Mund nicht mehr. Unterhalb des Metallkopfes bekam sie noch ein Halseisen angelegt.

»Der Halsreif ist über eine Kette mit der Rückwand verbunden. Zur Gittertür kommst du so nicht mehr. Pritsche und Toilette kannst du aber noch erreichen. Ach ja, die Toilette hat rechts eine Fußtaste, mit der du die Spülung und deine Reinigung mit einem Wasserstrahl auslöst. Das ist übrigens ein japanisches Patent.«

Ihre Füße wurden noch mit einer Spreizstange, an der Fußschellen angebracht waren, gesichert. Die Spreizstange war etwa einen halben Meter lang, sodass sie vorsichtig damit laufen konnte.

»Fast hätte ich es vergessen. Du wolltest ja noch etwas essen und trinken. Essen geht mit deinem Metallkopf zwar nicht mehr, aber beim Trinken kann ich dir helfen. Setz dich auf die Pritsche und lehne dich nach hinten. So ist es gut. Dann setze ich jetzt die Flasche an.«

Durch Löcher in der Knebelkugel floss Mineralwasser in ihren Mund. Sie trank es, solange Montoya es ihr einflößte. Schlucken war mit dem Knebel zwar schwierig aber möglich. Dann setzte er die Flasche wieder ab.

»Ich wünsche dir noch einen schönen Aufenthalt.«

Sie hörte, wie ihre beiden Entführer die Zelle verließen und sowohl die Gittertür als auch die äußere abschlossen. Dann war es still.

Durch die Metallmaske konnte sie nichts sehen. Erschöpft und deprimiert legte sie sich auf die Pritsche. Es war unbequem, da sie nur annähernd bewegungslos auf dem Rücken liegen konnte. Hilflos war gar kein Ausdruck für ihre Situation.

Nach einer Weile hörte sie erneut jemanden die Zelle betreten. War das Juan, der sich an ihr rächen wollte? Oder wollte er jetzt das Vergnügen nachholen, um das sie ihn durch das Brechen seiner Nase gebracht hatte? Über Widerstand brauchte sie gar nicht erst nachzudenken. Selbst gegen einen Schwächling könnte sie sich nicht wehren.

»Na«, hörte sie Juans Stimme, »ist dir das so lieber?«

Die Gittertür wurde geöffnet und seine große Hand legte sich auf ihren Bauch unterhalb des Metallgürtels. Die andere begann, mit ihren Brüsten zu spielen. Anita verkrampfte sich. Noch einmal dachte sie an Gegenwehr, aber diesmal konnte sie nicht gewinnen, und wenn sie es versuchte, würde er ihr sicher nur noch mehr wehtun. Ohnmächtig musste sie seine Zudringlichkeiten erdulden. An der Spreizstange zwischen ihren Füßen zog er ihre Beine nach oben und drückte sie an ihren Oberkörper. Dann schmierte er eine Salbe auf ihre Schamlippen und ihren Anus. Sie spürte, wie sie dort heiß wurde und das Blut pulsierte.

»Du hast Glück, dass du für die Auktion unverletzt bleiben sollst. Ich werde mitsteigern. Falls ich den Zuschlag bekomme, wirst du für die gebrochene Nase bezahlen.«

Er ließ ihre Beine wieder herunter und verließ die Zelle. Die Salbe brannte an ihren Schleimhäuten. Es war ein tiefes, nicht wirklich schmerzhaftes Brennen, das ein wildes Verlangen in ihr entfachte. Sie war froh, dass Juan wieder gegangen war. Wäre er jetzt über sie hergefallen, hätte sie es womöglich genossen und sich hinterher dafür gehasst.

Sie versuchte, trotz ihrer Fußfesseln, die Beine zusammenzupressen und sich so eine Entspannung zu verschaffen. Ihre Erregung wurde immer stärker und verlangte nach stärkerer Stimulation, die sie sich wegen der Fesseln nicht verschaffen konnte. Stöhnend erhob sie sich von der Pritsche und arbeitete sich zur Toilette vor. Sie betätigte die Spültaste und ließ sich von dem Wasserstrahl, der sie säubern sollte, stimulieren. Das Wasser verstärkte die Wirkung der Salbe allerdings noch, sodass der Strahl ihr keine Erlösung verschaffte, sondern sie noch weiter in Erregung versetzte.

Diese Mistkerle! Sie war sicher, dass sie das genauso geplant hatten.

Es blieb ihr nichts übrig, als vor Lust zitternd auf der Pritsche zu liegen und zu warten. Zu allem Überfluss schien sie auch die Situation selbst noch zu erregen.

Sie wusste nicht, wie lange es dauerte, bis ihr Verlangen wieder abebbte. Es kam ihr jedenfalls wie eine Ewigkeit vor. Zumindest hatte ihre Erregung für eine Weile die Angst verdrängt. Allmählich schlich sie sich allerdings wieder in ihre Gedanken. Versteigert sollte sie werden. Was waren das für Leute, die entführte Frauen ersteigerten? Sollte sie darauf hoffen, dass jemand anderes als Juan den Zuschlag erhielt? Oder würden die Alternativen noch schrecklicher sein? Wie die Auktion wohl ablaufen würde?

Sie erinnerte sich an einen Bond-Film, in dem es solch eine Auktion gab. Dort wurde das Bond-Girl jedoch von 007 gerettet, als ihr die Kleider vom Leib gerissen wurden. Auf einen rettenden James durfte sie aber wohl nicht hoffen. Das Wegreißen der Kleider würde ebenfalls nicht stattfinden, da sie ja bereits nackt war, von den Fesseln und der eisernen Maske abgesehen. Besonders tröstlich war das aber nicht.

Sie stellte sich vor, von einem Traummann ersteigert zu werden, der sie zu seiner Liebessklavin machte. Ihre Fesselung unterstrich diese Vorstellung noch und entfachte ihre Lust aufs Neue. Sie blieb bei dieser tröstlichen Vorstellung, bis sie schließlich in einen unruhigen Schlaf fiel.

Ein rüdes Wachrütteln brachte sie zurück in die Realität. Ihre Maske wurde aufgeschlossen und abgenommen. Juan brachte ihr ihre Henkersmahlzeit – zumindest war das ihr erster Gedanke, als sie ihn mit einem Teller und der Wasserflasche sah. Wortlos begann er, sie löffelweise mit Grießbrei zu füttern. Sie hatte den Eindruck, er würde sie lieber verprügeln. Aber offenbar hatte er klare Anweisungen. Anschließend hielt er ihr die Flasche so an den Mund, dass sie so viel trinken konnte, wie sie wollte. Zu ihrer Erleichterung legte er ihr danach nicht erneut den Metallkopf an, sondern verließ die Zelle.

Wenig später kam Montoya mit einem Block und Stift.

»Die Versteigerung findet in zwei Stunden statt. Ich brauche noch ein paar Angaben von dir. Dass du fünfundzwanzig Jahre alt bist, habe ich bereits deinem Ausweis entnommen.«

»Wo haben Sie meinen Ausweis her? Den hatte ich doch im Hotel gelassen.«

»Ich hatte dem Busfahrer schon Bescheid gegeben, dass du mein Gast bist. Von ihm erfuhr ich, in welchem Hotel du abgestiegen bist. Da ich deine Rechnung bezahlt habe, hatten sie nichts dagegen, dass ich deine Sachen mitnehme. Schade, dass du keine interessanten oder wertvollen Gegenstände in deinem Gepäck hattest. Ich habe alles an ein Hilfswerk für Arme gegeben. Die interessieren sich nicht für die Herkunft. Nur deinen Ausweis habe ich behalten. Der ist Bestandteil der Versteigerung.«

Er blickte kurz auf seinen Zettel.

»Hast du Krankheiten? Brauchst du regelmäßig Medikamente?«

Trotzig schwieg sie.

»Ich schreib' mal ›nein‹ auf. Dein Problem, wenn du doch was brauchst. Nächste Frage: Bist du noch Jungfrau?«

Wieder schwieg sie.

»Du musst nicht antworten. Ich sage dann gleich Juan Bescheid, dass er bei dir nachsehen soll.«

»Nein.«

»Nein, was?«

»Nein, ich bin keine Jungfrau mehr.«

»Schade. Das drückt den Preis. Noch was: Du sagtest, deine Großeltern würden aus Mexiko stammen. Deinem Aussehen nach bist du vermutlich indianischer Abstammung, richtig?«

»Ja«, gab sie nicht ohne Stolz zurück.

»Dachte ich mir schon. Die Ähnlichkeit kann kein Zufall sein.«

»Was für eine Ähnlichkeit?«

»Das weißt du doch schon. Ich bin gespannt, ob er zur Auktion kommt. Dann könnte ich gleich zwei Fliegen mit einer Klappe schlagen. Ich bin jedenfalls vorbereitet.«

Ohne weitere Erklärungen ließ er sie in der Zelle zurück.

Auktion

Es war Juan, der sie zur Versteigerung abholte. Er löste ihre Fußfesseln und nahm die Kette zu ihrem Halsreif von der Wand der Zelle ab. Ruppig zerrte er sie an dieser Kette durch die Gänge zu einer Halle. In der Mitte stand eine Art überdimensionaler Türrahmen mit verschiedenen Ösen. Sie ahnte schon, welchen Zweck er erfüllen sollte, als sie von Juan dorthin gezogen wurde. Metallbänder wurden um ihre Fußgelenke gelegt und so an den unteren Ösen des Rahmens befestigt, dass sie mit weit gespreizten Beinen dazwischen stand. Ihre Handgelenke blieben an dem Metallgürtel fixiert. Allerdings wurde auch der Gürtel selbst mit Ketten am Rahmen befestigt. Die Kette zu ihrem Halsreif befestigte Juan an der oberen Querstrebe des Rahmens. Ihr blieb nichts anderes übrig, als regungslos in dieser Fixierung zu verharren.

»Wir wollen doch, dass unsere Kunden die Ware leicht begutachten können«, sagte Montoya grinsend zu Juan und reichte ihm eine Mundsperre.

Juan zwang Anita, den Mund zu öffnen und drückte die Sperre brutal auseinander, sodass Anitas Kiefer weit auseinandergezwungen wurden. Sofort wurde ihr Mund trocken, was gleich darauf eine umso heftigere Speichelproduktion auslöste.

»Dann sabbere mal schön«, meinte Juan höhnisch.

Sie empfand es als erniedrigend, konnte bei dem aufgespreizten Mund aber nicht verhindern, dass sie sabberte, wie ein kleines Kind. Als Juan mit Gummihandschuh und Salbe ankam, wusste sie bereits, was er als nächstes tun würde. Wie am Abend zuvor strich er ihr die Salbe auf und zwischen die Schamlippen und verschonte auch ihren Anus nicht. Wieder entfachte die Salbe mit leichtem Brennen ihre Lust, obwohl ihr gar nicht danach zumute war.

Montoya kam auf sie zu und zwirbelte ihre Nippel. Dann trat er einen Schritt zurück.

»Ja, jetzt bist du in der richtigen Verfassung für unsere Auktion. Deine Geilheit wird den Preis noch etwas hochtreiben.«

Lachend entfernte er sich und holte die Kaufinteressenten in die Halle. Jeder von ihnen hatte eine einfache, venezianische Maske vor dem Gesicht, sodass Anita nicht einschätzen konnte, wen sie vor sich hatte.

»Meine Herren, hier ist die zu versteigende Ware. Auf dem Schild hier vorne sehen Sie alle technischen Daten, die Sie interessieren könnten. Betrachten und Anfassen der Ware ist ausdrücklich erlaubt. Achten Sie aber bitte darauf, sie nicht zu beschädigen, solange Sie nicht den Zuschlag erhalten haben.«

Die Interessenten kamen dicht an sie heran. Mund und Zähne wurden ebenso begutachtet, wie ihre Brüste und ihre anderen Öffnungen.

»Wie tief kann etwas in sie eingeführt werden?«, wollte ein untersetzter Interessent wissen.

Montoya reichte ihm einen sehr langen künstlichen Penis, der eine Zentimetereinteilung auf seiner Oberfläche hatte.

»Sie können gerne nachmessen. Nehmen sie vor jeder Messung aber bitte ein neues Kondom aus dieser Schachtel, um Infektionen zu verhindern. Sie wissen ja, keine Beschädigung vor dem Zuschlag.«

Anita fühlte sich schrecklich. Ihre durch die Salbe entfachte Lust machte es für sie nicht einfacher, da sich ein Teil von ihr danach sehnte, den Kunstpenis eingeführt zu bekommen, während ihr Verstand dies einfach nur als demütigend empfand.

Der dickliche Interessent schob den Maßband-Dildo tief in sie hinein und ließ es sich nicht nehmen, ihn dabei noch einige Male hin und her zu bewegen. Anita entfuhr ein Stöhnen, für das sie sich im selben Moment schämte.

»Na, das ist ja eine ganz Wilde«, lachte ein anderer Teilnehmer.

Anita bekam das ungewöhnliche Messgerät auch in den Hintern geschoben. Sie wünschte, sie könnte vor Scham im Boden versinken. Als Ware, als Ding behandelt zu werden, war so erniedrigend. Zumal ihr Körper dies nicht einmal als unangenehm empfand. Sie fühlte sich so wertlos und schmutzig.

Irritiert sah sie, dass der untersetzte Teilnehmer zum dritten Mal ein Kondom über den Kunstpenis zog. Was wollte er bei ihr denn noch vermessen?

Als er sich damit ihrem Mund näherte, wollte sie zurückweichen, was ihre Fesselung allerdings verhinderte. Das Wegdrehen ihres Kopfes verhinderte der Mann durch einen Griff in ihre Haare. Langsam schob er ihr den Dildo immer tiefer in den aufgespreizten Mund. Als er ihren Hals und das Rachenzäpfchen erreichte, musste sie würgen. Auch das schien ihm noch nicht tief genug zu sein. Verzweifelt riss sie an ihren Fesseln.

»Das reicht!«, griff Montoya ein. »Keine Beschädigung vor dem Zuschlag. Sie erinnern sich?«

Widerwillig ließ der Mann von ihr ab.

»Verkaufen Sie auch diesen Dildo?«, wollte er wissen.

Anita konnte die Antwort nicht hören. Ein anderer Interessent wollte wissen, ob ihre Brüste echt oder Implantate wären. Hoffentlich war die Versteigerung bald vorbei. Wobei sie nicht sicher war, ob es ihr danach besser erginge.

»Wie ist eigentlich ihre Stimme?«

»Soll ich ihr die Mundsperre herausnehmen, damit sie etwas sagen kann?«

»Nicht nötig. Ich will nur wissen, wie sie schreit.«

Anita lief es kalt den Rücken hinunter. Was für perverse Arschlöcher waren denn auf dieser Auktion versammelt?

»Juan?«

»Klar, Boss, ich kümmere mich drum.«

Was hatte er vor? Zumindest bis zu ihrem Verkauf sollte sie doch ›unbeschädigt‹ bleiben. Juan war aus ihrem Blickfeld verschwunden, während die anderen sich vor ihr aufstellten. Sie versuchte, hinter sich zu schauen, wurde allerdings von dem Halsreif daran gehindert, den Kopf weit genug zu drehen. Montoya kam auf sie zu, griff in ihre Haare und zwang sie, die potenziellen Käufer anzuschauen.

»Na, hast du Angst?«, flüsterte er ihr zu. »Das ist gut. Denn die Käufer wollen auch wissen, wie du guckst, wenn du Angst hast.«

Völlig unvorbereitet traf sie ein kurzer, stechender Schmerz am Hintern. Mehr aus Schreck als vor Schmerz schrie sie auf. Die Männer im Publikum applaudierten kurz. Juan kam mit einer elektrischen Fliegenklatsche in ihr Sichtfeld und grinste.

»Gibt es noch Unklarheiten zur Ware? Oder können wir zur Auktion übergehen?«

»Ist sie gesund? Wenn ich mit ihr fertig bin, soll sie als Organspenderin dienen.«

Anita traute ihren Ohren nicht. Diese Typen waren doch krank, total irre! Und sie würde gleich an einen dieser Wahnsinnigen verkauft. Wann wachte sie endlich aus diesem Albtraum auf?

»Mir sind zumindest keine Krankheiten bekannt. Eine Garantie bekommen Sie von mir allerdings nicht.«

»Dann wird sich mein Höchstgebot verringern, da ich den Verkauf ihrer Organe nicht fest einkalkulieren kann.«

»Wie Sie meinen. Ach ja, eine Information habe ich noch für Sie: Für die gebrochene Nase von Juan ist sie verantwortlich. Es empfiehlt sich also, einen gewissen Betrag für stabile Fesseln einzuplanen. Falls der zukünftige Besitzer Bedarf hat, kann ich gerne etwas aus meinem Fundus anbieten.«

Gemeinsam verließen sie die Halle. Nur Anita blieb zurück. Ihr Puls raste. Wie sollte sie aus dieser Situation je wieder heil herauskommen?

Verzweifelt zerrte sie an ihren Fesseln. Die Salbe wirkte noch immer, doch Angst und Panik hatten gegenüber dem körperlichen Verlangen die Oberhand gewonnen.

Tränen traten ihr in die Augen. Was sollte, was konnte sie nur tun? Ihre Gedanken drehten sich im Kreis und verstärkten ihre Angst immer weiter.

»Wenn Sie das Geld in bar dabeihaben, können Sie ihren Einkauf gleich mitnehmen.«

Montoya kam mit einem der maskieren Männer zurück in die Halle. Ein dicker Umschlag wechselte den Besitzer. Nach kurzem Nachzählen nickte Montoya.

»Brauchen Sie irgendwelche Gerätschaften aus meinem Fundus?«

»Das kommt darauf an, was Sie anzubieten haben.«

Anita erkannte die Stimme. Es war die des Organhändlers. Sie spürte, wie sie zitterte. Schlimmer hätte es wohl nicht kommen können.

»Kommen Sie doch einfach mit in meinen Lagerraum. Da können Sie in Ruhe aussuchen, was Sie brauchen.«

»Können wir die Ware mit dorthin nehmen? Dann kann ich gleich schauen, ob alles passt.«

»Gerne. Die meisten Geräte und Fesseln habe ich ohnehin in mehreren Größen. Juan!«

Der Gerufene kam in die Halle gelaufen.

»Ja, Boss?«

»Bring das verkaufte Stück ins Gerätelager. Der Kunde möchte seinem Kauf noch einige Accessoires hinzufügen.«

Einen Moment lang schaute Juan ihn verständnislos an. Dann lachte er.

»Accessoires! Der ist gut.«

Er befreite Anita aus dem Rahmen und zog sie an der Halskette hinter sich her. Die Mundsperre hatte er ihr nicht abgenommen, und ihre Handgelenke waren noch immer an dem Metallgürtel fixiert, der ihre Taille umschloss.

Sie kamen in dem Abstellraum für Foltergeräte an, den Anita bereits während ihrer Flucht gesehen hatte. Der Käufer hatte inzwischen seine Maske abgenommen und war im Gespräch mit Montoya.

»Solche Metallköpfe finde ich faszinierend.«

»Dieses Exemplar«, Montoya zeigte in ein Regal, »hat Ihre Neuanschaffung bereits ausprobiert.«

»Nicht schlecht, aber mir gefällt nicht, dass man ihn ganz abnehmen muss, um die Trägerin zu füttern. Ich hätte gerne einen, bei dem man die Mundabdeckung entfernen kann, ohne das ganze Teil abnehmen zu müssen. Ideal wäre es, wenn der Mund die ganze Zeit offengehalten würde.«

»Auch dafür habe ich etwas. Hier schauen Sie. Dieser ovale Ring hält bei geschlossener Maske den Mund offen. Die Abdeckung des Mundes kann mit einem Schlüssel separat entfernt werden. Das gleiche gilt für die Abdeckung der Augen.«

»Genial. Manchmal macht es Spaß, in die Augen eines Opfers zu schauen. Dort sieht man Angst und Panik am besten.«

Der Kunde drehte sich zu ihr um und schaute sie aufmerksam an.

»Ja«, sagte er, als er sich wieder Montoya zuwandte, »Angst und Panik stehen ihr ausgesprochen gut. Wenn Sie diese Maske in der richtigen Größe haben, nehme ich ein Exemplar und lege es ihr gleich an.«

Montoya reichte ihm solch einen Kopfkäfig. Er nahm Anita die Mundsperre ab und drückte ihr statt dessen gleich die Innenseite der Maske aufs Gesicht. Sie musste ihren Mund weit aufmachen, um den quer liegenden, ovalen Ring aufnehmen zu können, der mit zwei gebogenen Stegen an der Maskeninnenseite befestigt war. Die Stege bogen sich von den äußersten Enden des Ovals so nach innen, dass sie ihre Mundwinkel kaum auseinanderzogen, nachdem das Oval in ihrem Mund war. Schließen konnte sie den Mund danach nicht mehr. Er wurde durch das Oval in ihrem Gaumen etwa fünf Zentimeter weit offengehalten. Anita spürte, wie sich die Rückseite der Maske an ihren Hinterkopf legte und seitlich einrastete.

»Hier sind die Schlüssel. Der eine, mit dem Sie die Maske wieder abnehmen können, der andere für die beiden Abdeckungen.«

»Den für die Maske brauche ich eigentlich gar nicht. Na egal, geben Sie ihn mir für alle Fälle.«

Wollte ihr Käufer – als ihren Eigentümer wollte sie ihn nicht bezeichnen – sie diese Maske etwa immer tragen lassen? Ihr Zittern nahm noch zu, auch wenn sie sich darüber ärgerte, dass er dadurch deutlich sehen konnte, wie viel Angst sie hatte.

Die Abdeckung über ihrem Mund wurde abgenommen und jemand fuhr ihr mit einem Finger über die Lippen. Dann entfernte der Käufer auch die Abdeckung über ihren Augen und musterte sie aufmerksam. Seine blassblauen Augen waren stechend und kalt. Der Mund schien nur ein dünner Strich zu sein, auch wenn er, wie jetzt, lächelte.

»Ich werde noch viel Spaß mit dir haben.«

Dann wandte er sich wieder Montoya zu.

»Was haben Sie denn sonst noch an Spielzeugen?«

»Dort hinten haben wir verschiedene Pranger und Käfige.«

»Danke, damit bin ich schon zur Genüge eingedeckt. Was ist denn das da?«

»Das ist eine Art Keuschheitsgürtel. Das Besondere daran ist, dass er nicht wie ein Tanga geformt ist, sondern mehr wie ein Pagenslip mit etwas längeren Beinen, was die Trägerin in eine Haltung mit leicht gespreizten Beinen zwingt, egal, ob sie sitzt, steht oder liegt. Das eignet sich natürlich nicht für Damen, die sich viel bewegen sollen. Der Schritt kann geöffnet und separat wieder verschlossen werden. Über diese Schrittöffnung können auch verschiedene, batteriebetriebene Vibratoren an unterschiedlichen Stellen angebracht werden, die sich fernsteuern lassen. Die ganze Konstruktion ist modular aufgebaut und kann dadurch schnell nach den Wünschen des Besitzers an jede Trägerin angepasst werden.«

»Ich bin beeindruckt. So einen Gürtel nehme ich auch noch. Ich nehme an, dass sich auch Handgelenkfesseln am Gürtel befestigen lassen.«

»Das ist gar kein Problem. Wir werden Ihre Ware nur kurz vermessen müssen. In spätestens einer Stunde ist der Keuschheitsgürtel mit allen Extras, die Sie wünschen, fertiggestellt. Darf es sonst noch etwas sein?«

»Ich nehme dann noch die Handgelenkfesseln, die sich am Gürtel befestigen lassen, das Halsband mit Kette, das sie schon trägt und ein Paar stählerne Fußfesseln mit Spreizstange. Die Länge der Stange sollte natürlich an die Spreizung angepasst sein, die durch den Gürtel entsteht.«

»Gut. Dann machen wir uns gleich ans Vermessen.«

Anita hatte mit dem Zittern aufgehört und versuchte, sich so gut es ging in ihr Schicksal zu fügen. Leicht fiel ihr das nicht. Aber im Moment hatte sie keine andere Wahl.

Der Metallgürtel, an dem ihre Hände fixiert waren, wurde abgenommen. Statt dessen wurden die Hände mit Handschellen auf dem Rücken zusammengeschlossen. Sie wurde von der Taille bis zu den Knien in jedem Detail vermessen, bekam provisorische Gürtel angelegt, mit denen die Messungen überprüft wurden, und musste sich mit ihnen hinsetzen und wieder aufstehen.

Schließlich war der Gürtel fertig. Sie konnte darin breitbeinig sitzen oder stehen. Die Handfesseln wurden seitlich angebracht und ihre Handgelenke darin fixiert. Mit einer Spreizstange versehene Fußfesseln wurden ihr um die Knöchel gelegt und verschlossen. Dann öffnete Montoya die Schrittabdeckung und fragte ihren Käufer, welche Extras er hier anbringen lassen wolle. Dieser entschied sich für einen fernsteuerbaren Vibrator, der leicht an ihre Klitoris drückte.

»Hier habe ich noch eine kostenlose Probe für Sie. Wenn Sie die Salbe einer Frau auf Scheide und Anus streichen, wird sie nach wenigen Minuten vor Erregung kaum noch einen klaren Gedanken fassen können.«

»Dann probieren wir das doch gleich mal aus.«

Der Käufer rieb sie an den beschriebenen Stellen ein und verschloss die Schrittabdeckung des Keuschheitsgürtels.

»Ach ja, und hier ist Ihre Fernsteuerung für den Vibrator. Batterien sind bereits eingelegt.«

Anita war wütend darüber, dass erneut ihre Lust aktiviert wurde, obwohl sie nicht das geringste Interesse daran hatte. In ihrem Schoß glühte bereits das Verlangen. Als die Fernsteuerung des Vibrators betätigt wurde, stöhnte sie auf und musste sich setzen. Die Männer lachten.

»Tja, ich denke, wir sind dann fertig. Ich wünsche Ihnen viel Spaß mit Ihrer Neuerwerbung und eine gute Heimreise.«

Augen- und Mundabdeckung des Kopfkäfigs wurden geschlossen und Anita musste sich hilflos mit gespreizten Beinen an einer Kette durch die Gänge und in den Hof führen lassen. Jemand, wahrscheinlich Juan, hob sie in einen Wagen und setzte sie auf einem Autositz ab. Sie wurde festgeschnallt und spürte, wie an ihren Nippeln gespielt wurde. Durch die Salbe war sie ohnehin schon erregt. Von Zeit zu Zeit ging auch der Vibrator an und ließ sie stöhnen. Dann wurde eine Schiebetür zugeschoben. Eine weitere Autotür ging und ein Motor sprang an.

»Dann machen wir uns mal auf den Heimweg«, hörte sie den Käufer sagen.

Noch einmal sprang der Vibrator kurz an. Dann fuhr der Wagen los.

Fahrt ins Grauen

Kaum hatte sich der Wagen in Bewegung gesetzt, ließ eine Explosion ihn erzittern. Er wurde abrupt gebremst und kam zum Stehen. Sand und kleine Steine rieselten auf das Wagendach. Anita hörte, wie eine Seitenscheibe heruntergelassen wurde.

»Was war denn das?«, wollte der Käufer wissen.

»Keine Ahnung. Es hat eine Explosion im Gebäude gegeben«, antwortete eine unbekannte Stimme.

Sie hörte Schritte, die sich dem Wagen näherten. Die Seitentür wurde aufgerissen.

»Sie ist noch da?«, fragte Montoya ungläubig.

»Wo soll sie sonst sein?«, wollte der Käufer wissen.

»Der Safe wurde gesprengt«, hörte sie Juan rufen, »Die Sonnenscheibe wurde gestohlen.«

»Mist«, fluchte Montoya, »ich habe ihn falsch eingeschätzt. Er hat also dazugelernt. Ich war sicher, dass er versuchen würde, die Frau zu befreien.«

»Du bist ihm wohl doch nicht wichtig genug«, raunte er Anita durch den Kopfkäfig zu.

»Fahren Sie los«, brüllte er dem Käufer zu und schloss die Seitentür.

Erneut fuhr der Wagen an. Dem Motorgeräusch und der unruhigen Fahrt nach zu urteilen, jagte er mit hoher Geschwindigkeit über die Salzwüste.

»Montoya hatte mir schon gesagt, dass jemand während der Auktion versuchen könnte, dich zu befreien. Er hatte extra Maßnahmen ergriffen, um denjenigen gefangen zu nehmen. Tja, das ist wohl fehlgeschlagen. Aber das ist nicht unser Problem. Ich werde in Kürze mit dir so weit von hier weg sein, dass dich niemand finden und befreien kann. Falls du also auf Rettung gehofft hattest, vergiss es.«

Hatte es für sie doch einen 007 gegeben, der sie hätte retten können? Der sich aber entschieden hatte, lieber ein Staatsgeheimnis zu stehlen und sie dafür zu opfern? Wirklich tröstlich war dieser Gedanke nicht. Aber wer sollte ... natürlich! Montoya hatte es ja schon mehrfach angedeutet, dass da noch jemand war. Und sie wusste auch, wer. Zumindest, wenn sie ihren Traum ernst nahm. Sie hatte im Traum den Mörder ihres Mannes getötet. Dieser Mörder und Montoya schienen irgendwie ein und dieselbe Person zu sein, obwohl sie sich nicht einmal ähnlich sahen. Montoya hatte sich sogar als Gott bezeichnet, auch wenn sie das bisher für eine größenwahnsinnige Metapher für Überlegenheit gehalten hatte. Im Traum war dieser Mörder der Bruder ihres Mannes gewesen. Und diese beiden Brüder waren die mächtigsten Männer der Stadt. Wenn also Montoya ein von den Toten zurückgekehrter Gott aus Teotihuacán war, dann könnte nach der gleichen Logik auch ihr Mann aus dem Traum wieder leben. Aber was war sie dann? Die wiedergeborene teotihuacánische Geliebte eines Gottes?

Auch wenn ihr Traum bisher die in sich logischste Erklärung für das lieferte, was ihr hier passierte, klang es doch insgesamt zu verrückt, um Realität zu sein. Trotzdem entzündete sich daran ein

Fünkchen Hoffnung, dass ihr Traummann lebte und sie retten würde. Sie hatte solch eine Hoffnung allerdings auch bitter nötig.

Die Fahrt schien endlos zu dauern. Zwischendurch gab es wohl den einen oder anderen Tankstopp, allerdings vernahm sie nie eine fremde Stimme, sodass sie keine Gelegenheit hatte, um Hilfe zu rufen. Wobei sie nicht wusste, wie gut das in dem stählernen Kopfkäfig und mit dem ovalen Ring im Mund geklappt hätte. Einen Versuch wäre es ihr aber wert gewesen.

Diese Chance ergab sich allerdings nicht. Ihre Gedanken kreisten um den geheimnisvollen Retter, den sie herbeisehnte. Außer den Bewegungen des Wagens hatte sie keine äußeren Eindrücke. Schließlich blieb der Wagen stehen.

»Ich glaube, es wird Zeit für ein Picknick.«

Der Käufer – ihr wurde bewusst, dass sie nicht einmal einen Namen für ihn hatte – stieg aus und öffnete die Schiebetür neben ihrem Sitz. Eine Hand legte sich auf ihren Oberschenkel. Die andere fuhr über ihre Brust.

»Das ist schon eine geile Konstruktion, in der du dich befindest. Du wirst mir jederzeit für alle Vergnügungen zur Verfügung stehen, ob du willst oder nicht. Ich glaube nicht, dass ich dich da wieder herauslasse. Zumindest so lange nicht, bis du mir langweilig wirst.«

Er öffnete die Augen-Abdeckungen der Maske.

»Aber das wird so schnell nicht passieren. Ich habe eine Menge Ideen, was ich mit dir anstellen kann. Und an deinen angstvoll aufgerissenen Augen werde ich mich so schnell nicht sattsehen können. Erst, wenn du nur noch lethargisch vor dich hinleidest, wird es Zeit, mich nach einem neuen Opfer umzuschauen. Dann kommst du in einen Tank, in dem du über Schläuche mit allem Lebensnotwendigen versorgt wirst, während ich deine medizinischen Daten als Organspender speichere. So darfst du auch noch nützlich sein, wenn ich bereits das Interesse an dir verloren habe. Ist das nicht großzügig von mir?«

Er lachte und musterte dabei aufmerksam ihre Augen.

»Noch bist du nicht sicher, ob ich nur Unsinn erzähle. Aber spätestens, wenn du die Tanks mit deinen Vorgängerinnen gesehen hast, wirst du wissen, dass ich es ernst meine.«

Ihr Herz schlug schneller. Dieses Monstrum machte ihr wirklich Angst. Und im Gegensatz zu ihrer vagen Hoffnung auf einen Retter war er real. Er nahm die Hand von ihrem Oberschenkel und legte sie auf ihren Brustkorb, dort, wo ihr Herz pochte.

»Ich liebe deine Angst. Ob mir dein Schmerz auch so gut gefallen wird?«

Er kniff sie brutal in die Brustwarze. Sie schrie auf und versuchte, sich seinem Griff zu entziehen. Bei der geringen Bewegungsfreiheit, die ihr, festgeschnallt auf dem Autositz, blieb, hatte sie allerdings keine Chance dazu. Sie konnte seinen bissigen Fingernägeln nicht entkommen, und so blieb ihr nur, den Schmerz herauszuschreien, was ihm sichtliches Vergnügen bereitete. Endlich ließ er los. Sie atmete schwer und hatte Tränen in den Augen.

»Ja, dein Schmerz gefällt mir auch sehr. Ich kann es kaum erwarten, dich in meinem Folterkeller zu haben.«

Mit einem erwartungsvollen Seufzen öffnete er die Abdeckung vor ihrem Mund. Mit dem Daumen fuhr er ihre geöffneten Lippen entlang. Ein fast verträumter Ausdruck erschien auf seinem Gesicht. Zwei Finger schob er ihr tief in den Mund. Sie wünschte sich, sie könnte zubeißen. Der ovale Ring, der Gaumen und Unterkiefer auf Abstand hielt, ließ das jedoch nicht zu. Mit einem Ruck richtete er sich auf und drehte die Lehne ihres Sitzes nach hinten, bis Anita sich in einer halb liegenden Position befand.

»Das muss noch warten. Jetzt bekommst du erst mal etwas von mir zu essen und zu trinken. Na ja, das mit dem Essen werden wir wohl etwas anders gestalten müssen.«

Er ging zur Beifahrertür und holte eine Plastikbox heran. Dann drückte er ihren maskierten Kopf nach hinten, legte seinen linken Arm darum, dass sie ihn nicht mehr bewegen konnte, und goss etwas Dickflüssiges in ihren Mund.

»Da du nicht mehr beißen kannst, muss ich deine Ernährung auf Flüssigkeit umstellen. Schluck den Joghurt langsam herunter. Ich habe etwas Ballaststoffe hineingerührt. Schließlich wollen wir, dass du gesund bleibst. Wenn wir angekommen sind, werde ich auch deinen Vitaminhaushalt kontrollieren.«

Mühsam schluckte sie den eingedickten Joghurt herunter. Er goss ihr Wasser aus einer Flasche nach. Damit ging es besser. In kleinen Schlucken ließ er sie weitertrinken. Dann gab er ihren Kopf wieder frei und richtete ihre Lehne auf. Sie schaute sich im Wagen um. Im hinteren Teil gab es keine Fenster und zwischen den Vordersitzen und den hinteren war eine Art Fliegengitter gespannt, sodass man sie durch die Windschutzscheibe nicht richtig sehen konnte. Auf Entdeckung brauchte sie folglich nicht zu hoffen. Draußen war auch nicht viel zu erkennen. Sie waren auf einem einsamen Parkplatz, der von Bäumen gesäumt war.

»Da hast du etwas falsch verstanden«, wies er sie zurecht, »Die Augenabdeckung hatte ich abgenommen, damit ich deine Augen sehe, nicht, damit du dich umschaust.«

Mit diesen Worten schloss er sowohl die Abdeckung über ihren Augen, als auch die über ihrem Mund. Sie hörte, wie die Schiebetür geschlossen wurde. Wenig später fiel auch die Fahrertür ins Schloss und der Wagen setzte sich wieder in Bewegung.

Ihre linke Brust schmerzte. Anita war wütend auf ihren Peiniger, und gleichzeitig hatte sie Angst vor ihm. Es sah aus, als würde diese Fahrt noch das Angenehmste sein, was sie in Zukunft zu erwarten hatte. Er schien weder Skrupel noch Mitgefühl zu haben. Wichtig war ihm nur sein Vergnügen, und das schien er vor allem daraus zu ziehen, sie zu quälen und ihr Angst einzuflößen. Leider war er damit schon jetzt recht erfolgreich. Sie wünschte, sie könnte wenigstens eine kleine Chance sehen, ihm zu entkommen. Außer ihrer vagen Hoffnung auf den Mann aus ihrem Traum gab es allerdings nichts, was sie aufrichtete. Und selbst diese Hoffnung war so abwegig, dass sie selbst nicht daran glaubte.

Da sie nichts sehen konnte und auch außer dem gleichförmigen Brummen des Motors nichts zu hören war, verlor sie wieder einmal jedes Gefühl für Raum und Zeit. Ihre Gedanken kreisten unaufhörlich um ihre hoffnungslose Situation. Das gelegentliche Ruckeln, wenn der Wagen über eine Unebenheit der Straße fuhr, nahm sie nicht mehr bewusst war. Daher dauerte es einen Moment, bis sie mitbekam, dass der Wagen angehalten hatte. Die Fahrertür wurde geöffnet und wieder geschlossen. Wollte er eine weitere Rast einlegen, um sie zu quälen? Fatalismus und Angst hielten sich bei ihr die Waage. Wenn jetzt die Seitentür aufgeschoben würde, gewänne wohl die Angst. Sie hörte tatsächlich, wie eine Schiebetür geöffnet wurde. Allerdings war es nicht die des Autos. Waren sie etwa schon angekommen? Ihr Puls beschleunigte sich. Sie hörte erneut die Fahrertür auf- und zugehen. Der Wagen fuhr langsam an. Die Fahrgeräusche wurden lauter, wie in einer Halle. Noch einmal hörte sie die Fahrertür und dann die Schiebetür, die dieses Mal ebenfalls viel lauter klang. Die nächsten Geräusche konnte sie nicht einordnen. Dann ging die Seitentür des Wagens auf.

»Willkommen in deinem neuen Zuhause. Ich hoffe, es wird dir gefallen, denn du wirst es nie wieder verlassen.«

Sie wurde abgeschnallt, aus dem Wagen gehoben und abgesetzt. Erneut bekam sie Gurte um die Hüfte und über die Brust. Sie musste in einem Rollstuhl sitzen, denn sie spürte, wie sie vorwärts geschoben wurde. Es ging eine Rampe hinauf und um irgendwelche Ecken. Dann fuhren sie in einem Aufzug nach unten.

Es schien sich um einen Lastenaufzug zu handeln. Für eine geschlossene Kabine waren die Geräusche zu laut. Nach einer massiv klingenden Tür ging es offenbar einen Gang entlang.

»Es ist dir doch recht, wenn ich dich erst einmal etwas herumführe?«

Die Augenabdeckung wurde entfernt. Sie befanden sich in einem weiß gestrichenen Gang mit Neonröhren an der Decke. Ihr Rollstuhl wurde bis zu einer Tür geschoben, die seitlich vom Gang abzweigte. Nachdem ihr Peiniger, sie beschloss, ihn gedanklich nur noch so zu nennen, die Tür aufgeschlossen hatte, schob er sie in einen großen Raum, in dem mehrere durchsichtige Röhren standen. Sie zählte zehn Stück. Sieben der Röhren waren leer. Anita spürte einen Kloß in ihrem Hals, und ihr Herz raste. Sie wusste, was sie gleich sehen würde. In den drei anderen Röhren schwebten Frauen in einer klaren Flüssigkeit. Ihre Gesichter waren von schwarzen Atemmasken ohne Sichtfenster verdeckt. Weitere Schläuche führten zu verschiedenen Stellen ihrer Körper. An den Röhren waren Anzeigetafeln angebracht, die Auskunft über medizinische Messdaten gaben.

»Sie werden künstlich ernährt und bekommen alles, was sie brauchen, um gesund zu bleiben. Die leere Röhre hier nebenan ist für dich reserviert. Aber keine Angst, es werden sicher mehrere Monate, vielleicht sogar Jahre vergehen, bevor ich deiner überdrüssig bin. Du hast das Potenzial, mir sehr lange Freude zu bereiten.«

Anita glaubte, ihr Entsetzen sei nicht mehr steigerungsfähig. Doch dann schob er sie näher an die erste der drei Röhren heran. Der Körper der Frau darin wies an verschiedenen Stellen große Narben auf.

»Sie ist meine erfolgreichste Organspenderin. Eine Niere, einen Lungenflügel und ihr Herz hat sie bereits gespendet. Deshalb hängt sie auch an einem künstlichen Herz. Ich bin stolz auf die Eingriffe. Die nehme ich nämlich alle selbst vor. Überhaupt läuft hier alles komplett unter meiner Kontrolle. Es gibt keine Mitwisser. Niemand, der auf einmal von seinem Gewissen geplagt wird. Keiner, der ausplaudern kann, was hier passiert, ob gegen Bestechungsgeld oder einfach im Suff. Eine perfekte, kleine Welt.«

Er schob sie wieder aus dem großen Raum hinaus und schloss die Tür hinter ihnen ab. Anita war fassungslos. Angst oder Panik waren keine angemessenen Beschreibungen mehr für das, was sie empfand.

»Dann begeben wir uns mal in dein neues Zuhause, meine gut ausgestattete Folterkammer. Ich hoffe, du freust dich schon. Einen Moment wird es noch bei der Vorfreude bleiben müssen. Ich habe noch etwas Wichtiges zu erledigen. Aber keine Angst, dann komme ich wieder und nehme mir sehr viel Zeit für dich.«

Zwei Türen später hielt er den Rollstuhl wieder an. Sie betraten ein geräumiges Zimmer, in dem jede Menge unterschiedlicher Pranger, Fixiergeräte, eine Streckbank, ein Zahnarztstuhl mit Befestigungsösen und kleine Käfige herumstanden. Der Raum war mit künstlichen Fackeln an den Wänden in ein flackerndes, orangerotes Licht getaucht. An den Wänden hingen Peitschen, Stöcke, Klammern und verschiedene Gegenstände, die Anita noch nie gesehen hatte und deren Zweck sie sich nicht vorstellen konnte. In der Mitte befand sich eine Gitterzelle mit einer stählernen Toilette und einer dünn gepolsterten Liege. Anita wurde in die Zelle geschoben und aus dem Rollstuhl befreit. Von hier aus konnte sie den den ganzen Raum überblicken. Ihr Peiniger trat aus der Gitterzelle heraus und schloss sie ab.

»Deine Augenabdeckung brauchst du erst einmal nicht zu tragen. Nimm dir Zeit und schaue dich in aller Ruhe hier um. Dann kannst du schon mal sehen, was dich so alles erwartet. Na ja, alles ist das nicht. Es gibt noch ein paar weitere, gut ausgestattete Räume, die du auch noch sehr genau kennenlernen wirst. Ich hoffe, der Raum stimmt dich schon mal auf die Freuden ein, die wir nachher genießen werden. Na okay, das Genießen könnte etwas einseitig werden. Bis später.«

Rettung?

Anita konnte die Eindrücke noch nicht verarbeiten. Der Raum mit den durchsichtigen Röhren ging ihr nicht mehr aus dem Kopf. Die Vorstellung, bis zum Lebensende, womöglich sogar bei vollem Bewusstsein, in solch einer Röhre dahinzuvegetieren, war einfach zu entsetzlich.

Wieso hatte bisher niemand diesen Wahnsinnigen gestoppt? Was mussten die drei Frauen bereits durchgemacht haben, bevor sie in den Röhren gelandet waren? Sie wollte es sich gar nicht vorstellen. Erst recht nicht angesichts der Tatsache, dass ihr das gleiche Schicksal bevorstand.

Bisher hatte sie immer noch an eine gewisse Gerechtigkeit im Leben geglaubt. Aber das hier zerstörte diesen Glauben nachhaltig. Dieses Monstrum lebte seine grausamen Gelüste ungestraft aus und seinen Opfern blieb nichts, als es mit sich geschehen zu lassen. Den Gedanken, dass sie selbst sein nächstes Opfer sein würde, versuchte sie zu verdrängen. In Anbetracht der vielen Folterwerkzeuge in diesem Raum fiel ihr das allerdings von Minute zu Minute schwerer.

Mit pochendem Herzen schaute sie sich in dem Raum um. Ihr Blick blieb an dem Zahnarztstuhl hängen. Er schien vollständig ausgestattet zu sein. Sogar die Bohrer waren an ihrem Platz. Schaudernd wandte sie sich ab. Sie wollte sich nicht ausmalen, was er darin mit ihr anstellen könnte. Dass er sie sicher auf jede denkbare Art sexuell missbrauchen würde, war in Anbetracht der anderen Aussichten eine ihrer geringsten Ängste. Aber wahrscheinlich ließe er es sich nicht nehmen, sie selbst dann noch gleichzeitig zu foltern. Bilder der verschiedensten Qualen und Demütigungen, die sie erwarten mochten, drängten sich ihr auf. Zu ihrem Erschrecken verursachten manche dieser Vorstellungen in ihr nicht nur Gefühle der Angst und des Abscheus. Es gab auch Fantasien, die sie erregend fand. Nicht die Aussicht, ihr Leben in einer Röhre zu beenden. Und auch nicht die gnadenlose Grausamkeit, die ihr Peiniger an den Tag legte. Aber die Vorstellung, der Willkür eines Mannes völlig ausgeliefert zu sein – solange sich seine Willkür in Grenzen hielt – wühlte sie innerlich tief auf. Wie konnte sie nur in Anbetracht ihrer Situation solche Gefühle haben? Sie schämte sich dafür, konnte diese Gedanken und Gefühle aber trotzdem nicht aus ihrem Kopf verbannen. Hoffentlich halfen ihr diese Empfindungen wenigstens, die nächste Begegnung mit ihrem Peiniger einigermaßen zu überstehen.

Er ließ sich viel Zeit. Ob er sie absichtlich lange in Ungewissheit schmoren lassen wollte? der kam ihr die Zeit bloß so lang vor, weil sie hilflos in der Zelle stand und auf das Unvermeidliche wartete?

Im Gang waren mehrere Stimmen zu hören. Hatte er nicht gesagt, er sei hier alleine? Von Mitwissern, die er unbedingt vermeiden wollte, war die Rede gewesen, daran erinnerte sie sich genau.

Die Tür wurde geöffnet und ein ungepflegter Mann mit Lederjacke schaute hinein.

»Ach du Scheiße. Hey Leute, kommt mal her und schaut euch das an.«

Zwei weitere Männer kamen in den Raum. Sie musterten kurz die zahlreichen Folterinstrumente und starrten dann sie an.

»Wenn die Schnecke auf so'n krasses Zeug steht, hat sie sicher nichts dagegen, von uns mal ordentlich durchgeknallt zu werden«, meinte einer von ihnen.

Mit einer Brechstange öffneten sie die innere Zelle. Anita kam ihnen entgegen, soweit ihre Fesselung das zuließ. Wenn diese Rocker – oder was auch immer sie waren – sie mitnahmen, würde es ihr wahrscheinlich besser ergehen, als in der Gewalt dieses skrupellosen Sadisten.

»Ach das ist ja langweilig. Die hat einen Keuschheitsgürtel an. Komm wir gucken uns weiter um.«

Die Männer wandten sich zum Gehen. Anita versuchte, sie anzusprechen, was der Reif in ihrem Mund allerdings verhinderte. Mehr als ein paar unverständliche Laute bekam sie nicht heraus. Einer der Männer drehte sich um und sah, wie sie breitbeinig hinter ihnen herlief.

»Du, das gibt's ja nicht. Ich glaube, die will mit.«

»Na, dann nehmen wir sie halt mit. In der Werkstatt bekommen wir den Gürtel bestimmt auf.«

Der kräftigste der drei Rocker legte sie über die Schulter und trug sie in den Gang hinaus. Als sie an der Tür vorbeikamen, hinter der die Röhren waren, machte Anita wieder durch Laute und leichtes Zappeln auf sich aufmerksam. Sie wurde abgesetzt.

»Was ist, Puppe?«

Sie deutete mit einer am Gürtel gefesselten Hand auf die Tür.

»Schau'n wir mal rein. Vielleicht gibt es da ja noch mehr Tussen.«

Auch hier tat die Brechstange wieder ihren Dienst. Als die Männer die Röhren sahen, verschlug es allerdings auch ihnen erst mal die Sprache.

»Was ist denn das für eine kranke Scheiße?«, keuchte einer.

»Los, lass uns hier verschwinden.«

»Hier verschwindet niemand. Hände hoch. Und zwar plötzlich.«

Ihr Peiniger kam mit einer Maschinenpistole in der Hand durch die Tür. Als einer der Rocker sich mit der Brechstange zu ihm umdrehte, feuerte er diesem in den Bauch. Schreiend wälzte sich der Getroffene auf dem Boden, während die anderen schnell die Hände nach oben nahmen.

»Hinknien! Hände hinter den Kopf!«

Die beiden unverletzten Rocker gehorchten sofort.

»Wunderbar. Dann habe ich gleich noch zwei, vielleicht sogar drei männliche Organspender dazubekommen.«

Den wimmernden Rocker mit Bauchschuss ignorierte er völlig, während die beiden unverletzten ihrem Kameraden gequälte Blicke zuwarfen. Der Widerling ging auf einen der knienden Rocker zu, hielt dann aber mitten in der Bewegung inne und fasste sich ins Genick. Dann brach er zusammen.

»Los, steht auf und helft mir bei eurem Kameraden«, hörte Anita jemanden hinter sich sagen.

Die Rocker standen auf. Einer nahm die Maschinenpistole auf und richtete sie auf den Neuankömmling.

»Wer sind Sie?«

»Das ist jetzt nicht wichtig. Und richte die Waffe nicht auf mich. Falls du es noch nicht bemerkt hast, habe ich euch gerade gerettet. Jetzt komm her und hilf mir.«

Nach kurzem Zögern legte der Rocker die Waffe zur Seite und trat auf den Verletzten zu. Der Neuankömmling wies die beiden an, ihren Freund festzuhalten. Dann legte er diesem die linke Hand auf die Stirn. Wenige Sekunden später hörte der Verletzte auf zu stöhnen und sich zu winden.

»Öffnet ihm die Jacke und die Hose. Ich sehe mir die Verletzung mal an.«

Seine Hand ließ er die ganze Zeit auf der Stirn des Angeschossenen liegen. Der Bauch war blutverschmiert. Der Fremde griff mit zwei Fingern in eines der Einschusslöcher und holte ein Geschoss heraus. Die beiden Rocker sahen ihn fassungslos an. Noch zwei weitere Male griff er in die Wunden und holte kupferfarbene Projektile heraus. Die Wunde blutete nur noch wenig. Dann legte er seine rechte Hand auf den verletzten Bauch und schloss die Augen.

Einen Moment lang passierte gar nichts. Dann regte sich der Getroffene wieder. Der Fremde stand auf und nahm die Maschinenpistole an sich.

»Ich schlage vor, ihr verschwindet jetzt. Euer Freund muss dringend in ein Krankenhaus. Ich habe ihm etwas Zeit verschafft und die Schmerzen vorläufig genommen. Aber ohne eine Notoperation stirbt er.«

Die beiden Männer nahmen ihren verletzten Kameraden zwischen sich. Einer wollte auch nach Anita greifen.

»Die Frau bleibt hier! Jetzt geht und kommt nie wieder.«

»Wer sind Sie?«, sprach einer das aus, was auch Anita brennend interessierte.

»Das würdet ihr mir sowieso nicht glauben.«

»Nach der Wunderheilung von eben glaube ich alles.«

»Auch, dass du gerade einem alten, indianischen Gott begegnet bist?«

Die Männer starrten ihn mit offenen Mündern an. Anita hätte es ihnen gleichgetan, wäre ihr Mund nicht ohnehin zwangsweise aufgesperrt gewesen.

»Komm, lass uns endlich gehen.«

Anita fragte sich, ob sie träumte. Ob ihr Verstand den Belastungen nicht weiter standgehalten hatte und ihr jetzt eine Traumwelt vorgaukelte. Im Gegensatz zu Montoya sah dieser Mann dem in ihrem Traum sogar ähnlich. Er war groß, drahtig und hatte graublaue Augen. Seine braunen Haare waren fast militärisch kurz geschnitten – der deutlichste Unterschied zu dem Mann aus ihrem Traum.

Das konnte doch gar nicht real sein! Sie hatte Angst, jeden Moment wieder in der Folterkammer aufzuwachen und von diesem Widerling gequält zu werden.

Ihr Retter näherte sich dem regungslos am Boden liegenden Mistkerl.

»Wollen wir doch mal schauen, ob er die Schlüssel für den Kopfkäfig und den Keuschheitsgürtel dabei hat.«

Er schaute kurz zu Anita hinüber. In diesem Moment griff der bis dahin reglos auf dem Boden liegende Sadist Anitas Retter mit einem Elektro-Schocker an.

Anita stieß einen Schrei aus.

Sie versuchte, sich den beiden zu nähern, um dem Mann beizustehen, der ihre einzige Chance darstellte, diesem Horror zu entfliehen. Die Fußfessel mit der hinderlichen Spreizstange ließ sie jedoch nur langsam vorankommen. Sie sah, dass sie zu spät kam. Ihr Traummann lag am Boden und zuckte unkontrolliert, während ihr Peiniger ihn immer wieder mit dem knisternden Schocker berührte.

»Tja, immer dasselbe Pfeilgift zu verwenden, ist schon eine blöde Idee. Ihr ›Freund‹ Montoya hatte mich davor gewarnt. Aber glücklicherweise gibt es ja Gegenmittel, die man vorher nehmen kann. Na, fühlen Sie sich noch immer wie ein indianischer Gott?«

Lachend ging der Widerling auf einen Schrank zu und holte eine sterile Spritze heraus. Er öffnete die Verpackung und zog den Inhalt einer Ampulle auf. Dann stach er sie dem hilflos am Boden liegenden, verhinderten Retter in den Unterarm und injizierte ihm die Flüssigkeit.

»Das dürfte dich erst mal außer Gefecht setzen. Indianischer Gott! Dass ich nicht lache!«

»Du hast Glück«, wandte er sich an Anita, »und darfst zuschauen, was ich später auch einmal mit dir machen werde. Er hat jetzt eine Injektion bekommen, die seine Muskeln lähmt. Nicht alle Muskeln. Herz und Atmung funktionieren noch.«

Er begann, den reglosen Mann auszuziehen. Das tat er sehr ordentlich und ohne Hast, als wolle er die Kleidungsstücke später noch im Internet versteigern. Womöglich hatte er das tatsächlich vor, überlegte Anita verstört.

Routiniert fuhr er mit seiner Arbeit fort. Dann ging er zu der Kontrolltafel einer noch unbenutzten Röhre und betätigte einige Schalter und Knöpfe, woraufhin sich an der Stirnseite der Röhre die Abdeckung zur Seite klappte. Anita wusste, was er gleich tun würde. Verzweifelt kam sie trotz ihrer eingeschränkten Bewegungsmöglichkeit auf ihn zugestolpert und versuchte, ihn umzuschubsen. Lachend wich er aus und drehte sie so, dass sie mit dem Rücken zu ihm stand. Dann griff er unter ihre Arme und zog sie einfach rückwärts zu einer Wand hin. Dort befestigte er die Kette von ihrem Halsreif an einem Haken, den sie mit ihren gefesselten Händen nicht erreichen konnte.

»Jetzt musst du halt von hier aus zuschauen. Für deinen Versuch, mich anzugreifen, werde ich dich nachher noch extra bestrafen. Ich habe dazu schon ein paar nette Ideen. Hoffentlich bist du gut bei Stimme. Du wirst nämlich ziemlich viel und laut schreien.«

Er ließ sie einfach stehen und zog den hilflosen Retter zur Röhre hin. Anita wünschte sich verzweifelt, dass dieser wieder rechtzeitig zu Kräften käme. Davon war allerdings nichts zu erkennen. Ruhig und gelassen befestigte der Widerling verschiedene Schläuche, die er aus der Röhre hervorholte, mit Kanülen an seinem regungslosen Opfer. Hinzu kamen Drähte mit großen Kontaktflächen, die er auf die Haut des nackten Mannes klebte. Dann kam die Atemmaske an die Reihe, die das ganze Gesicht bedeckte.

Plötzlich zuckten Arme und Beine des Retters und Anita spürte wieder einen Funken Hoffnung. Sofort sprang der Sadist auf und drückte auf einen der Knöpfe der Kontrolltafel. Die Muskelzuckungen wurden weniger. Dann schob er sein Opfer in die Röhre und verschloss sie. Eine klare, zähe Flüssigkeit strömte langsam ein und stieg immer höher. Der Körper des Mannes begann, in der Flüssigkeit zu schweben, die schließlich alle Luft aus der Röhre gedrängt hatte.

Anita hatte das Gefühl, unter einer ungeheuren Last zerdrückt zu werden. Ihr Retter schwebte hilflos in der Röhre und ihre Hoffnungen, diesem Albtraum zu entfliehen, waren endgültig zerstört.

Ihr Peiniger kam auf sie zu. Sie wollte zurückweichen, aber das ließ die Kette nicht zu. Zwei Meter vor ihr grinste er breit und wandte sich dann etwas nach rechts. Aus einer Nische nahm er einen Telefonhörer und wählte eine Nummer.

»Herr Montoya? Dr. Jones hier. Ja, genau. Er hat versucht, die Frau zu befreien. Wie Sie vermutet hatten. Ich konnte ihn überwältigen und in eine meiner Röhren stecken. Ja, er lebt und ist unverletzt. Er wird mit allem Lebensnotwendigen versorgt. Nein, ich werde ihm keine Organe entnehmen. Er bleibt unversehrt und kann auch in 50 Jahren noch leben. Was? Ja, von mir aus auch in 5000 Jahren, wenn jemand die Versorgung mit künstlicher Ernährung, Medikamenten und Strom übernimmt. Das natürliche Altern hält die Röhre allerdings nicht auf. Wollen Sie ihn sich ansehen? Auch gut. Er ist bei mir gut aufgehoben.«

Er legte den Hörer wieder auf, ging zur Röhre und betätigte einen Knopf.

»Hallo da drin. Ich hoffe, Sie fühlen sich wohl in ihrem neuen Zuhause. Ihr ›Freund‹ Montoya meinte, ich solle Sie bewusstlos halten. Aber das wäre doch Verschwendung, meinen Sie nicht? Ich werde Ihnen bei vollem Bewusstsein den gleichen Mix aus Schmerzen und Stimulationen geben, den auch meine anderen Röhrenbewohner bekommen. Auch das örtliche Radioprogramm dürfen Sie von Zeit zu Zeit hören. Schließlich will ich, dass Ihr Verstand möglichst lange intakt bleibt. Alles andere wäre verschwendetes Leiden. Gelegentlich dürfen Sie sogar meine Stimme hören. Ja, ich bin wieder einmal großzügig.«

Gut gelaunt ließ er den Knopf los und näherte sich wieder A-
nita.

»Jetzt, mein Täubchen, kommst du an die Reihe. Öle schon mal
deine Stimmbänder. Du wirst sie gleich brauchen.«

Gefunden

Feindliche Übernahme

Anita wusste nicht mehr, wohin mit ihrem Entsetzen. Grinsend näherte sich ihr Peiniger, von dem sie jetzt zumindest wusste, dass er Dr. Jones hieß. Plötzlich blieb er irritiert stehen. Die Kontrollen an der Röhre mit dem verhinderten Retter begannen zu piepen.

»Mist, gerade war ich in so schöner Stimmung«, murmelte er, während er kehrt machte und die Anzeigen in Augenschein nahm.

»Das gibt es doch gar nicht.«

Konzentriert betätigte er einige Regler und schaute immer wieder auf die Displays der Kontrolltafel.

Das Piepen wurde penetranter und schneller. Schließlich gab es einen Dauerton.

»Das wird Montoya aber gar nicht gefallen.«

Wütend trat er gegen die Röhre. Plötzlich zuckte er zusammen, stolperte einige Schritte zurück und warf den Kopf hin und her.

»Verschwinde! Raus aus meinem Kopf.«

Er fuchtelte wild mit den Armen herum. Abrupt wurde er wieder ruhig und bewegte sich überhaupt nicht mehr. Nur sein Atmen war für Anita noch zu erkennen. Sie versuchte zu verstehen, was da gerade vor sich ging, konnte sich aber keinen Reim darauf machen.

Ganz langsam bewegte er seinen rechten Arm, so, als würde er es das erste Mal machen. Die Finger schienen ebenfalls ein unkoordiniertes Eigenleben zu entwickeln. Wie ein Zombie aus einem billigen Horrorfilm setzte er ein Bein vor das andere und trat so wieder an die Kontrollkonsole der Röhre heran. Mit ungelenken Fingern betätigte er mehrere Schalter. Anita sah die Flüssigkeit wieder aus der Röhre abfließen. Dann öffnete sich der Deckel. Er zog den leblosen Mann aus der Röhre und entfernte ihm die Schläuche, Injektionsnadeln und Drähte. Er wirkte noch immer wie ein Untoter, als er zu dem Schrank ging, aus dem er vorhin die Spritze geholt hatte. Erneut zog er eine Injektion auf, wenn auch ziemlich unbeholfen. Dann ging er mit der Spritze zur Röhre zurück und injizierte sie sich selbst. Langsam sank er neben dem befreiten Mann auf den Boden.

»Verdammt, was ist das?«, schimpfte er plötzlich.

Er versuchte, sich erneut aufzurichten. Es gelang ihm jedoch nur fast. Er fiel zurück, kämpfte sich wieder etwas nach oben, wobei seine Kraft mit jeder Sekunde geringer zu werden schien. Schließlich lag er regungslos da.

»Das kann doch alles nicht wahr sein«, keuchte er.

Auch wenn Anita nicht verstand, was da gerade passiert war, schien es doch eine für sie positive Entwicklung zu sein. Sie wünschte sich, sie könnte auf ihren Peiniger zugehen. So hilflos, wie er jetzt war, hätte sie ihn vielleicht trotz ihrer Fesselungen erwürgen können. Da sie jedoch an der Wand angekettet war, blieb ihr nur die Rolle einer hilflosen Zuschauerin.

Noch immer schimpfte der Sadist und haderte mit seinem Schicksal. Plötzlich bewegte sich ihr Retter wieder. Zunächst nur unkoordiniert und schwach, dann immer zielgerichteter. Schließlich stand er schwankend auf und stützte sich an der Röhre ab. Nach einem Moment des Kräftesammelns lief er auf einen Schrank zu und holte ein großes Handtuch heraus, mit dem er sich den Rest der Flüssigkeit vom Körper rubbelte.

Anita beobachtete ihn fasziniert. Er sah gut aus. Durchtrainiert, aber nicht zu muskulös. Sie überlegte, woher er wissen konnte, wo er das Handtuch finden würde. Das war allerdings nur eine von vielen Fragen, die sie verwirrten. Was ging hier vor?

Die Kleidung, die der Widerling ihm vorher ausgezogen hatte, lag noch in der Nähe der Röhre. Anitas Traummann legte sie zügig wieder an und wandte sich dann dem Sadisten zu.

»Dann muss ich mich jetzt wohl bei Ihnen revanchieren, Dr. Jones.«

»Wagen Sie es nicht, mich anzufassen. Ich bin amerikanischer Staatsbürger und habe ein Recht auf einen fairen Prozess.«

Der Retter lachte freudlos.

»So, so, Sie haben also Rechte. Und wieso sollte ich Ihre Rechte mehr respektieren, als Sie meine Rechte oder die Ihrer Opfer?«

»Sie können mir gar nichts beweisen!«

»Ich muss Ihnen auch nichts beweisen. Wir sind hier schließlich nicht vor Gericht. Das wäre auch sinnlos, denn für solch monströse Taten wie die Ihren gibt es keine angemessenen Strafen.«

»Ich war das nicht. Ihr Feind hat mich dazu gezwungen.«

»Ach ja? Für den Fall, dass Sie nicht verstanden haben, was gerade passiert ist: Ich war in Ihrem Bewusstsein. Ich weiß, was Sie getan haben, und ich weiß, warum Sie es getan haben. Also sparen Sie sich die Lügen.«

»Was wollen Sie? Geld? Ich habe viel Geld. Mehr als Sie sich vorstellen können. Ich könnte Sie zu einem reichen Mann machen. Wie viel wollen Sie?«

»Ich weiß, dass Sie reich sind. Wie gesagt, ich war in Ihrem Verstand und kenne alle Ihre Erinnerungen. Deshalb weiß ich auch, wie ich an Ihr gesamtes Geld komme. Es gibt nichts, was Sie mir anbieten können.«

»Wie haben Sie das gemacht? Wer sind Sie?«

»Das wissen Sie doch. Ich bin ein alter, indianischer Gott. Und ich habe vorhin diesen Körper hier verlassen und Ihren übernommen. Das ist doch nicht so schwer zu verstehen, oder? Schließlich waren Sie ja hautnah dabei.«

»Das gibt es doch alles gar nicht«, stöhnte Dr. Jones. »Was wollen Sie jetzt mit mir machen? Etwa mich umbringen? Damit erschrecken Sie mich nicht.«

Statt einer Antwort begann der Retter damit, Dr. Jones auszuziehen.

»Was soll das? Was haben Sie vor?«

»Stellen Sie sich doch nicht dümmer als Sie sind. Sie wissen genau, was ich mit Ihnen vorhabe. Eigentlich müsste ich Sie jahrelang foltern und dann für den Rest Ihres Lebens in diese Röhre stecken, für das, was Sie mit Ihren Opfern angestellt haben. Aber ich habe Besseres zu tun, als Sie zu quälen. Deshalb kommen Sie nur in die Röhre und dürfen das gleiche ›Unterhaltungsprogramm‹ wie Ihre Opfer genießen. Das wird Ihnen sicher gefallen.«

»Nein! Das können Sie doch nicht tun! Das wäre unmenschlich!«

»Ach wirklich? Sie meinen, so unmenschlich wie Ihre Taten? Das ist doch ein interessantes, philosophisches Problem. Sie haben jetzt viel Zeit, darüber nachzudenken. Und vor allem über die Frage, wie weit man beim Ausleben der eigenen Gelüste gehen sollte.«

Dr. Jones schrie, als ihm die Atemmaske auf das Gesicht gedrückt und mit Riemen befestigt wurde. Danach war er nur noch gedämpft zu hören. Nachdem alle Schläuche und Drähte an ihrem Platz waren, wurde er in die Röhre geschoben. Der Retter ging zur Kontrolltafel und bediente sie so sicher, als hätte er dies schon oft getan. Die zähe Flüssigkeit stieg wieder in der Röhre an und schluckte alle Geräusche aus dem Inneren. Noch einmal drückte der Retter auf einen Knopf.

»Fast hätte ich es vergessen. Auf die gelegentlichen Verhöhnungen durch mich werden Sie verzichten müssen. So gesehen haben Sie es etwas angenehmer als Ihre Opfer. Sobald ich hier fertig bin, werde ich die Anlage mit Beton fluten. Ja, ich habe auch diese Vorrichtung in Ihren Erinnerungen entdeckt. Aber keine Angst, ich werde von einem Teil Ihres Geldes weiterhin die Anlieferungen der Materialien zur künstlichen Ernährung und die Medikamente zur Muskelkontrolle bezahlen lassen, genau wie die Stromrechnung. Es wird für Sie daher keinen Unterschied machen, ob die Anlage in Beton eingegossen ist oder nicht. Nur, dass Sie hier nie jemand entdecken oder gar befreien kann. Jetzt bleibt mir nur noch, Ihnen ein langes Leben zu wünschen, in dem Sie hoffentlich irgendwann Ihre Taten bereuen werden.«

Der Retter wandte sich den Kleidern von Dr. Jones zu und suchte einen Schlüsselbund heraus. Mit diesem kam er auf Anita zu.

»Ich hoffe doch, es ist dir recht, wenn ich dich jetzt befreie.«

Heftig nickte sie mit dem Kopf.

»Ich muss aber zugeben, dass diese Fesseln dir ausgesprochen gut stehen.«

Irritiert schaute sie ihn an. Meinte er das ernst? Wollte er etwa dort weitermachen, wo Dr. Jones aufgehört hatte? Sie erinnerte sich an seine letzten Worte zu dem Widerling. Nein, er würde nicht so weit gehen.

Seine Bemerkung über ihre Fesseln erinnerte sie an die Fantasien, derer sie sich so geschämt hatte, als sie in der Gewalt des sadistischen Monsters war. In gewissem Rahmen hatte es durchaus einen Reiz für sie, hilflos der Willkür eines, nein, nicht eines, sondern dieses Mannes ausgeliefert zu sein.

Sie hörte ein Schloss klicken und ihr Halsreif wurde entfernt. Nach einem weiteren Klicken war auch der Kopfkäfig aufgeschlossen. Zuerst klappte er den Teil hinter ihrem Kopf weg.

Dann drehte er den vorderen Teil vorsichtig von ihrem Gesicht weg, sodass sie Zeit hatte, den Mund weit genug aufzumachen, um den ovalen Ring freizugeben, der bisher gegen Gaumen und Unterkiefer gedrückt und so ihren Mund offengehalten hatte. Erleichtert schloss sie den Mund. Ihre Kiefermuskulatur schmerzte. Sanft massierten seine Hände diese Muskeln. Sie schloss die Augen und genoss das Abklingen der Schmerzen und die Zuwendung. Fast war sie enttäuscht, als er damit aufhörte und ihr die Fußfesseln abnahm. Schließlich befreite er sie auch aus dem Keuschheitsgürtel, der sie die ganze Zeit in eine breitbeinige Haltung gezwungen hatte. Auch ihre Hände waren endlich frei. Für einen Moment war sie versucht, mit den befreiten Händen ihre Brüste und die Scham zu verdecken. Aber irgendwie kam ihr das blöd vor. So stand sie einfach vor ihm und schaute ihn erwartungsvoll an. Lächelnd schüttelte er den Kopf.

»Ich fürchte, wir haben noch einiges an Arbeit vor uns«, meinte er und wandte mit sichtlicher Anstrengung seine Augen von ihr ab.

Mit wenigen Schritten war er bei der Kontrolltafel der ersten Röhre angekommen. Anita folgte ihm.

»Für sie können wir nichts mehr tun. Sie ist bereits hirntot. Ich werde ihre Lebenserhaltung abstellen, damit ihr Körper dem Geist folgen kann.«

Nachdem er einige weitere Knöpfe auf dem Panel gedrückt hatte, gingen alle Anzeigen aus. Er wandte sich der nächsten Röhre zu. Die Flüssigkeit wurde abgepumpt, und die Abdeckung öffnete sich. Er befreite die Frau von allen Anschlüssen und nahm ihr die Atemmaske ab. Zu Anitas Überraschung schlug sie sofort die Augen auf. Panik war in ihnen zu erkennen, und ihr Atem raste.

»Keine Angst«, sagte er mit ruhiger Stimme, »du bist jetzt in Sicherheit. Ich gebe dir gleich ein Beruhigungsmittel und bringe dich von hier weg.«

Mit schnellen Schritten bewegte er sich zu dem Schrank mit den Drogen und suchte zielsicher zwei Spritzen und zwei Ampullen heraus. Eine davon injizierte er der gerade befreiten Frau. Sie schloss die Augen wieder und kam schnell zu einem ruhigen Atemrhythmus.

Die gleiche Prozedur wiederholte er bei der nächsten Röhre.

»Wäre es nicht besser gewesen, die Frauen bei Bewusstsein zu lassen? So werden wir sie tragen müssen.«

»Das hätten wir ohnehin gemusst. Sie waren beide zu lange in dem Tank. Obwohl ihre Muskeln durch spezielle Medikamente nicht zurückgebildet sind, werden die beiden einige Zeit brauchen, um ihre Körper wieder unter Kontrolle zu bekommen. Außerdem wollte ich nicht riskieren, dass die Frauen jetzt noch an einem posttraumatischen Schock sterben. Ich besorge zwei Rollstühle. Mit denen können wir die beiden zu einem der Autos schieben, die Dr. Jones uns freundlicherweise überlassen hat.«

»Könnten Sie mir auch etwas zum Anziehen mitbringen? So ganz alltagstauglich ist mein Outfit nicht gerade.«

Sie drehte sich, nackt, wie sie war, mit seitlich ausgestreckten Armen um ihre Achse.

»Also mir gefällt es«, lachte er. »Es gibt in dem ganzen Gebäude keine Frauenbekleidung. Aber ich werde große Decken mitbringen.«

Dann verließ er den Raum.

Nachdenklich trat Anita an die Röhre heran, in der ihr Peiniger lag. Sie überlegte, wie sie dazu stand, ihn für den Rest seines Lebens bei vollem Bewusstsein in dieser Röhre zu lassen. Manch ein Schicksal wünscht man nicht mal seinem ärgsten Feind, ging es ihr durch den Kopf. Doch hatte der Spruch noch Gültigkeit für sie, nach allem, was sie hier erlebt hatte? Sie war nicht mehr überzeugt davon. Vielleicht, weil sie noch nie einen so schlimmen Feind gehabt hatte, wie diesen Sadisten. Außerdem ging es nicht nur um die Dinge, die er ihr angetan hatte. Mangels Gelegenheit waren das ja noch nicht so viele. Über das, was die beiden bewusstlosen Frauen hatten erleiden müssen, konnte sie nur spekulieren. Wenn man nicht betroffen ist, kann man leichter darüber philosophieren, welche Strafen unangemessen grausam sind. Bei dem Grauen, das sie selbst hier gesehen und erahnt hatte, gönnte sie Dr. Jones eine harte Strafe. Trotzdem spürte sie einen Hauch von Mitleid mit ihm.

»Hast du Zweifel, ob er das verdient hat?«, schreckte ihr Retter sie aus ihren Gedanken. Er schob zwei Rollstühle vor sich her, auf denen Decken lagen.

»Ich weiß es nicht. Er hat mit Sicherheit eine harte Strafe verdient. Aber bis zum Tod bewegungslos und ohne äußere Eindrücke in dieser Röhre? Ich bin mir nicht sicher.«

»Hättest du in seinen Erinnerungen gesehen, was er seinen Opfern alles angetan hat, kämen dir keine Zweifel mehr. Ich habe schon viele Grausamkeiten gesehen und miterlebt. Seine Taten stellen das alles in den Schatten. Ich wünschte, ich könnte es schnell wieder vergessen. Auf diesem Grundstück sind noch viel mehr Opfer von ihm verscharrt.«

Er schüttelte den Kopf, als wollte er die Erinnerungen abschütteln.

»Lass uns weitermachen. Du möchtest sicher auch nicht länger hier bleiben, als unbedingt nötig.«

»Nein, auf gar keinen Fall.«

Sie hoben die Frauen vorsichtig in die Rollstühle und legten die Decken um sie. Auch Anita schlang sich eine Decke um die Schultern und wickelte sich darin ein. Er reichte ihr einen Gürtel, damit sie die Decke notdürftig festzurren konnte und die Hände frei hatte, um einen der Rollstühle zu schieben.

»Wie heißen Sie eigentlich? Ich möchte schließlich wissen, wem ich meine Rettung verdanke.«

Er schaute sie an und schien einen Moment zu überlegen. Dann lächelte er.

»Derzeit heiße ich Hernando Antares. Für dich Hernando.«

»Derzeit?«

»Mein Name ändert sich von Zeit zu Zeit. Aber das erkläre ich dir später.«

»Tja, dann erst einmal vielen Dank, Hernando. Ich heiße Anita Velasquez ...«

»... und das schon immer«, fügte sie scherzhaft hinzu.

»Ich denke«, antwortete er mit einem Lächeln, »da täuschst du dich.«

Verwirrende Erklärungen

Sie schaute ihn fragend an, doch er schüttelte nur den Kopf und schob den Rollstuhl mit einer der leblosen Frauen aus dem Raum. Anita folgte ihm mit dem zweiten Rollstuhl. Zielstrebig bewegte er sich durch die verschiedenen Gänge. Ihr fiel ein, dass er über alle Erinnerungen des Widerlings verfügte. Sie dachte an ihren Peiniger, der jetzt regungslos in einer seiner Röhren lag. Wie die beiden Frauen wohl über dessen Bestrafung dachten? Sie hatten viel schlimmer unter Dr. Jones gelitten. Würden sie die Strafe als gerecht empfinden? War sie aus ihrer Sicht womöglich sogar noch zu gering? Anita erinnerte sich an Hernandos Bemerkung, dass er die fremden Erinnerungen am liebsten gleich wieder los werden würde. Konnte er überhaupt etwas vergessen? Sie hatte ihre Zweifel.

Hernando blieb vor ihr stehen. Anita erinnerte sich vage an den Lastenaufzug, den sie bei ihrer Ankunft nur hatte hören können. Die Erinnerung daran ließ sie schaudern. Wenigstens passten sie beide mit den Rollstühlen in den Aufzug. Nur ungern hätte sie sich in diesem Gebäude von Hernando getrennt – und sei es nur für die Fahrt mit dem Lift. Oben angekommen sah sie den Lieferwagen, in dem sie hierher gebracht worden war. Sie wollte bloß noch hier weg.

Hinter dem Lieferwagen stand eine große Limousine, auf die sich Hernando zu bewegte. Zu zweit hoben sie die beiden leblosen Frauen auf die Rücksitze und schnallten sie fest. Die Sicherheitsgurte verhinderten, dass die Decken herabrutschten, die sie um die Frauen geschlungen hatten.

»Nimm schon mal auf dem Beifahrersitz Platz. Ich muss noch einiges im Gebäude erledigen.«

»Du willst mich doch hier nicht alleine lassen?«

»Du hast doch Gesellschaft«, alberte er. Als er ihr ängstliches Gesicht sah, fügte er ernst hinzu: »Es wird nicht lange dauern. Oder möchtest du noch einmal mit in den Keller kommen?«

Sie seufzte.

»Nein, das will ich auch nicht. Na gut. Aber beeile dich bitte. Wenn ich daran denke, dass dieser Widerling vielleicht freigekommen ist! Er könnte dich überwältigten und mich dann auch wieder in die Finger bekommen.«

»Keine Angst, noch einmal schafft er das nicht. Ich werde mich beeilen.«

Dann ging er zügig wieder zurück. Anita zweifelte, dass sie es verkraften könnte, wenn ihre Hoffnung auf Rettung erneut enttäuscht würde. Die Wartezeit erschien ihr endlos, auch wenn sicher noch keine Minute vergangen war. Um sich abzulenken, dachte sie über Hernando nach. Sowohl die Rettung des Rockers, als auch die Art, wie er sich aus der Röhre befreit hatte, beschäftigten sie. Was war dran an seinem Spruch, er sei ein alter, indianischer Gott?

Sie dachte an ihren Traum. War der Mann, der in ihren Armen gestorben war, ein Gott gewesen? Wenn ja, was zeichnete solch einen Gott aus? Sie hatte ihn in ihrem Traum nicht als Ehrfurcht gebietendes Wesen gesehen, sondern als den Mann, mit dem sie zusammenlebte und den sie liebte. Waren die indianischen Götter vielleicht normale Menschen mit ungewöhnlichen Fähigkeiten gewesen? Waren sie womöglich die Vorbilder für die späteren, mythologischen Gestalten?

Hernando schien jedenfalls kein überirdisches Wesen zu sein. Genau wie Montoya, der sich ebenfalls als Gott bezeichnet hatte, wie sie sich erinnerte. Wenn sie ihre Körper wechseln konnten, wie andere die Kleidung – und so etwas in der Art war bei Hernandos Befreiung offenbar passiert –, dann war das allerdings nicht ›irgendeine‹ ungewöhnliche Fähigkeit, die die Natur gelegentlich hervorbringt.

Sie lachte leise. Seelenwanderung. Das wäre doch etwas für die esoterischen Traumtänzer, die damals mit ihr zu den Pyramiden von Teotihuacán gefahren waren. Hatte sie gerade ›damals‹ gedacht? Das konnte erst wenige Tage her sein. Ihr bisheriges Leben schien ihr so weit weg, als habe es in einer anderen Galaxie stattgefunden.

Aus den Augenwinkeln sah sie eine Bewegung. Alarmiert schaute sie genauer hin und seufzte dann erleichtert. Es war Hernando, der sich mit einem großen Metallkoffer näherte. Nachdem er diesen im Kofferraum der Limousine verstaut hatte, öffnete er die Fahrertür.

»Alles okay bei dir?«

»Jetzt ja, nachdem du wieder zurück bist.«

Lächelnd stieg er ein und fuhr zur großen Schiebetür der Halle. Mit einem Knopfdruck am Armaturenbrett ließ er sie aufgleiten.

»Dann verlassen wir mal diesen ungastlichen Ort.«

Er gab Gas und bog auf die Straße ein. Die Schiebetür schloss sich wieder wie von Geisterhand. Sie fuhren durch das hässliche Industriegebiet einer Großstadt.

»Hast du es getan?«, fragte sie nach einer Weile leise.

»Die Anlage mit Schnellbeton geflutet? Ja. Der ganze Keller mit all seinen Folterkammern und den Röhren läuft mit einer zähen, grauen Flüssigkeit voll. Wenn sie in einigen Tagen ausgehärtet ist, wird der Keller für immer unzugänglich sein.«

»Und ...«

»Dr. Jones lebt in seiner Röhre weiter. Ein schneller Tod wäre seinen Taten nicht angemessen gewesen. Sei froh, dass du nicht weißt, was dir alles erspart geblieben ist.«

»Meinst du, Montoya wird versuchen, ihn zu befreien?«

»Raoul? Für den war Dr. Jones nur Mittel zum Zweck. Eine Schachfigur, die entbehrlich geworden ist. Ich hoffe, er wird eine Zeitlang brauchen, um herauszufinden, dass ich nicht mehr ›auf Eis gelegt‹ bin.«

»Warum wollte er dich nicht einfach töten?«

»Er kann mich so wenig töten, wie ich ihn. Wenn dieser Körper stirbt, suche ich mir einen neuen. Deshalb wollte er, dass ich bewusstlos in der Röhre liege. Dann hätte er freie Bahn für seine Vorhaben gehabt.«

»Das verstehe ich nicht. Du hättest doch auch dann den Körper jederzeit verlassen können. So, wie du es bei deiner Befreiung getan hast.«

»So einfach ist das leider nicht. Sobald ich einen Körper angenommen habe, kann ich ihn erst wieder verlassen, wenn der Körper stirbt. Besonders angenehm ist das übrigens nicht. Genauso wenig, wie das Wiederbeleben eines von mir angenommenen Körpers.«

»Aber du lebst doch noch immer.«

»Du meinst diesen Körper? Er ist in der Röhre gestorben. Ich hatte das Herz angehalten, bis der Tod eintrat. Deshalb wollte Raoul ja auch, dass ich in der Röhre bewusstlos bin. Dann hätte ich auch keine Kontrolle über diesen Körper gehabt. Na ja, zumindest hätte es ziemlich lange gedauert, bis ich diese wieder bekommen hätte. Dr. Jones wurde zum Opfer seines ungezügelten Sadismus. Er wollte, dass ich bewusst leide. Damit hat er mir die Gelegenheit gegeben, mich vorübergehend von diesem Körper zu befreien.«

»Aber in seinem Körper warst du doch auch. Wie ging das, ohne ihn zu töten?«

»Seinen Körper hatte ich nicht angenommen, sondern nur ›ferngesteuert‹. Das ist ein Unterschied, auch wenn es schwierig ist, dir das jetzt zu erklären. Insbesondere, weil du den Hintergrund nicht kennst.«

»Was bist du eigentlich? Und sag jetzt nicht, ein indianischer Gott.«

»So ganz stimmt das auch nicht. Ich war eher das Vorbild für eine daraus entstandene mythologische Gestalt. Geboren wurde ich vor etwa 2200 Jahren als ganz normaler Mensch in einem kleinen Dorf. Teotihuacán als Stadt existierte noch nicht, entstand aber später ganz in der Nähe.«

»Für dein Alter bist du noch ziemlich rüstig«, spottete sie.

»Glaubst du mir nicht? Dann brauche ich dir ja auch nichts mehr vorlügen.«

Beide lachten.

»Hättest du mir das erzählt, bevor ich in Teotihuacán entführt wurde, hätte ich es für völligen Blödsinn gehalten. Aber nachdem ich gesehen habe, wie Montoya einem Mann das Herz herausgerissen hat, wie du einem Rocker die Kugeln aus dem Bauch geholt und diesem Dr. Jones deinen Willen aufgedrückt hast, weiß ich nicht mehr, was möglich ist und was nicht.«

»Kann Raoul das noch immer nicht lassen? Das ist ihm sogar einmal bei mir gelungen.«

»Ich weiß«, sagte Anita leise.

Hernando nahm den Blick kurz von der Straße und schaute sie an.

»Erinnerst du dich daran?«

»Erinnern? Ich hatte einen Traum, nachdem ich ein Amulett gekauft hatte.«

Er griff in eine Tasche und hielt ihr die Sonnenscheibe hin.

»Dieses hier?«

Sie nahm es in die Hand und betrachtete es. Das war ihr Amulett. Die Lederkette war noch immer daran befestigt. Ohne nachzudenken, hängte sie es sich um den Hals.

»Montoya hatte es mir abgenommen. Dann warst du es, der ihm das Amulett wieder gestohlen hat, als ich ...«, sie zögerte einen Moment, »... versteigert wurde.«

»Ja. Diese Sonnenscheibe ist der Schlüssel zu etwas unglaublich Gefährlichem, das Raoul unbedingt haben will.«

»Er hat in einer Höhle in Teotihuacán versucht, die Scheibe in den Spalt einer Tür zu stecken. Sie passte allerdings nicht.«

»Dann hat er die Tür also gefunden.«

Schweigend starrte Hernando durch die Windschutzscheibe auf die Straße. Seine Kiefer schienen etwas zu zermahlen.

»Erzähl mir von deinem Traum«, forderte er sie nach einiger Zeit des Schweigens auf. Sie berichtete ihm, wie er in ihren Armen gestorben war, wie sie seinem Mörder das Messer ins Genick gestochen hatte und vor den Häschern in den Wald geflohen war.

»Dann hast du dem heiligen Vogel das Amulett gegeben«, ergänzte er.

»Woher ...«

»Ich hatte die Kontrolle über den Quetzal. So heißt der Vogel. Ich sagte dir ja, dass wir uns wiedersehen, wenn du die Sonnenscheibe zum dunklen Wald bringst. Dein Traum ist in Wirklichkeit eine Erinnerung, die teilweise in der Sonnenscheibe gefangen war und teilweise in dir schlummerte.«

»Du siehst ihr erstaunlich ähnlich«, fuhr er nach einer Weile nachdenklich fort. »Ich bin sicher, dass du mit ihr verwandt bist.«

»Du meinst, sie war meine soundsovielfache Urgroßmutter?«

»Das nicht. Wir hatten keine Kinder. Die Erinnerung wird sich eine nahe Verwandte gesucht haben.«

»Eine Erinnerung sucht sich was?«

Seine Erklärungen verwirrten sie.

»Lass uns erst einmal unsere beiden Begleiterinnen abliefern, dann erzähle ich dir die Geschichte von Anfang an. Dann ergibt sie auch einen Sinn.«

Bislang hatte Anita nicht darauf geachtet, wohin sie fuhren. Eine Zeitlang war es auf einer einsamen Straße immer geradeaus gegangen. Die Sonne war längst untergegangen.

An einer Abzweigung folgte er einem Schild ›Mental Hospital‹. Wieso war dieser Hinweis auf eine Nervenklinik in Englisch geschrieben?

»Sind wir nicht mehr in Mexiko?«

»Schon lange nicht mehr. Raoul hatte dich in die USA gebracht.«

»Du bringst die beiden doch nicht in eine geschlossene Anstalt, oder? Sie waren wirklich lange genug eingesperrt.«

»Sie werden nicht eingesperrt. Aber sie brauchen dringend psychologische Betreuung. Du hast den Ausdruck in ihren Augen gesehen, als wir sie befreiten. Sie sind schwer traumatisiert und müssen von einem Fachmann langsam ins Leben zurückgeführt werden.«

Restlos überzeugt war Anita nicht. Aber sie hatte auch keine bessere Idee.

Ein großes, altmodisches Gebäude kam in Sicht. Hoffentlich waren die Methoden der Psychiater darin moderner als das Haus aussah. Das Tor stand offen. Sie fuhren auf einem Kiesweg an den Eingang heran.

Die Tür öffnete sich und eine Frau mit grau meliertem Haar kam ihnen entgegen.

»Hallo Hernando. Schön dich mal wieder zu sehen. Du hast dich überhaupt nicht verändert.«

Er stieg aus, und sie umarmte ihn auf eine innige, geradezu besitzergreifende Weise. Anita fühlte einen Stich Eifersucht. Die Frau kam an den Wagen heran und schaute durch das Fenster.

»Drei? Sprachst du nicht von zweien? Na egal.«

Sie öffnete die Beifahrertür. Anita schaute sie reserviert an.

»Nein, Lilith. Um Anita werde ich mich selbst kümmern. Sie war ohnehin nur kurz in der Gewalt des Entführers.«

Die Frau lachte.

»Das sieht dir ähnlich. Sie sieht toll aus. Und sie hat etwas, das auch du hast.«

»Geh schnell ins Haus, Liebes«, wandte sie sich an Anita. »Hier draußen wird es schnell kalt.«

Dann öffnete sie die hintere Tür und nahm eine der leblosen Frauen auf ihre Arme, als sei sie federleicht. Hernando war an die andere Fondtür getreten und holte die zweite Frau heraus. Anita betrat unsicher das Haus. Innen war es erstaunlich gemütlich. Gar nicht so, wie sie sich eine Nervenklinik vorgestellt hatte. Als alle das Haus betreten hatten, schubste Lilith mit einem Fuß die Tür zu und ging in ein Zimmer, in dem sie die bewusstlose Frau auf ein großes Bett legte. Dann zeigte sie Hernando ein weiteres Zimmer für die zweite Frau.

»Wie viel hast du ihnen gegeben?«, wollte sie von Hernando wissen.

»Dreißig Milliliter.«

»Dann werden sie bis morgen durchschlafen. Du musst mir gleich noch erzählen, was ihnen passiert ist. Aber erst besorgen wir deiner Anita etwas zum Anziehen. Du kannst schon mal ins Kaminzimmer vorgehen. Und wir beide, Anita, stöbern mal in meinem Kleiderschrank nach etwas Passendem für dich.«

Als sie später ins Kaminzimmer kamen, hatte Anita ein leichtes Sommerkleid an. Für ihren Geschmack war das Blümchenmuster etwas altmodisch. Besser als in eine Decke gewickelt zu sein, war es aber allemal. Im Kamin prasselte ein Feuer. Hernando saß in einem von vier gemütlichen Sesseln davor und schaute finster in die Flammen. Als er aufschaute und sein Blick auf Anita fiel, hellte sich seine Miene auf. Sie setzte sich in den Sessel neben ihm. Lilith nahm gegenüber Platz.

»Tut mir ja leid, dass ich euch nicht in trauter Zweisamkeit lassen kann, aber ich muss noch wissen, was mit den beiden Frauen passiert ist. Und zwar, bevor sie wieder aufwachen.«

»Beide Frauen waren jahrelang in der Gewalt eines Entführers, der sie gefoltert und missbraucht hat«, erklärte Hernando. »Nachdem sie ihm langweilig geworden waren, hat er sie jeweils in eine Röhre gesteckt, die mit einer trägen Flüssigkeit gefüllt war. Darin schwebten sie dann und wurden über Schläuche mit allem Lebensnotwendigen versorgt. Sie waren bei vollem Bewusstsein, und über verschiedene Stimulationen wurde dafür gesorgt, dass sie nicht den Verstand verloren. Der Entführer wollte ihre Organe verkaufen. Ein drittes Opfer hatte er schon so weit ausgeschlachtet, dass es nur noch künstlich am Leben erhalten werden konnte. Diese Frau war allerdings inzwischen hirntot.«

»Du meine Güte, das ist ja der reinste Horror!«

Lilith dachte einen Moment nach.

»Kannst du mir genauer beschreiben, was die beiden durchgemacht haben?«

»Das kann ich dir nicht erzählen.«

»Du weißt doch, dass ich eine Menge verkrafte.«

»Ich weiß. Aber das, was die beiden erlebt haben, geht weit über das hinaus, was du dir vorstellen kannst. Das kann ich auch dir nicht zumuten.«

»So schlimm?«

»Schlimmer.«

»Wie hast du es erfahren?«

»Ich war im Kopf des Täters.«

Traurig schaute sie ihn an und legte mitfühlend ihre Hand auf sein Knie. Er schaute ihr in die Augen und zuckte mit den Schultern.

»Wenn du irgendwann doch mal darüber reden möchtest, komm einfach zu mir. Ach ja, noch etwas. Was ist mit dem Täter?«

»Er ist keine Gefahr mehr.«

»Hast du ...«

Er hob die Hand.

»Du willst es nicht wissen.«

»Wahrscheinlich hast du recht. Ich fürchte, das mit den Frauen wird ein hartes Stück Arbeit. Aber du weißt ja, ich liebe die Herausforderung.«

»Ich erinnere mich. Und ich weiß, dass sie bei dir in guten Händen sind.«

Er holte einen Zettel aus einer Tasche und reichte ihn Lilith.

»Das sind zwei Nummernkonten. Ich kenne die Namen der Frauen nicht. Verwalte das Geld bitte für sie, bis sie selbst dazu in der Lage sind.«

»Verschenkst du wieder Vermögen?«

»Das war nicht nötig. Der Täter war sehr wohlhabend. Dein Honorar stammt auch von ihm. Überweise es also bitte nicht wieder an mich zurück. Außerdem ist die Wiederherstellung der beiden Frauen keine Gefälligkeit, sondern ein hartes Stück Arbeit, wie du selbst gesagt hast.«

»Das stimmt allerdings. Ich habe den Eindruck, dass ihr noch ziemlich viel zu bereden haben werdet. Dann lasse ich euch mal alleine. Hernando, du weißt ja, wo die freien Zimmer sind. Ob ihr eins oder zwei braucht, müsst ihr wissen. Ich hoffe, wir sehen uns morgen noch einmal.«

Sie nahm den Zettel und verließ das Kaminzimmer.

Längst vergangen

»Woher wusste Lilith eigentlich, dass wir kommen?«

»Ich rief sie an, während du in der Limousine gewartet hast. Über einen Computer dort habe ich auch die Überweisungen veranlasst und die Versiegelung des Kellers gestartet.«

Anita griff nach Hernandos Hand. Eine Weile saßen sie stumm am knisternden Feuer und sahen dem Spiel der Flammen zu.

»Möchtest du etwas trinken? Ich hole mir einen Cognac, damit mir die Stimme nicht rau wird. Die Geschichte, die ich dir erzählen werde, reicht nämlich ziemlich weit zurück.«

»Wenn es einen Portwein gibt, nehme ich ein Glas.«

Hernando öffnete eine kleine Bar und goss zwei Gläser ein. Er reichte Anita ein Glas mit schwerem Portwein. In der rechten Hand hielt er einen Cognac-Schwenker mit einer goldenen, klaren Flüssigkeit. Dann nahm er wieder Platz.

»Ich sagte dir ja schon, dass ich vor ca. 2200 Jahren, also etwa 190 Jahre vor der aktuellen Zeitrechnung, in einem kleinen Dorf geboren wurde. Als ich 12 Jahre alt war, wurde unser Dorf immer wieder von einer Bestie oder einem Dämon heimgesucht. Was es wirklich war, wusste niemand. Aber immer wieder starb nachts jemand auf unerklärliche Weise. Wenn er gefunden wurde, war sein Gesicht zu einer Maske des Grauens erstarrt, und er war eiskalt. Anfangs passierte es selten und es traf Leute, die nachts noch draußen unterwegs gewesen waren. Dann gab es immer häufiger solche Todesfälle. Manchmal hörte man einen entsetzten Schrei, wenn es passierte, oft geschah es lautlos. Als plötzlich auch Menschen nachts in ihren Hütten zu Tode kamen, war das Dorf in Panik. Wachen wurden aufgestellt. Mein 14-jähriger Bruder und ich wollten auch Wache halten, aber wir waren noch zu jung. Also schlichen wir uns nachts nach draußen und legten uns auf die Lauer. Um nicht entdeckt zu werden, krochen wir auf allen Vieren durchs Gras. Plötzlich sahen wir, wie sich ein schwarzer Schatten einer Wache näherte. Bevor wir etwas sagen konnten, war die Wache von einer wabernden Wolke umhüllt. Wir hörten einen erstickten Schrei, der uns das Blut in den Adern gefrieren ließ. Regungslos sahen wir zu, wie der Schatten sich wieder zurückzog. Wir krochen auf die Wache zu. Der Mann war tot. Er hatte diesen entsetzten Ausdruck im Gesicht, und sein Körper war eiskalt. Wütend schworen wir Rache, auch wenn wir keine Ahnung hatten, wie wir das anstellen sollten. Als wir erneut den Schatten sahen, war er in etwas größerer Entfernung und bewegte sich von uns weg. Weil keiner von uns dem anderen gegenüber zugeben wollte, dass er Angst hatte, verfolgten wir dieses schwarze Etwas.

Natürlich war das blöd und kindisch. Aber wir waren ja auch noch Kinder. Jedenfalls folgten wir diesem tödlichen Schatten. Obwohl es eine helle Vollmondnacht war, war er schwer zu sehen. Wir erkannten ihn eigentlich nur dadurch, dass seine Gestalt die Landschaft verdeckte. Plötzlich war der Schatten verschwunden. Wir krochen vorsichtig an die Stelle, an der wir ihn zuletzt gesehen hatten. Es gab dort eine Höhle. Wir beschuldigten uns gegenseitig, aus Angst nicht weitergehen zu wollen, und hofften dabei, dass der andere uns einen Grund geben würde, umzukehren. Da aber keiner von uns nachgeben wollte, stiegen wir in die Höhle hinab. Nach wenigen Schritten war es dort so dunkel, dass wir gar nichts mehr sehen konnten. Nur vom Eingang her war noch das fahle Mondlicht zu erkennen.

Wir hatten uns gerade entschlossen, doch umzukehren, als plötzlich auch das Mondlicht nicht mehr zu sehen war. Schlagartig wurde es eiskalt. Der schwarze Schatten hatte uns den Rückweg verbaut. Die Kälte wurde immer schlimmer und kam von allen Seiten. Wir waren zu entsetzt, um zu schreien. Dann berührte uns etwas. Was wir fühlten, war unvorstellbar fremdartig und erschreckend. Wir waren überzeugt, die nächsten Opfer zu werden. Unvermittelt verschwand die Berührung wieder. Auch vom Schatten war nichts mehr zu erkennen. Ich wusste plötzlich mit absoluter Gewissheit, dass dieser Schatten mit dem Saft eines der Gräser in Berührung gekommen war, durch die wir vorher gekrochen waren. Und dieser Saft bereitete dem Schatten mehr als nur Unbehagen. Das hatte uns das Leben gerettet. Allerdings war bei dieser flüchtigen Berührung viel mehr passiert, als wir zunächst begriffen. Wir empfanden plötzlich anders. Und wir verfügten über Wissen, das wir nicht hätten haben dürfen. Über Astronomie, Physik und über eine Biologie, die nicht zu der Welt passte, in der wir lebten. Mit mir schien der Schatten einen Moment länger verbunden gewesen zu sein, als mit meinem Bruder. Denn im Gegensatz zu ihm wusste ich seit der Berührung alles über dieses Wesen. Es war fremd hier. Ein Wanderer zwischen den Welten. Es ernährte sich von Energie. Allerdings sog es auch Emotionen auf. Je heftiger diese waren, desto besser. Diese Emotionen brauchte es nicht zum Leben. Es kannte sie nicht einmal, bevor es auf die Erde kam. Aber sie ›schmeckten‹ dem Wesen. Mit anderen Worten: Die Emotionen der Menschen waren für das Wesen eine Art Dessert, und besonders köstlich war wohl die Todesangst. Wenn wir es nicht stoppten, würde es immer mehr Menschen für sein Vergnügen töten. Nicht aus Bösartigkeit, sondern schlicht aus ›kulinarischem‹ Genuss.«

Hernando machte eine Pause und sah gedankenverloren ins Feuer.

»Wir sind für dieses Geschöpf nicht bedeutender, als Austern für Menschen.«

Dann schaute er Anita an und fuhr mit seiner Erzählung fort: »Töten konnten wir das Wesen nicht. Es bestand aus einem feinen Geflecht von hochstabilen Molekülen, deren Verbindungen es beliebig ändern konnte. Je nach Bedarf konnte dieses Geflecht grobmaschig, sehr fein oder sogar luftdicht sein, und es wog fast nichts. Damit konnte es wie ein Heißluftballon nach oben steigen, Winde als Segel nutzen und sich sogar im Weltraum als gigantisch aufgespanntes Sonnensegel von Photonenstürmen treiben lassen. Zusätzlich zu diesem Geflecht bestand es noch aus einer Komponente, die man am ehesten als Seele umschreiben kann, wenn auch nicht im religiösen oder esoterischen Sinn. Sie steuerte das Ganze und enthielt das Gedächtnis und die Intelligenz. Es gab auf der Erde nichts Vergleichbares. Von dieser geheimnisvollen Seele hatten mein Bruder und ich etwas zurückbehalten, als sich das Wesen unerwartet zurückzog.«

Hernando ließ den Cognac im Schwenker kreisen und nahm einen kleinen Schluck.

»Es war also ein Alien?«

»So würde man heute dazu sagen, ja.«

»Und ein Teil davon ist jetzt in dir?«

»Und auch in dir. Aber dazu später mehr. Jedenfalls dauerte es eine ganze Weile, die Dorfbewohner zu überzeugen, dass wir einen Weg gefunden hatten, uns vor dem ›Dämon‹ zu schützen. Nachdem sie jedoch gesehen hatten, dass es reichte, eine Lanze oder einen Stock mit dem frischen Saft des speziellen Grases einzureiben, damit der Schatten sich nach Kontakt damit wieder entfernte, waren sie überzeugt. Einige versuchten, das Wesen mit eingeriebenen Speeren zu erlegen, was aber nicht funktionierte, da das Wesen diese einfach hindurchließ. Mir kam schließlich die Idee, das Wesen in der Höhle einzuschließen. Wir gingen tagsüber mit Fackeln und eingeriebenen Schilden in die Höhle. Dann errichteten wir eine Mauer aus Tonziegeln, ließen einen kleinen Hohlraum, den wir mit frisch abgeschnittenen Gräsern füllten, und bauten eine weitere Tonziegelmauer dahinter. Eine Zeitlang funktionierte das. Aber dann waren die Gräser getrocknet und die Tonziegel wurden brüchig. Es reichte ja, wenn der Alien sich einige Male der Mauer näherte und sie so extrem abkühlte. Die Temperaturschwankungen zerstörten die Mauer nach ein paar Wochen. Wir begannen, die Mauer aus Felsbrocken zu bauen. Dann hörten wir die Höhlendecke im Innern herabfallen. Das Wesen versuchte, sich durch die Decke nach draußen zu graben. Aus diesem Grund errichteten wir eine große, abgeschlossene Steindecke über der Höhle. Diese wurde dann immer stärker aufgeschüttet und aufgetürmt. Durch den Druck senkte sich ein Teil der Höhle und verdichtete das Material. Das Gefängnis des Wesens wurde stabiler und dichter. Nur eine Stelle war brüchig und musste immer wieder mit frischen Gräsern aufgefüllt werden. Um es kurz zu machen: Die sogenannte Sonnenpyramide in Teotihuacán entstand auf diese Weise und vor allem aus diesem Grund. Es war eine enorme Anstrengung, dieses Bauwerk zu errichten. Das konnte kein kleines Dorf leisten. Deshalb dachten sich mein Bruder und ich ein paar pseudoreligiöse Gründe aus und bezogen immer mehr der umliegenden Dörfer in die Tätigkeit ein. Da wir außerdem auf der Suche nach stabilen Baumaterialien für die Abdichtung der Höhle waren, entdeckten wir in der Nähe größere Vorkommen an Obsidian. Der Handel damit ließ Teotihuacán zu einer großen Stadt wachsen. Mein Bruder kümmerte sich vor allem um den Aufbau und die Verwaltung der Stadt. Er sorgte auch für deren Verteidigung. Ich kümmerte mich um die Absicherung der Höhle. Schließlich gelang es mir mithilfe des fremden physikalischen Wissens, vor der undichten Stelle der Höhle eine absolut dichte Tür aus Obsidian zu errichten und mit einem raffinierten Schlosssystem zu sichern. Eigentlich wollte ich gar kein Schloss einbauen, da die Tür ja nie wieder geöffnet werden sollte. Dann aber hätten neugierige Diebe wahrscheinlich versucht, sich mit Gewalt Zugang zu verschaffen. So würden sie erst viel Zeit mit dem Mechanismus vergeuden und könnten rechtzeitig entdeckt werden. Außerdem behauptete ich, dass die ganze innere Höhle einstürzen würde, falls jemand die Tür mit Gewalt öffnete.«

»Und das Amulett ist der Schlüssel zu dieser Tür, richtig?«

»Genau.«

»Aber warum will Raoul unbedingt die Tür öffnen? Er weiß doch, dass dahinter ein gefährliches Wesen steckt.«

»Im Gegensatz zu mir weiß er keine Details über das Wesen. Er glaubt, dass es längst tot sein müsse und er dort an noch mehr Wissen und Macht kommen könnte. Meinen Warnungen schenkt er dagegen keinen Glauben. Er meint, ich wolle ihn nur von dem geheimen Wissen fernhalten, das ich habe und er nicht. Zu seinem Charakter passen solche Überlegungen gut. Er hat sich zu einem Meister der Intrige und der Hinterlist entwickelt.

Wie auch immer. Eine Zeitlang lief es recht gut. Wir hatten unsere Zuständigkeiten aufgeteilt. Er war für das Weltliche, ich für das geheime Wissen zuständig. Ich konnte Sonnen- und Mondfinsternisse vorhersagen, die Jahreszeiten anhand der Sterne bestimmen und so auch den Ackerbau verbessern, was mit zunehmender Größe von Teotihuacán immer wichtiger wurde. Irgendwann reichte auch das nicht mehr, und wir mussten Lebensmittel im Tausch gegen andere Waren einführen. Aber das ist ein anderes Thema. Schon früh hatte sich herumgesprochen, dass wir unsterblich waren. Unsere Körper alterten nicht mehr, nachdem wir erwachsen geworden waren. Wir entwickelten Kräfte und Fähigkeiten, die uns von den anderen Menschen abhoben. Und wir verfügten über ein geheimes Wissen. So ließ es sich gar nicht vermeiden, als Götter angesehen zu werden. Das war ganz nützlich, weil wir dadurch nicht jede Entscheidung begründen und Mitmenschen überzeugen mussten. Da die Schlange für Weisheit stand und ich mir einige Schwanzfedern des bunten Vogels Quetzal als Statussymbol ausgesucht hatte, wurde ich zur ›Gefiederten Schlange‹ oder aztekisch ›Quetzalcoatl‹.

Mein Bruder fand mehr Gefallen an einer martialischen Ausstattung und lief in einem Jaguarfell herum. Seine Begabung für Intrigen und Manipulation ließ die Leute glauben, er könne ihre Gedanken lesen. Er leistete dem Vorschub, indem er sich oft mit einem Spiegel aus Obsidian zeigte, der angeblich in ihre Herzen schauen konnte. Die gut polierte Oberfläche sah aus, als wäre Rauch im Spiegel gefangen. So hieß er bald ›Rauchender Spiegel‹ oder ›Tezcatlipoca‹.

Mit der Zeit wuchsen die Spannungen zwischen uns. Es ging um so alberne Fragen wie die, wer von uns mehr verehrt wurde. Vorübergehend entspannte sich das Ganze, als wir auch für ihn eine Pyramide bauten, die heute sogenannte Mondpyramide, auf der er ziemlich blutige Rituale zu seinen Ehren inszenierte. Irgendwann in dieser Zeit entwickelte er die Fähigkeit, Menschen ohne Hilfsmittel das Herz herauszureißen.«

Er nahm einen weiteren Schluck Cognac und sah Anita an.

»Was danach geschah, hast du schon im Traum gesehen. Das war etwa um das Jahr 500 neuer Zeitrechnung, also vor gut 1500 Jahren. Ich weiß nicht, ob du es bereits ahnst. Als ich tödlich verletzt wurde, ließ ich einen Teil meiner Alien-Seele auf dich übergehen. Zum einen, damit du die Sonnenscheibe in Sicherheit bringen konntest, zum anderen auch, weil ich hoffte, dadurch bald wieder mit dir vereint zu sein. Die Seele, nennen wir es einfach mal so, speichert nicht nur die Erinnerungen. Sie kann auch, abhängig von ihrer Dichte, zu einem unzerstörbaren Träger der Persönlichkeit werden. Daher kann sie auch ohne Körper existieren, denken und in gewissem Umfang sogar handeln. Wird der Körper zerstört, kann sie einen anderen steuern oder auch komplett übernehmen. In dieser körperlosen Zeit gibt es für die Seele praktisch keine räumlichen Grenzen. Sie kann nicht eingesperrt werden.«

»Übernimmt diese Alien-Seele jetzt meinen Körper?«, fragte sie unbehaglich. »Was passiert dann mit mir?«

»Ein Teil der Seele meiner Geliebten war an das Amulett gebunden, der Rest suchte sich einen nahen Verwandten von ihr und wanderte unerkannt von Eltern zu Kindern weiter, bis er auf dich stieß. Ich bin sicher, dass nur du das Amulett finden konntest. Du ähnelst nicht nur äußerlich meiner Geliebten. Du hast auch ihren Charakter. Das Amulett gab dir nur noch die fehlenden Erinnerungen, auch wenn sie sich dir nicht alle sofort erschließen werden. Mit anderen Worten: Du bist schon immer die gleiche Person wie meine verlorene Geliebte. Du konntest dich nur bisher nicht erinnern. Für dich wird sich sonst nichts ändern.«

»Und wenn ich nicht so bin, wie deine frühere Geliebte? Vielleicht treffe ich andere Entscheidungen. Vielleicht habe ich andere Vorlieben und Wünsche. Was wäre, wenn ich dich nie so lieben kann wie sie?«

Erschreckt wurde ihr bewusst, was sie gerade für einen Unsinn gesagt hatte. Er war nicht nur ihr Retter, sondern im wahrsten Sinn ihr Traummann. Gleichzeitig wehrte sie sich innerlich dagegen, in die Rolle seiner auferstandenen Geliebten gezwungen zu werden. Vor seiner Erklärung hatte sie keine Zweifel gehabt, dass er der Mann war, nach dem sie sich immer gesehnt hatte. Sie wollte jedoch selbst entscheiden, in wen sie sich verliebte und das nicht einem unabwendbaren Schicksal überlassen. Aufmerksam beobachtete sie sein Gesicht. Sie hatte Angst davor, dass er ärgerlich werden könnte. Um so überraschter war sie, als er leise lachte.

»Du glaubst gar nicht, wie ähnlich du ihr bist. Sie hätte mit Sicherheit die gleiche Frage gestellt. Ich könnte dir einiges über die Illusion des freien Willens erzählen. Aber das würde dir auch nicht weiterhelfen.«

Er lehnte sich zurück und lächelte sie an. Nützlich war seine Antwort nicht gewesen. Immerhin schien er ihr Problem zu verstehen. Sie horchte in sich hinein. Natürlich war sie in ihn verliebt. Es wäre doch dämlich, sich nur aus Trotz dagegen zu wehren. Und doch ...

»In einem Punkt kann ich dich beruhigen«, nahm er den Faden wieder auf, »ich erwarte nicht von dir, dass du dich verbiegst, um die Person aus meiner Erinnerung zu werden.«

Dieser arrogante Kerl stellte nicht einmal in Frage, dass sie sich zu ihm hingezogen fühlte! Sie wusste nicht, ob sie sich ärgern oder lachen sollte. Es wurmte sie, dass er ihre Zuneigung so selbstverständlich voraussetzte. Zu allem Übel hatte er damit auch noch recht. Schließlich lächelte auch sie.

»Du bist unmöglich.«

»Und das sogar in vielerlei Hinsicht«, lachte er.

Irritierende Erkenntnisse

»Meinst du, dass es mit uns gutgehen wird?«, fragte sie nachdenklich.

»Hey, ich bin nur ein uralter, indianischer Gott. Du erwartest doch nicht, dass ich hellsehen kann, oder?«

Sie mussten beide lachen.

»Es wird Zeit«, meinte er und stand auf. »Wir haben morgen noch einen weiten Weg vor uns.«

Gemeinsam gingen sie in den ersten Stock. Hernando öffnete eine Tür und ließ sie eintreten. Sie drehte sich um und wartete.

»Schlaf dich aus. Du hattest einen anstrengenden Tag.«

»Willst du mir keine Gesellschaft leisten?«, fragte sie erkennbar enttäuscht.

Er nahm sie in den Arm.

»Geduld, Anita«, sagte er leise. »Du hast heute mehr Erschreckendes erlebt und mehr Geheimnisse erfahren, als andere in ihrem ganzen Leben. Lass sich das erst einmal setzen. Sonst kommst du dir morgen überrumpelt vor. Dies ist der Anfang, nicht das Ende.«

Verwirrt ließ sie sich auf das Bett fallen, nachdem er gegangen war. Er hatte recht. Ihr Angebot war eher aus dem Gefühl entstanden, dass es jetzt angebracht wäre, mit ihm zu schlafen. Sie war müde und erschöpft. Zahllose Eindrücke und Gedanken kreisten in ihrem Kopf. Vor nicht einmal vierundzwanzig Stunden war sie noch in der Gewalt eines skrupellosen Verbrechers gewesen, ohne ernsthafte Hoffnung auf Rettung. Sie hatte noch nie in ihrem Leben so viel Angst gehabt, wie in der relativ kurzen Zeit, die sie seine Gefangene gewesen war. Und nie hatte sie sich so hilflos gefühlt.

Innerlich zuckte sie zusammen. Bei dem Gedanken an ihre Hilflosigkeit spürte sie wieder dieses andere Gefühl, das sie neben Angst, Wut und Entsetzen in dieser Situation verspürt hatte. Jetzt, wo die Bedrohung nicht mehr bestand, war dieses Gefühl noch viel intensiver. Ein Gefühl, das sie tief in ihren Eingeweiden spürte und das in ihrem Schoß eine dunkle Glut entfachte. Wie konnte sie ihre vergangene Hilflosigkeit erregend finden? Sie dachte an die beiden Frauen, die sie aus den Röhren befreit hatten, und bekam ein schlechtes Gewissen. Es kam ihr vor, als würde sie sich über deren Leiden lustig machen, wenn sie die Erinnerung an ihre Hilflosigkeit lustvoll genoss. Hernando wäre sicher auch entsetzt über sie. Vielleicht passten sie ja doch nicht zusammen.

Sie rollte sich in die Bettdecke und versuchte, ihre Empfindungen zu verdrängen. Doch es gelang ihr nicht. Immer wieder erwischte sie sich dabei, sich vorzustellen, was Hernando mit ihr machen könnte, während sie ihm gefesselt ausgeliefert wäre. In ihrem Wachtraum schlug er sie mit einer Peitsche, kniff sie in die Brust und quälte sie auf andere Weise. Und er nutzte ihre hilflose Situation aus, um sich in jeder erdenklichen Weise mit ihr zu vergnügen. Sie presste ihre Beine zusammen und atmete schwer, während sie sich diesen Fantasien hingab.

Es dauerte lange, bis sie endlich in einen unruhigen Schlaf fiel.

Als sie am nächsten Morgen aufwachte, hatte sie noch immer diese erregenden Gedanken. Mit schlechtem Gewissen ging sie in das angrenzende Badezimmer und versuchte, ihre Fantasien mit einer kalten Dusche zu vertreiben. Der Erfolg war eher mäßig. Erst, als sie Hunger verspürte, verblasste das andere Verlangen allmählich.

Sie hatte sich gerade fertig angezogen, als sie vom Gang her Schritte hörte.

»Bist du schon wach?«, wollte Hernando an der Tür von ihr wissen.

»Wach und hungrig«, antwortete sie und öffnete die Tür.

»Dann komm mit in die Küche. Lilith hat schon ein Frühstück vorbereitet.«

Gemeinsam gingen sie die Treppe hinunter und betraten die Küche. Es roch nach aufgebackenen Brötchen. An einem gedeckten Tisch, der für sechs Personen Platz geboten hätte, saßen Lilith und eine der beiden geretteten Frauen. Lilith half ihr gerade dabei, ein Marmeladenbrötchen zu ergreifen und hineinzubeißen.

Als Hernando und Anita die Küche eintraten, schaute die Frau gehetzt zu ihnen hinüber.

»Ganz ruhig, Jane. Das sind Freunde.«

Jane beruhigte sich wieder und wandte sich ihrem Brötchen zu. Ihre Bewegungen waren ungelenk und sie hatte sichtbar Mühe mit ihrem Essen.

»Lass dir Zeit. Es ist völlig normal, dass du erst wieder lernen musst, deine Arme und Hände zu benutzen.«

»Weißt du, wie lange sie bewegungslos gefangen war?«, wollte Lilith von Hernando wissen.

Er überlegte einen kleinen Moment. Das Durchstöbern der fremden Erinnerungen war ihm sichtlich unangenehm.

»Jane war drei oder vier Monate in diesem Zustand. Die andere Frau muss ungefähr fünf Jahre so zugebracht haben.«

Jane schaute ihn an und schien zu überlegen, woher er das wissen konnte.

»Weißt du den Namen der anderen Frau? Sie ist noch nicht ansprechbar.«

»Leider nein, Lilith. Der Täter hat sich nie für die Namen seiner Opfer interessiert.«

In Janes Gesicht zeichnete sich Begreifen ab.

»Sie waren es«, kam es undeutlich und mit brüchiger Stimme von Jane, »der mich befreit hat.«

Sie musste sich konzentrieren, um die Worte zu formen. Offenbar wusste sie zwar, was sie sagen wollte, aber ihr Mund und ihre Stimme machten noch nicht recht mit.

»Ja, das war ich.«

»Was ist aus dem Schwein geworden?«

»Aus Dr. Jones? Der ist keine Gefahr mehr.«

Richtig überzeugt schien sie nicht zu sein.

»Ist er tot? Oder im Gefängnis?«

Hernando dachte einen Moment nach. Offenbar war er sich nicht sicher, ob er ihr sagen sollte, welchem Schicksal er Dr. Jones ausgeliefert hatte. Schließlich schüttelte er den Kopf.

»Er ist weder tot noch im Gefängnis. Aber keine Sorge. Er wird nie wieder jemandem etwas tun können.«

Jane musterte ihn aufmerksam und versuchte offensichtlich, Hernandos Antwort zu deuten. Plötzlich weiteten sich ihre Augen etwas.

»Haben Sie ihn in eine seiner Röhren gesteckt?«

Hernando nickte nur.

»Sie sind kein Polizist, nehme ich an.«

»Stimmt. Das bin ich nicht.«

»Jemand könnte ihn finden und wieder herauslassen.«

»Das wird nicht passieren.«

Langsam nickte sie.

»Sie haben den Keller geflutet. Er hatte mal damit gedroht, dass er das machen würde, wenn für ihn Gefahr bestünde, entdeckt zu werden.«

Hernandos Nicken war fast nicht wahrnehmbar. Janes Gesichtszüge entspannten sich deutlich. Es zeigte sich sogar ein ganz schwaches Lächeln.

»Dann ist das Grauen jetzt wirklich vorbei«, flüsterte Jane kaum hörbar. »Danke.«

Lilith schaute Hernando entsetzt an. Er zuckte mit den Schultern.

»Ich sagte ja, dass du es nicht wissen willst. Sollten dir deine beiden Patienten mehr von ihren Leiden erzählen, wirst du es verstehen, auch wenn ich weiß, dass du es nie gutheißen wirst.«

Sie starrte ihn noch einen Moment fassungslos an. Dann gab sie sich einen Ruck.

»Wo wir gerade von meinen Patienten sprechen«, kam es von ihr deutlich distanzierter als vorher. »Du wirst mir bei der anderen Frau helfen müssen. Ich fürchte, sie ist nicht nur traumatisiert. Ihr Verstand ist in einem Zustand, in dem ich sie nicht erreichen kann. Ich kann ihr höchstens mit Drogen ihre Angstzustände nehmen. Aber ohne deine Hilfe werde ich sie nie in ein normales Leben zurückholen.«

»Gleich oder nach dem Frühstück?«

Ein widerwilliges Lächeln huschte über ihr Gesicht. Dann stellte sie Teller und Tassen für Hernando und Anita auf den Tisch. Jane schien die Nachricht über das Schicksal ihres Peinigers Auftrieb zu geben. Es gelang ihr deutlich besser als vorher, ihr Brötchen selbstständig zu essen. Lilith beobachtete es verstohlen. Ihr Gesicht schien einen inneren Kampf zu spiegeln.

»Darf ich dabei sein, wenn du der Frau hilfst?«, wollte Anita wissen.

»Da wirst du nicht viel sehen«, erwiderte Hernando.

Sie schaute ihn noch immer fragend an.

»Meinetwegen.«

»Ich würde auch gerne dabei sein«, sagte Jane leise, ohne dabei von ihrem Brötchen aufzuschauen.

»Ich sollte Eintritt nehmen«, antwortete er resigniert.

Nach dem Frühstück gingen alle in das Zimmer des zweiten Opfers. Da Jane noch nicht die Kraft hatte, selbst zu gehen, schob Lilith sie in einem Rollstuhl.

Die zweite Frau lag mit verzerrtem Gesicht in ihrem Bett und hatte die Augen aufgerissen. Ihre Finger zuckten unkontrolliert. Hernando nahm sich einen Stuhl und zog ihn neben das Bett. Er setzte sich und ergriff ihr Handgelenk. Einen Moment wurden die

Zuckungen der Finger stärker. Und auch in den Gesichtsausdruck kam zunächst etwas Bewegung.

Er schloss die Augen und sah ganz entspannt aus. Die Zuckungen ließen allmählich nach und auch ihr Gesicht nahm einen friedlichen Ausdruck an. Sie schloss die Augen. Dann passierte lange Zeit gar nichts.

Anita bemerkte, dass sich auf Hernandos Stirn kleine Schweißtropfen bildeten. Leise nahm sie ein Taschentuch aus einem Päckchen, das sie im Zimmer liegen sah. Vorsichtig tupfte sie ihm den Schweiß von der Stirn, darauf bedacht, ihn nicht in seiner Konzentration zu stören. Schließlich atmete er hörbar ein und aus. Er ließ das Handgelenk der Frau los und lächelte Anita an.

»Sie heißt Judith«, wandte er sich an Lilith. »Ich denke, jetzt ist deine Kunst gefragt.«

In diesem Moment schlug Judith die Augen wieder auf. Unsicher blickte sie umher. Andeutungsweise bewegte sie dabei ihren Kopf.

»Judith, kannst du mich hören?«, wollte Lilith von ihr wissen. Sie hatte ihr die Hand auf die Stirn gelegt.

Kaum wahrnehmbar nickte die Angesprochene. Sie versuchte auch, etwas zu sagen, bekam aber keinen Ton heraus.

»Du bist jetzt in Sicherheit«, sagte Lilith ihr in ruhigem Ton. »Entspanne dich. Du bist noch sehr geschwächt und musst erst wieder lernen, deine Muskeln zu gebrauchen. Ich werde dir dabei helfen. Außerdem werde ich dich auch dabei unterstützen, deine Erlebnisse zu verarbeiten. Du bist bei mir in guten Händen. Ich werde dir deine Ängste nehmen und dich in ein normales Leben zurückführen. Das wird einige Zeit dauern, aber wir schaffen das.«

Judiths Augen wurden feucht. Tränen rannen ihr Gesicht entlang. Mit einem Taschentuch tupfte Lilith es wieder trocken. Hernando stand auf und verließ mit Anita und Jane das Zimmer.

»Was haben Sie mit ihr gemacht?«, wollte Jane wissen.

»Ihr Verstand hatte die Belastung nicht mehr verkraftet und war in Auflösung. Ich konnte das weitgehend rückgängig machen. Den Rest werden Lilith und die Zeit heilen.«

»Das verstehe ich nicht. Wie haben Sie das gemacht?«

»Das kann ich nicht erklären.«

Jane schaute ihn verwirrt an.

»Wer oder was sind Sie eigentlich?«

Hernando lächelte sie an.

»Ich bin ... kompliziert.«

»Ein schönes Zitat aus einem schlechten Film«, flüsterte Anita ihm zwinkernd zu.

Jane schien noch etwas sagen zu wollen, überlegte es sich dann aber anders. Nachdem Hernando sie in ihr Zimmer geschoben hatte, gingen sie wieder in die Küche.

Nach einer Viertelstunde kam auch Lilith wieder zu ihnen.

»Judith schläft jetzt erst mal. Ich habe ihr eine Infusion gegeben. Es wird wohl noch einige Zeit dauern, bis sie normale Nahrung zu sich nehmen kann.«

Sie goss sich eine Tasse Kaffee ein, die noch vom Frühstück übrig geblieben war.

»Danke für deine Hilfe, Hernando. Alleine hätte ich nicht zu ihr durchdringen können.«

Einen Moment schaute sie konzentriert auf ihre Tasse. Sie schien noch etwas sagen zu wollen. Dann sah sie Hernando direkt in die Augen.

»Es tut mir leid, wie ich vorhin reagiert habe. Ich ...«

»Es ist schon in Ordnung«, antwortete Hernando.

»Nein, ist es nicht. Ich kenne dich gut genug, um zu wissen, dass du nicht grundlos grausam bist. Ich war nur so schockiert.«

»Ich weiß. Deshalb hätte ich dir die Details auch lieber erspart. Ich habe sehr viel Achtung vor dir und deinen Wertmaßstäben. Zumal ich weiß, dass du sie auch dann anlegst, wenn es für dich Nachteile mit sich bringt.«

»Nur, dass diese Maßstäbe deiner Meinung nach gelegentlich unangemessen sind. Wir hatten diese Diskussion ja schon. Manchmal fällt es mir halt schwer, die Unterschiede unserer Wertvorstellungen zu akzeptieren.«

Sie seufzte.

»Aber wahrscheinlich ist es in bestimmten Fällen besser, wenn einige Entscheidungen von dir und nicht von mir getroffen werden. Verstehen kann ich durchaus, warum du dem Täter diese Strafe auferlegt hast. Dieses Verständnis hat mich wahrscheinlich noch mehr geschockt, als deine Entscheidung.«

Hernando nahm Lilith kurz in den Arm und drückte sie an sich.

»Ich bin froh, dass du so bist, wie du bist«, sagte er leise.

Dann ließ er sie wieder los.

»Ich nehme an, ihr wollt weiter. Kann ich noch irgendwas für euch tun?«

»Nein, Lilith, vielen Dank. Wir brechen jetzt auf. Du weißt ja, wie du mich erreichen kannst.«

Sie stiegen in die Limousine und fuhren los. Anita dachte über das Gespräch zwischen Hernando und Lilith nach. Die beiden mussten sich schon lange kennen. Ob sie früher einmal ein Liebespaar gewesen waren? Sie entschied, das nicht wissen zu wollen. Der Gedanke an andere Frauen, die Hernando sicher gehabt hatte, weckte eine sinnlose Eifersucht in ihr. Aber auch sie hatte bisher nicht als Nonne gelebt. Sie drängte den Gedanken beiseite.

Etwas von dem Gehörten beschäftigte sie allerdings doch noch. Lilith hatte gesagt, dass sie wisse, er würde nicht grundlos grausam sein. Das hieß umgekehrt allerdings, dass er durchaus grausam sein konnte, wenn er dazu einen Grund hatte. Ihr wurde bewusst, wie wenig sie über Hernando wusste. Ihr Vertrauen in ihn basierte nur auf ihrem Gefühl und der Tatsache, von ihm gerettet worden zu sein.

Sie wusste nicht einmal, was er mit ihr vorhatte oder wohin sie unterwegs waren. Wollte sie das überhaupt wissen? Es war keine Trägheit oder Unselbstständigkeit, ihm alles zu überlassen. Schließlich hatte sie bisher ihr Leben immer selbst in die Hand genommen. Der Grund war ein anderer. Sie gestand ihn sich allerdings nur widerwillig ein. Es erregte sie, sich ihm auszuliefern. Sie dachte an ihre nächtlichen Fantasien. Hatte auch ihr Verstand in der Gefangenschaft gelitten? Normal konnte es doch nicht sein, dass sie davon träumte, von ihm geschlagen und in entwürdigender Weise genommen zu werden. Vielleicht sollte sie ihn fragen, ob er auch ihren Verstand wieder »reparieren« könne. Aber wollte sie wirklich von etwas geheilt werden, das so viel Lust versprach? Wenn sie etwas unternehmen wollte, müsste sie es jetzt tun. Sie fürchtete, sonst nicht mehr den Willen aufzubringen, sich gegen ihre Fantasien zu wehren.

»Hernando?«

»Ja?«

»Kann es sein, dass auch in meinem Kopf irgendwas durcheinandergeraten ist? Ich meine, durch die Gefangenschaft.«

»Wie kommst du darauf?«

Sie schluckte. Sollte sie ihm gestehen, von welchen Fantasien sie geplagt wurde? Wobei »geplagt« ja nicht stimmte. Sie genoss diese Vorstellungen. Geplagt wurde sie eigentlich nur von ihrem schlechten Gewissen.

»Ich habe seit einiger Zeit so komische Ideen.«

»Was für komische Ideen denn?«

Anita holte tief Luft.

»Ich stelle mir in Gedanken vor, von dir ...«

»Ja?«

Einen Moment schwieg sie verlegen. Dann gab sie sich einen Ruck und stieß hastig hervor:

»... gefesselt, geschlagen und auf erniedrigende Weise genommen zu werden.«

Jetzt war es heraus. Wie würde er reagieren? Sie traute sich nicht, ihn anzuschauen. Womöglich würde er sie verachten. Oder hatte sie mehr Angst davor, er würde ihre Träume wahr werden lassen? Ihr Herz hämmerte wild, während sie auf seine Reaktion wartete.

Geflohen

Unbekannte Begierde

Statt einer Antwort fuhr er den Wagen an den Straßenrand und stieg aus. Verwirrt sah sie, wie er auf die Beifahrerseite kam. Was hatte er vor? Er öffnete ihre Tür.

»Steig aus«, forderte er sie barsch auf.

Sie hatte doch gar nichts gesagt, was ihn verletzt haben könnte. Sollte sie sich bei ihm entschuldigen? Aber wofür? Sie verstand gar nichts mehr. Verunsichert schaute sie ihn an. Ein Kloß in ihrem Hals hinderte sie daran, ihn anzusprechen. Er wartete noch immer an der geöffneten Tür und schaute sie mit einem ausdruckslosen Gesicht an. Was hatte er bloß vor? Er wollte sie doch hier nicht einfach stehen lassen und wegfahren? In ihren Eingeweiden zog sich alles zusammen.

Unsicher stieg sie aus und schaute ihn ängstlich an. Noch immer war in seinem Gesicht keine Regung zu erkennen. Sie setzte an, etwas zu sagen.

»Schweig!«, fuhr er sie an.

»Komm mit«, forderte er sie auf und ging mit ihr vor das Auto.

»Leg beide Hände auf die Motorhaube und lass sie dort, bis ich dir sage, dass du sie wieder wegnehmen darfst.«

Sie beugte sich vor und legte die Hände auf die noch warme Motorhaube. So langsam kamen ihr Ideen, was er mit ihr vorhaben könnte. Und sie spürte, wie diese Vorstellungen ihre Lust entfachten. Er schob ihr Kleid über den Hintern nach oben und zog das Höschen nach unten. Seine rechte Hand fuhr über ihren Hintern. Sie reckte ihren Po förmlich seiner Hand entgegen. Unvermittelt schlug er zu. Seine Hand landete klatschend auf ihrer Rückseite. Erschreckt schrie sie auf. Immer härter traf seine Hand ihren Hintern. Sie stöhnte auf, weniger vor Schmerz als vor Lust.

Wiederholt wanderte seine Hand zärtlich auf ihren brennenden Backen entlang, um im nächsten Moment hart zuzuschlagen. Er legte seine linke Hand auf ihr Genick und ließ sie nach vorne zu ihrem Hals wandern. Langsam schloss sich diese Hand direkt um ihre Kehle und erschwerte ihr das Atmen, während seine Rechte noch immer ihren Po bearbeitete. Ihr Stöhnen wurde zu einem Röcheln. Sie bestand nur noch aus Lust. Seine Linke ließ von ihrem Hals ab und wanderte in ihren Ausschnitt, wo sie damit begann, ihre Brüste zu kneten. Ihre Arme begannen so zu zittern, dass sie sich kaum mehr abstützen konnte.

Unvermittelt hörte er auf.

»Vorhin hattest du mir eine Frage gestellt. Die Antwort ist nein.«

Verwirrt versuchte sie zu begreifen, wovon er eigentlich redete. Sie erinnerte sich nicht mehr an eine Frage, nur noch an seine Hände. Warum machte er nicht endlich weiter?

»Dein Verstand ist in der Gefangenschaft nicht durcheinandergeraten«, fuhr er fort. »Deine Vorstellungen sind auch nicht falsch oder schlimm, allenfalls nicht durchschnittlich. Wünschst du dir denn, nicht so zu empfinden, wie du es gerade tust?«

»Nein. ... Ja. ... Ich weiß nicht. ... So etwas kann ich doch nicht wollen. ... Kannst du nicht erst einmal weitermachen und wir unterhalten uns später?«

Er lachte laut auf.

»Damit du dich später ganz entspannt wegen deiner Abartigkeit schämen kannst?«

Sie spürte seine rechte Hand wieder an ihren Backen. Diese mussten inzwischen feuerrot sein. In ihr brannte das Verlangen so intensiv, wie sie es noch nie verspürt hatte.

»Bitte mach weiter. Bitte!«

Er kam ihrem Wunsch nach und ließ seine Rechte auf ihren Hintern klatschen, während die Linke sich langsam wieder um ihren Hals schloss.

Sie stöhnte und röchelte hemmungslos. Mit jeder Faser genoss sie seine Zuwendungen. Ihr Verstand war von jedem Gedanken befreit, während ihr Körper von Wellen der Lust und der Begierde nur so überflutet wurde. Nie zuvor hatte sie etwas Vergleichbares erlebt.

Um so frustrierter war sie, als er von ihr abließ und ihr Höschen wieder an seinen Platz zog. Mit einem kräftigen Griff in ihre Haare zog er sie von der Motorhaube weg und zwang sie, ihn anzuschauen.

»Die Lust steht dir gut.«

Zitternd vor Verlangen stand sie vor ihm. Ihre aufgerichteten Nippel zeichneten sich deutlich durch das Kleid ab. Mit der freien Hand strich er auf dem Kleid über ihre Brüste entlang, was sie mit einem Stöhnen quittierte. Die andere hielt noch immer ihre Haare fest im Griff.

»Was soll ich jetzt mit dir machen?«

»Alles, was du willst.«

»Und wenn dir nicht gefällt, was ich will?«

»Ich fürchte, dann macht mich das bloß noch mehr an.«

»Das hoffe ich«, lachte er.

Dann führte er sie – noch immer mit einer Hand in ihren Haaren – zum Heck des Wagens. Er öffnete den Kofferraum. Im Innern war ein großer Metallkoffer. Anita erinnerte sich, dass Hernando diesen Koffer trug, als er letztmalig den Keller von Dr. Jones verlassen hatte.

»Zieh das Höschen aus und wirf es in den Kofferraum«, wies er sie ruhig aber bestimmt an.

Ihre Haare hatte er jetzt losgelassen. Sie gehorchte und fragte sich, was er vorhatte. Wollte er jetzt mit ihr schlafen? Diese Vorstellung fand sie ausgesprochen verlockend. Aber warum standen sie am Kofferraum?

Er öffnete den Metallkoffer. Ihr entfuhr ein Schrei, als sie hineinschaute. Darin lagen der Keuschheitsgürtel und die Kopfmaske, die sie seit Ende der entwürdigenden Auktion hatte tragen müssen. Wollte er ihr das etwa antun? Verwirrt stellte sie fest, dass diese Vorstellung ihre Lust sogar noch steigerte. Sie spürte deutlich ihr Herz pochen. Tatsächlich nahm er den Keuschheitsgürtel in die Hand und öffnete ihn. Er entfernte die Abdeckung, die den Schambereich vor Berührungen schützte, und trat mit dem Gürtel auf sie zu. Der Impuls zurückzuweichen wurde bei ihr noch von der Erregung übertroffen, den die Vorstellung auslöste, von ihm in diesem Gürtel gefangen gehalten zu werden. Sie raffte ihr Kleid nach oben und stellte sich breitbeinig hin. Ihre Hände zitterten dabei. Ihr Herz schien auf Hochtouren zu laufen, während er ihr den Gürtel anlegte. Sie musste die Beine noch etwas weiter spreizen, bevor er die Metallhose zuklappen und abschließen konnte. Durch die entfernte Abdeckung war ihr Spalt noch zugänglich, während ihre Bewegungsfreiheit deutlich eingeschränkt war. Er dirigierte sie an die Beifahrerseite der Limousine, sodass sie sich mit dem Rücken anlehnen konnte.

Mit einer Hand strich er über ihren erregten Schoß und begann, diesen mit langsamen Bewegungen zu massieren. Seine andere Hand knöpfte ihren Ausschnitt weiter auf und streichelte ihre Brüste. Sie schloss die Augen und schnurrte leise wie eine zufriedene Katze. Ihre Hände verkrampften sich in das Kleid, das sie noch hochgerafft festhielt. Die Hand in ihrem Schritt stimulierte sie immer härter und ließ dabei ihrem Lustpunkt mehr und mehr Aufmerksamkeit zukommen. Ihr Atem wurde heftiger und kam schließlich nur noch stoßweise. Ihre Beckenmuskulatur verkrampfte sich bereits verräterisch. Nur noch ein paar Berührungen fehlten ihr. Doch diese Berührungen blieben aus. Seine Hand bedeckte noch ihr Lustzentrum und musste die Zuckungen spüren, die Anitas unmittelbar bevorstehenden Orgasmus ankündigten. Aber diese Hand, die gerade erst so energisch ihre Lust geschürt hatte, spendete jetzt nur noch ein bisschen Wärme.

Sie riss die Augen auf und starrte in sein grinsendes Gesicht. Ihr wurde schlagartig klar, was er vorhatte. Dieser Mistkerl wollte sie in ihrem erregten Zustand belassen! Ihre Augen flehten ihn an weiterzumachen. Aber sie wusste bereits, dass es vergebens war.

»Bleib so stehen«, wies er sie an und ging zum Kofferraum.

Wie erwartet hatte er die Abdeckung des Keuschheitsgürtels in der Hand. Auch der kleine Vibrator, der genau auf ihre Klitoris kommen würde, war noch daran befestigt. Sie biss die Zähne zusammen, als er die Konstruktion anbrachte und dabei einen leichten Druck auf ihren Lustpunkt ausübte. Das Schloss rastete hörbar ein. Mit beiden Händen massierte er jetzt ihre Brüste. Sie versuchte erfolglos, sich gegen das Verlangen zu wehren, das er so bei ihr auslöste.

»Das ist gemein!«, stieß sie hervor.

»Ich weiß. Manchmal macht es mir Spaß, gemein zu sein.«

»Das habe ich schon befürchtet.«

Sie ließ ihr Kleid nach unten über den stählernen Keuschheitsgürtel fallen und strich mit einer Hand über seine Hose. Eine Beule war unverkennbar. Diese massierte sie durch den Stoff hindurch. Er ließ sie gewähren. Mit der zweiten Hand öffnete sie seinen Gürtel und den Reißverschluss. Langsam ließ sie sich am Wagen nach unten rutschen und holte seine erregte Männlichkeit aus der Hose. Als sie in der Hocke angekommen war, befand sich ihr Mund auf der gleichen Höhe wie sein Phallus. Hernando näherte sich ihr noch ein wenig, und sie verwöhnte sein bestes Stück mit Lippen und Zunge. Mit voller Konzentration widmete sie sich nun seiner Lust. Ihr eigenes Verlangen wurde dadurch nicht geringer, aber es bekam nicht mehr ihre ganze Aufmerksamkeit. Sie ließ sich viel Zeit damit, seine Begierde immer weiter zu steigern. Für einen Augenblick dachte sie daran, auch ihm den Höhepunkt im letzten Moment zu verweigern. Aber irgendwie fühlte sich diese Idee falsch an. So etwas stand nur ihm zu, auch wenn sie sich nicht klar darüber war, warum. Als sich seine Lust schließlich in einem befreienden Orgasmus entlud, gab das auch ihr eine tiefe Befriedigung, obwohl ihr Körper weiterhin darauf bestand, etwas Entscheidendes zu vermissen.

Er fasste ihr ins Genick und zog sie wieder nach oben. Mit einem warmen Lächeln schaute er sie an und streichelte ihre Wange.

»Lass uns weiterfahren«, sagte er, während er seine Hose wieder schloss.

»Du willst doch nicht, dass ich das Ding hier anbehalte?«

Nachdrücklich klopfte sie auf den Keuschheitsgürtel unter ihrem Kleid.

»Doch, natürlich. Komm, ich helfe dir ins Auto.«

Sie schaute ihn entrüstet an, während sie spürte, dass ihre kaum verringerte Begierde durch seine Entscheidung erneut angestachelt wurde. Er hielt ihr die Tür auf und half ihr, trotz der vom Gürtel gespreizten Beine, eine bequeme Sitzposition zu finden.

»Ich liebe es, wenn du so erregt bist.«

»Mistkerl!«

Lachend ging er zum Heck des Wagens und schloss den Kofferraum. Dann stieg er auf der Fahrerseite ein und fuhr los. Sie hatten erst wenige Meter zurückgelegt, als der kleine Vibrator in ihrem Gürtel begann, ihren Lustpunkt zu reizen. Sie stöhnte auf und sah, wie er eine kleine Fernsteuerung in seine Hemdtasche steckte.

»Das ist gemein«, schmollte sie.

»Ich weiß.«

Grinsend schaute er auf die Fahrbahn. Beiläufig griff er an seine Hemdtasche. Der Vibrator ging aus. Sie war sicher, dass das nicht das letzte Mal sein würde. Verstohlen beobachtete sie ihn aus den Augenwinkeln.

»Auf deine Maske musst du erst einmal verzichten. Das würde sich auf dem Beifahrersitz nicht so gut machen. Wahrscheinlich hätten wir alle paar Meter einem Polizisten zu erklären, was es damit auf sich hat, sobald wir in die nächste Stadt kommen.«

»Du willst mir diese Maske doch nicht für längere Zeit antun, oder? Der Ring im Mund ist auf Dauer ziemlich unangenehm. Und essen kann ich so auch nicht.«

»Dafür hältst du dann Ruhe. Das ist doch auch etwas. Aber ich denke, den Ring sollte ich dir nicht für längere Zeit zumuten.«

Das beruhigte sie wieder. Die Vorstellung, völlig hilflos zu sein, erregte sie zwar weiterhin, aber der Ring verursachte nach einiger Zeit ziemlich unerotische Schmerzen. Außerdem konnte sie sich nicht vorstellen, längere Zeit zum Schweigen verdammt zu sein. Und eine längerfristige Umstellung auf flüssige Nahrung fand sie auch nicht erstrebenswert.

»Schau doch mal ins Handschuhfach. Da müssten ein Block und ein Stift drin liegen. Schreib mir bitte auf, welche Kleidergrößen du hast. Auch deine Schuhgröße brauche ich. Schließlich sollst du nicht dauernd barfuß laufen müssen. In der nächsten kleineren Stadt fahren wir in ein Einkaufszentrum. Mit dem Keuschheitsgürtel wirst du allerdings im Auto bleiben müssen. Vielleicht sollten wir dir später mal einen besorgen, der dir mehr Bewegungsfreiheit lässt.«

Mit leichter Beunruhigung schaute sie ihn an.

»Ich werde diesen Gürtel doch wohl nicht ständig tragen müssen, oder?«

»Doch, natürlich. Genau das wirst du. Das heißt nicht, dass du nicht auch mal heraus darfst, aber ich möchte die Kontrolle darüber haben, was sich bei dir da unten in welcher Intensität abspielt.«

»Im Moment glüht es dort verzweifelt vor sich hin«, klärte sie ihn über ihren Zustand auf.

Sein Grinsen schien von einem Ohr zum anderen zu reichen. Als er an seine Hemdtasche griff, wusste sie schon, was gleich passieren würde. Der Vibrator auf ihrer Klitoris sprang wieder an. Anita fragte sich, ob sie ihn dafür hassen oder lieben sollte. Sie konnte sich nicht erinnern, je so intensiv und so lang anhaltend erregt gewesen zu sein. So, wie es schien, wollte er einen Dauerzustand daraus machen. Eine Vorstellung, die ihre Begierde noch weiter anstachelte.

Überfall

Nach einiger Zeit sahen sie Werbetafeln für ein Einkaufszentrum. Hernando folgte den Hinweisschildern und stellte die Limousine auf einem großen Parkplatz ab.

»Damit dir nicht langweilig wird ...«

Er drückte einige Knöpfe an der Fernsteuerung ihres Keuschheitsgürtels, nahm den Zettel mit ihren Kleidergrößen und ließ sie alleine im Auto zurück. Nach etwa einer Minute begann der Vibrator, ihren Lustpunkt zu stimulieren. Sie vergaß den Parkplatz und gab sich ganz der Lust hin. Kurze Zeit später war das dumpfe Brummen wieder verstummt, um nach einer Minute erneut zu beginnen. Ein Blick auf die Borduhr des Wagens verriet ihr, dass der Keuschheitsgürtel ihr Verlangen jede Minute für jeweils 10 Sekunden antrieb. Mit Keuschheit hatte dieses Ding nun wirklich nichts zu tun. Es war vielmehr ein Geilheits-Gürtel. Ein Instrument zur Lustfolter, die sie von Minute zu Minute mehr genoss. Mit einem erlösenden Orgasmus durfte sie zwar nicht rechnen, aber dafür hatte das Vorspiel inzwischen unvorstellbar erregende

Dimensionen erreicht. Sie fragte sich, wie lange sie diesen Zustand wohl aushalten könnte.

In einer der Pausen, die ihr der Gürtel gönnte, sah sie einen hässlichen, schwarzen Lieferwagen in der Nähe parken. Er fiel ihr nur deshalb auf, weil niemand das Fahrzeug verließ. Im nächsten Moment startete die Stimulation wieder und ließ sie das parkende Auto vergessen.

Hernando kam mit mehreren Tüten heran und öffnete den Kofferraum, um sie zu verstauen. Anita konnte sich nicht mehr erinnern, wie lange sie gewartet hatte. Die Borduhr hätte ihr zwar Auskunft geben können, doch sie war viel zu sehr mit ihrer immer wieder entfesselten, wenn auch aussichtslosen Begierde beschäftigt. Einige Zeit ließ Hernando die perfide Intervallsteuerung noch weiterlaufen, während er die Limousine über gesichtslose Straßen einem Ziel zusteuerte, das nur er kannte. Schließlich gönnte er ihr eine Pause. Sie war sich nicht sicher, ob sie das jetzt als Vor- oder Nachteil ansehen sollte.

»In Anbetracht deiner eingeschränkten Bewegungsfähigkeit werden wir unser Mittagessen wohl eher einfach gestalten.«

»Du kannst mir auch gerne den Gürtel abnehmen, wenn dir mehr nach einem guten Restaurant ist. Mich würde es nicht stören.«

»Vielleicht sollte ich dir doch gleich den Kopfkäfig anlegen. Ich beginne, die Vorzüge des eingebauten Knebels zu schätzen.«

Schmollend und schweigsam starrte sie durch die Windschutzscheibe. Als das Drive-in-Restaurant einer Hamburgerkette in Sicht kam, lenkte er den Wagen in dessen Einfahrt.

Nach einer sättigenden, wenn auch kulinarisch enttäuschenden Mahlzeit, die sie auf dem Parkplatz des Drive-in einnahmen, ging ihre Fahrt weiter.

Anita fragte sich, wie die Amerikaner solche langen, eintönigen Fahrten aushielten, ohne vor Langeweile einzuschlafen und im Straßengraben zu landen. Nach seiner letzten Zurechtweisung hatte sie kein Wort mehr gesagt, auch wenn sie nicht glaubte, dass er die Drohung mit dem Kopfkäfig ernst gemeint hatte. Wirklich sicher war sie sich allerdings nicht. Da Hernando den Vibrator bislang nicht wieder angestellt hatte, ging ihre Erregung allmählich zurück.

Ihre Gedanken schweiften ab und beschäftigten sich mit den Erlebnissen der letzten Tage. Auch über Hernandos Beschreibung seiner Anfänge dachte sie nach. Was wohl aus dem Alien geworden war, der seit über 2000 Jahren unter der Sonnenpyramide gefangen war?

»Hernando?«

»Ja?«

»Kann ich dich etwas fragen, ohne einen Knebel zu riskieren?«

»Das kommt darauf an. Du kannst es ja einmal versuchen.«

Sie schaute ihn säuerlich an, während er lächelnd auf die Fahrbahn schaute. Wollte er sie nur verunsichern? Oder würde er ihr wirklich einen Knebel verpassen, wenn sie ein Thema anschnitt, das ihm nicht behagte? Zumindest würde das etwas Abwechslung in die eintönige Fahrt bringen.

»Dieser Alien, den du unter der Pyramide eingesperrt hast, lebt der noch?«

»Ja.«

»Ich stelle mir das schrecklich vor, für zweitausend Jahre eingesperrt zu sein.«

»Zweitausendzweihundert Jahre.«

Sie schaute ihn irritiert an. Machte er sich über sie lustig? Oder wollte er bloß nicht über dieses Thema reden?

»Findest du das nicht ziemlich grausam?«

»Du meinst, so wie die Röhren von Dr. Jones?«

Sie zuckte zusammen. Daran wollte sie nicht mehr erinnert werden. Und sie wollte auch nicht darüber nachdenken, welche Strafe dieser Verbrecher jetzt erlitt.

»Ja, in etwa so«, sagte sie unbehaglich.

»Es gab keine Alternative. Wir konnten das Wesen nicht töten. Und von ihm getötet werden wollten wir auch nicht.«

»Das habe ich schon verstanden. Trotzdem finde ich die Vorstellung erschreckend.«

»Dieses Wesen hat ein anderes Zeitgefühl als du und ich. Es lebt schon seit vielen Millionen Jahren. Seine einsamen Reisen zwischen den Sternen dauerten nach unseren Vorstellungen unendlich lange. Es hätte kein Problem damit, auf seine Freiheit so lange zu warten, bis die Steine über ihm verwittert sind. Außerdem hat es ein spannendes Unterhaltungsprogramm.«

»Was meinst du mit ›Unterhaltungsprogramm‹?«

»Ich hatte dir ja schon erzählt, dass ich kurz mit dem Wesen verbunden war.«

»Ja und?«

»Nun, genau genommen ist diese Verbindung nie ganz abgerissen. Es beobachtet mich. Nicht mit Augen. Aber es bekommt meine Empfindungen mit. Die findet es ›unterhaltsam‹.«

Sie schaute ihn erschreckt an.

»Du meinst, es war auch vorhin dabei, als ich dir einen geblasen habe?«

Hernando lachte.

»Du musst keine Angst haben, dass das jetzt auf einer Art intergalaktischem YouTube zu finden ist. Nur meine Gefühle interessieren das Wesen. Wie sie entstehen, ist ihm egal.«

»Woher weißt du das? Kannst du auch seine Gefühle oder Gedanken lesen?«

»Nur bedingt. Wir unterhalten uns gelegentlich, soweit man diese Kommunikation so nennen kann. Richtig beschreiben kann ich dir das nicht. Es gibt dafür keine Worte in irgendeiner menschlichen Sprache. Woher auch. Außer mir dürfte es nie jemand erlebt haben.«

»Und worüber redet ihr so?«

»Beispielsweise über Möglichkeiten, es ohne Gefahr für uns frei zu lassen oder zu töten. Sehr weit sind wir damit allerdings noch nicht gekommen. Es hält nichts davon, getötet zu werden. Technisch wäre das heute möglich, beispielsweise mit einer Atombombe. Allerdings würde das seine Seele, seinen Geist oder wie immer man das nennen will, frei lassen. Dieser Geist ist zwar zu komplex, um in einem Menschen weiterleben zu können, aber er könnte Menschen fernsteuern oder in den Wahnsinn treiben.«

»Du sagtest doch, für diese Alien-Seele gäbe es keine Grenzen in Raum und Zeit.«

»Das war etwas vereinfacht. Räumlich ist die Beweglichkeit auf etwa zwei bis drei Lichtjahre beschränkt. Für mich ist das kein Problem, wenn ich sterbe. In diesem Umkreis würde der Alien-Geist allerdings kein Wesen finden, das er übernehmen könnte. Nach ein paar Monaten ohne geeigneten Körper würde dann zwar auch der Geist sterben, aber bis dahin könnte er viel Unheil anrichten. Den filigranen Körper des Wesens zu zerstören wäre also weder für ihn noch für uns eine Alternative. Da ich ihm nicht traue, kommt auch nicht in Frage, es auf ein Versprechen hin frei zu lassen. Sein Wertesystem ist dem unseren völlig fremd. Es lügt zwar nicht, eine Zusage über zukünftiges Verhalten ist für das Wesen aber ein unbekanntes Konzept. Da die Zeit für das Wesen arbeitet, muss ich versuchen, in den nächsten Jahrtausenden eine Lösung zu finden. Wenn ich Raoul nicht davon abhalten kann, die

Tür unter der Pyramide zu öffnen, ist meine Zeit für eine Lösung noch sehr viel knapper.«

Eine Weile schwiegen beide.

»Ich bin froh, dass du nach Lösungen suchst«, meinte Anita nach einiger Zeit.

»Es gibt da noch etwas, das ich nicht verstehe. Du sagtest doch, du könntest deinen Körper nur verlassen, wenn er stirbt.«

»Das stimmt.«

»Wie konntest du dann dem Rocker helfen? Oder Judith?«

»Bei direktem Körperkontakt zu einem Lebewesen kann ich dessen physische Parameter beeinflussen – so wie meine eigenen. Beim Rocker hieß das, die Blutgerinnung an den Verletzungen zu verstärken und die Produktion Schmerz stillender Stoffe auszulösen. Bei Judith ging es um die Veränderung der Produktion von Botenstoffen im Gehirn. In begrenztem Umfang kann ich dabei auch in den Erinnerungen lesen. Die Langzeiterinnerung liegt im Gehirn chemisch vor.«

»Demnach könntest du ja auch mich beeinflussen. Du könntest für eine Extra-Hormonausschüttung sorgen. Oder auf mein Gehirn oder meine Nerven einwirken, damit ich auf einmal bestimmte Dinge geil finde, die mich sonst gar nicht anmachen.«

»Ja, könnte ich, aber das habe ich nicht getan. Für deine sexuellen Gelüste bist du selbst verantwortlich. Wenn es dich beruhigt: Ich fände es langweilig, dich auf diese Weise zu einer willigen Sklavin zu formen.«

»Auf diese Weise?«

»Ich bin mir nicht zu schade, dich zu manipulieren. Im Gegenteil, das finde ich sogar reizvoll. Allerdings werde ich es nur mit solchen Mitteln versuchen, die auch jedem anderen Menschen zur Verfügung stehen. Alles andere wäre unsportlich. Es hätte für mich keinen Reiz und wäre auch kein Erfolgserlebnis, wenn es mir dann gelingt, dich zu etwas zu bringen, das du von selbst nie getan hättest.«

»Manchmal bist du mir unheimlich«, sagte sie leise.

»Das ist beabsichtigt.«

Schweigend fuhren sie auf den endlos scheinenden Straßen entlang. Es dämmerte bereits.

»Ich muss mal«, sagte Anita gepresst.

»In einer Viertelstunde erreichen wir ein Motel, in dem wir übernachten werden. Hältst du es so lange aus?«

»Ja, das wird gehen.«

»Prima. Dann brauche ich dich ja nicht aus dem Keuschheitsgürtel herauszulassen, da du im Motelzimmer die Möglichkeit hast, dich und den Gürtel wieder sauber zu machen.«

»Mistkerl! Ähm ... ich glaube, ich muss doch gleich«, antwortete sie grinsend.

»Vergiss es. Und wehe, du machst ins Auto.«

Wenig später erreichten sie das Motel. Hernando stieg aus und besorgte den Zimmerschlüssel. Die Limousine parkte er direkt vor dem Eingang zu ihrem Zimmer, sodass Anita nur eine kleine Strecke mit ihren gespreizten Beinen zurücklegen musste. Sie verschwand gleich im Badezimmer. Als sie wieder herauskam, schloss Hernando ihren Gürtel auf.

»Hättest du das nicht vorher machen können?«, beschwerte sie sich. »Dann wäre mein Gang zur Toilette nicht so umständlich gewesen.«

»Und ich hätte zuschauen müssen, ob du dabei auch brav bist. Mach jetzt den Gürtel sauber und komm gleich wieder.«

Er holte den Metallkoffer und eine der Tüten aus dem Koffer-raum und brachte sie ins Motelzimmer. Anita kam mit dem gerei-nigten Gürtel aus dem Badezimmer zurück. Er nahm ihr den Gür-tel ab und legte ihn in den Koffer. Die Tüte enthielt ein auf Figur geschnittenes, dunkelblaues Kleid, Unterwäsche und ein Paar schicke Sandalen.

»Damit du morgen etwas Anderes zum Anziehen hast.«

Er stand am Fenster neben der Tür und schaute auf den Park-platz hinaus. Plötzlich splitterte das Fensterglas. Sofort ließ Her-nando sich fallen. Zwei kleine Pfeile schlugen im Motelbett ein.

»Geh in Deckung!«, rief er Anita zu.

Sie versteckte sich hinter dem Bett, während Hernando mit er-staunlicher Kraft eine schwere Kommode vor die Zimmertür wuchtete. In einem Spiegel konnte sie aus ihrer Position erkennen, was sich abspielte. Kaum war die Tür von der Kommode blo-ckiert, versuchte jemand die Tür aufzubrechen. Hernando war zum Metallkoffer gehechtet und entnahm ihm eine große Pistole mit unförmigem Lauf. Eine Gestalt in schwarzem Kampfanzug erschien im zerstörten Fenster. Die Pistole in Hernandos Hand gab ein leises ›Plop‹ von sich. Der Angreifer fiel nach hinten um. Eine rauchende Büchse wurde durch das offene Fenster ins Zim-mer geworfen. Der Rauch biss in Anitas Augen. Sie konnte nur noch schemenhaft erkennen, was weiter passierte. Als sich erneut jemand an der Zimmertür zu schaffen machte, schoss Hernando durch die Tür. Von draußen hörte sie einen erstickten Schrei. A-nita fiel auf, dass der Angriff bisher kaum Lärm gemacht hatte.

Erneut war eine Gestalt am Fenster zu erkennen. Lautlos gab sie einen Schuss auf Hernando ab, der sich gerade noch rechtzei-tig wegduckte. Ein kleiner Pfeil steckte in der Tapete. Ein weiterer Angreifer tauchte am Fenster auf. Sein Gesicht konnte Anita nicht sehen. Er schien ein Nachtsichtgerät vor den Augen zu haben. A-nita hatte so etwas einmal in einem Actionfilm gesehen. Würde ihr nicht der Rauch in den Augen brennen, hätte sie fast geglaubt, eine solche Szene im Kino zu verfolgen. Nach einem weiteren ›Plop‹ aus Hernandos Pistole taumelte der Angreifer weg. Ein eiförmiger Gegenstand flog zum Fenster hinein. Hernando fing ihn mit einer Hand auf und warf ihn in flachem Bogen wieder hinaus. So schnell hatte Anita Hernando noch nie in Bewegung gesehen. Aus dem Wurf heraus ließ er sich flach auf den Boden fallen. Vor dem Fenster ertönte eine ohrenbetäubende Explosion. Nach der gespenstischen Lautlosigkeit des vorangegangenen Kampfs wirkte dieser Knall um so lauter. Draußen ertönten Schreie.

»Nimm die Kleidertüte und komm mit.«

Hernando schob schwungvoll die Kommode von der Tür weg. Sie krachte splitternd an eine Seitenwand. Er riss die Tür auf und schoss auf mehrere, verletzt am Boden liegende Angreifer. Dann nahm er den Metallkoffer auf und trat nach draußen. Ein dunkler Lieferwagen ließ jaulend den Motor an. Es war derselbe Lieferwagen, der Anita bereits auf dem Parkplatz des Einkaufszentrums aufgefallen war. Ohne zu zögern erschoss Hernando den Fahrer. Sobald er den Koffer im Heck der Limousine verstaut hatte, setzte er sich hinter das Steuer.

»Komm endlich!«, brüllte er Anita zu, die wie angewachsen mit der Tüte in der Hand an der Tür des Motelzimmers stand.

Sie erwachte aus ihrer Starre und lief zur Beifahrertür. Sobald sie eingestiegen war, jagte Hernando mit dem Wagen vom Motelparkplatz auf die Straße hinaus. Zunächst raste er mit halsbrecherischer Geschwindigkeit die nächtliche Straße entlang. Dann bremste er ab und hielt den Wagen am Straßenrand an. Er atmete betont langsam ein und aus.

»Wie haben die uns gefunden?«, murmelte er.

»Wer waren die?«

»Raouls Männer. Deshalb haben sie auch nicht mit normaler Munition geschossen, sondern mit Betäubungspfeilen. Sie wollten mich nicht töten, sondern fangen. Erst als sie merkten, dass sie es nicht schaffen würden, haben sie es mit der Handgranate versucht.«

»Du hast alle getötet«, flüsterte Anita.

Die Kaltblütigkeit, mit der er auch auf die verletzten Angreifer und den fliehenden Fahrer geschossen hatte, schockierte sie zutiefst.

»Ich konnte nicht riskieren, dass mir einer doch noch einen Betäubungspfeil verpasst. Außerdem hätten sie vielleicht geredet, wenn ich sie am Leben gelassen hätte, und niemand darf etwas über Raoul oder mich erfahren. Es ist so schon schwierig genug nicht aufzufallen. Früher brauchten wir nur ab und zu den Wohnort zu wechseln, damit niemand merkt, dass wir unsterblich sind. Aber heute, wo fast jeder Staat seine Bürger erfasst und überwacht, reicht das nicht mehr. Die Angreifer waren Söldner. Sie töten für Geld. Der Tod gehört zu ihrem Geschäft. Auch der eigene.«

Sie schaute ihn schweigend an. Allmählich begriff sie, welche Differenzen Lilith und er gehabt haben mussten. Hernando stammte nicht aus der zivilisierten Welt, in der sie aufgewachsen war. Eine Welt, in der Szenen wie die gerade erlebte nur in Actionfilmen vorkamen. Die Härte, die er gelegentlich an den Tag legte, war keine Masche, wie sie zunächst gedacht hatte. Dieser Mann lebte in einer Welt, in der Gewalt und Tod normale Bestandteile des Lebens waren. Ohne diese Härte könnte er in seiner Welt nicht überleben. In einer Welt, die nun auch die ihre geworden war.

Ihr wurde klar, dass sie ihn bisher unterschätzt hatte. Auch in Bezug darauf, was er mit ihr anstellen könnte.

Verwischte Spuren

»Ich bin ein Idiot«, fluchte Hernando und schlug sich gegen die Stirn.

In einer weniger kritischen Situation hätte Anita ihm sicher mit frechem Grinsen zugestimmt. Nach dem Gewaltausbruch, den sie gerade überlebt hatte, war ihr jedoch nicht nach Sticheleien zumute. Erst jetzt begriff sie allmählich, welch gefährlicher Situation sie gerade knapp entkommen waren.

Hernando verließ den Wagen und öffnete den Kofferraum. Anita folgte ihm. Er hatte im Kofferraum Licht gemacht, den Metallkoffer geöffnet und den stählernen Keuschheitsgürtel herausgenommen. Mit einem Schraubenzieher öffnete er im Innern des Gürtels die Abdeckung, hinter der die aufladbaren Batterien verborgen waren, die den kleinen Vibrator mit Strom versorgten. Er entfernte sie. Auch die Batterien der Fernsteuerung nahm er heraus.

»Ich weiß nicht, wo der Sender eingebaut ist, aber entweder im Gürtel oder in der Fernsteuerung. Langsam sollte ich aufhören, Raoul zu unterschätzen.«

»Du meinst, er hat uns über den Gürtel geortet?«

»Da bin ich sicher. Glücklicherweise war er noch im Metallkoffer, als wir bei Lilith waren. Sonst hätte der Überfall sicher schon dort stattgefunden.«

»Der schwarze Lieferwagen stand übrigens schon auf dem Parkplatz des Einkaufszentrums. Er fiel mir auf, weil niemand ausstieg. Dann habe ich es aber wieder vergessen. Der Gürtel hat mich abgelenkt.«

Er schaute sie scharf an. Für einen Moment hatte sie Angst, er würde ihr übel nehmen, ihn nicht gewarnt zu haben. Doch er nickte nur.

»Wir müssen uns sofort ein neues Auto besorgen. Dieses kennt Raoul, und vielleicht hat er auch hier einen Sender angebracht. Steig wieder ein. Wir müssen uns beeilen, bevor Raoul weitere Söldner losschicken kann.«

Sie stiegen wieder in die Limousine und fuhren los. Plötzlich lachte Hernando.

»Ich weiß jetzt, wie wir schnell an einen neuen Wagen kommen.«

Er trat das Gaspedal bis zum Anschlag durch, und sie rasten durch die Nacht. Anita saß ziemlich verkrampft auf dem Beifahrersitz. Sein Fahrstil kam ihr reichlich riskant vor. Wenn er so weiterfuhr, würden sie früher oder später sicher die Polizei am Hals haben. Kaum hatte sie diesen Gedanken beendet, ertönte hinter ihnen das typische Jaulen amerikanischer Polizeisirenen. Sie schaute nach hinten. Die roten Blinklichter kannte sie aus zahllosen amerikanischen Filmen.

»Da kommt ja unser nächstes Auto.«

»Du hast doch nicht vor, den Polizisten zu erschießen.«

»Still jetzt«, antwortete er zu ihrem Entsetzen.

Er fuhr an den Straßenrand und hielt an. Der Polizeiwagen hielt in geringem Abstand. Ein Polizist stieg aus und legte die rechte Hand an seine Waffe. Hernando öffnete die Seitenscheibe und legte beide Hände ans Lenkrad. Mit einer Taschenlampe leuchtete der Polizist in ihren Wagen und in ihre Gesichter.

»Führerschein und Papiere!«, forderte der Ordnungshüter barsch.

Hernando reichte ihm irgendetwas, das der Polizist mit der rechten Hand ergriff. Blitzschnell packte Hernando ihn am Handgelenk. Noch bevor er etwas tun konnte, erstarrte der Polizist.

»Mist!«, murmelte Hernando, »im Polizeiwagen sitzt noch jemand.«

Wie in Trance streckte der Polizist seine linke Hand mit der Taschenlampe ins Auto. Hernando ergriff diese und ließ die andere los.

»Komm doch mal her! Das musst du dir ansehen«, rief der Uniformierte seinem Kollegen zu und führte seine Hand wieder beiläufig zur Waffe.

Ein zweiter Ordnungshüter kam aus dem Wagen auf sie zu. Der erste Polizist zog seine Waffe und richtete sie auf den Kollegen. Dieser erstarrte.

»Leg deine Waffe vorsichtig auf den Boden und komm dann mit erhobenen Händen her«, wies er seinen Kollegen an.

»Was soll der Scheiß? Hast du den Verstand verloren?«

»Wenn du machst, was ich sage, passiert dir nichts. Sonst bist du gleich tot.«

Widerwillig gehorchte der zweite Polizist. Er legte seine Waffe auf den Boden und kam mit erhobenen Händen auf den Wagen zu.

Hernando öffnete die Fahrertür und stieg aus, wobei er die Hand des Polizisten nicht losließ. Dann nahm er ihm die Waffe ab und richtete sie auf den anderen Mann.

»Lassen Sie die Hände oben, wenn Sie morgen noch leben wollen«, rief er dem Uniformierten zu, der damit begonnen hatte, seine Hände zu senken.

Sofort nahm er sie wieder nach oben.

»Steig aus, Anita, und komm zu mir. Geh vorne ums Auto. Ich will nicht, dass du dem Polizisten zu nahe kommst. Er könnte sonst auf dumme Gedanken kommen.«

Sie kam zu ihm.

»Sehr gut.« Er wandte sich an die beiden Uniformierten. »Gehen Sie nach vorne ins Scheinwerferlicht.«

»Was haben Sie vor? Glauben Sie, dass Sie damit durchkommen?«

»Machen Sie sich um mich keine Sorgen. Tun Sie einfach, was ich gesagt habe. Ja, so ist es gut. Anita, da liegt noch die Waffe auf der Straße. Hol sie.«

»Bitte erschieß die beiden nicht«, bat sie ihn.

Der Polizist im Scheinwerferkegel schaute ihn entsetzt an.

»Keine Sorge. Wenn sie brav mitspielen, passiert ihnen nichts.«

Er ließ den ersten Polizisten los. Dieser schaute ihn verwirrt an.

»Hoch mit den Händen«, forderte Hernando auch ihn auf.

Er gehorchte. Aus der Fahrertür nahm Hernando noch die Waffe, mit der er sich im Motel der Angreifer entledigt hatte, und steckte sie in seinen Gürtel. Dann forderte er beide Polizisten auf, sich mit dem Rücken zueinander an den Straßenrand zu setzen.

»Sie haben doch sicher Handschellen dabei. Geben Sie mir die Schlüssel.«

Er forderte einen der beiden Männer auf, sich die Handschellen hinter dem Rücken anzulegen. Der zweite musste zuerst eine Schelle an seiner rechten Hand anlegen, sich mit dem Arm bei seinem Kollegen einhaken und dann die andere Schelle um die linke Hand schießen. Beide Polizisten hatten jetzt die Hände auf dem Rücken gefesselt und waren gleichzeitig mit dem Kollegen verbunden.

»Dann fehlt nur noch, Ihnen die Erinnerungen zu nehmen.«

»Bitte nicht. Wir wissen doch gar nichts über Sie. Es gibt doch gar keinen Grund uns zu töten.«

»Keine Angst, das will ich auch gar nicht.«

Er legte beiden je eine Hand ins Genick. Sie sackten am Straßenrand zusammen.

Hernando holte den Metallkoffer aus dem Kofferraum und forderte Anita auf, die Tüten zu nehmen. Anita riss sich aus der ängstlichen Starre, mit der sie das Geschehen verfolgt hatte, und kam seinem Befehl nach. Sie trugen ihr Gepäck zum Polizeiwagen und luden es ein.

»Jetzt müssen wir noch den anderen Wagen loswerden.«

»Warum können wir ihn nicht einfach stehen lassen?«

»Möchtest du, dass deine Fingerabdrücke und DNA-Spuren in den Fahndungscomputern der Polizei landen? Nein? Ich auch nicht. Ich fahre mit dem Polizeiwagen voraus, und du folgst mir mit der Limousine.«

»Und dann?«

»Wenn wir eine geeignete Stelle gefunden haben, verbrennen wir den alten Wagen.«

»Können wir das nicht gleich hier machen?«

»Nein. So ein Feuer weckt Aufmerksamkeit. Und ich möchte nicht, dass die beiden Polizisten gleich gefunden werden. Außerdem könnte es passieren, dass sie von auslaufendem, brennenden Benzin verletzt werden. Das willst du doch sicher nicht.«

»Nein, natürlich nicht.«

»Gut. Dann steige in die Limousine und folge mir.«

Wenig später hielten sie an einer schlecht einsehbaren Stelle an und setzten die Limousine in Brand. Dann stiegen sie in den Streifenwagen und nahmen ihre Fahrt wieder auf.

»Was hättest du eigentlich gemacht, wenn der zweite Polizist nicht gehorcht hätte?«

Er antwortete ihr nicht. Schweigend schaute sie ihn an und nahm sich vor, zukünftig keine solchen Fragen mehr zu stellen. Ihr fielen Liliths Worte wieder ein: ›Ich kenne dich gut genug, um zu wissen, dass du nicht grundlos grausam bist.‹ Nicht grundlos! Er war gefährlich, sehr gefährlich. Und er war faszinierend. In ihrem bisherigen Leben hatte sie einen großen Bogen um Menschen wie ihn gemacht. Dieses Leben existierte allerdings nicht mehr.

Sie konnte sich auch nicht vorstellen, in ihr altes Leben zurückzukehren, wenn sie die Gelegenheit dazu bekäme. Die Erfahrungen der letzten Tage mit all den Ängsten und Schrecken, aber auch mit ihren Gelüsten und dem trügerischen Gefühl der Geborgenheit hatten sie verändert. Sie wusste nicht, was sich in ihr verändert hatte, aber es musste gravierend sein.

Sie verstand Hernando, auch wenn er so gar nicht zu den Vorstellungen passte, mit denen sie aufgewachsen war. Bei oberflächlicher Betrachtung konnte man ihn für amoralisch halten, für einen Menschen, den nur sein eigener Vorteil interessiert. Aber das stimmte nicht. Seine Handlungen orientierten sich durchaus an einer höheren Moral. Nur er konnte seinen Bruder aufhalten, dessen Pläne die ganze Welt in Gefahr brachten. Hernandos Handlungsfähigkeit und Freiheit war wichtiger als das Leben eines Vorstadtpolizisten – wenn dies die einzigen Alternativen waren. Zumindest hoffte sie, dass dies seine Abwägungen gewesen waren.

»Wie lange wird es wohl dauern, bis der Streifenwagen vermisst wird?«

»Einige Stunden werden wir haben. Spätestens zur Mittagszeit sollten wir allerdings mit einem anderen Fahrzeug unterwegs sein.«

»Müssen wir dieses dann wieder verbrennen?«

»Das wird schlecht gehen, da wir unser nächstes Fahrzeug in einer Kleinstadt besorgen werden. Da kann man nicht unauffällig ein Auto anzünden, schon gar keinen Polizeiwagen. Aber keine Sorge, es gibt andere Möglichkeiten.«

Wenig später fuhren sie bereits durch eine gesichtslose Vorstadt. Hernando steuerte einen Schrottplatz an und parkte den Wagen auf dem Hof. Er verhandelte einen Moment mit dem Besitzer und besiegelte schließlich einen Handel mit Handschlag. Anita fiel auf, dass dieser Händedruck ungewöhnlich lange dauerte. Offenbar übernahm Hernando gerade die Kontrolle über den

Schrotthändler. Es sah seltsam aus, als sie Hand in Hand auf den Polizeiwagen zugingen.

»Anita, hol bitte unsere Sachen aus dem Kofferraum.«

Die Tüten waren kein Problem. Den schweren Metallkoffer konnte sie jedoch nur mit Mühe ausladen. Hernando ging mit dem Händler zu einem Kran. Sie sah, wie eine Kralle den Streifenwagen ergriff und über einer Schrottpresse fallen ließ. Kurz darauf war von dem Auto nur noch ein rechteckiger Block zu erkennen.

Hernando entfernte sich von dem Schrottplatzbesitzer, nahm den Metallkoffer auf und ging auf einen recht klapprigen Wagen zu. Sie folgte ihm mit den Tüten. Der Händler winkte ihnen noch zu und verschwand dann in seiner Hütte.

»Er glaubt, dass er eine Rostlaube verschrottet hat«, erklärte Hernando.

Sie hatte sich bereits so etwas gedacht.

»Eine Verfolgungsjagd werden wir uns mit diesem Juwel wohl nicht erlauben dürfen«, witzelte sie über den Wagen, den sie mit ihrem Gepäck beluden.

»Sonderlich lange braucht er auch nicht durchzuhalten.«

»Sind wir schon in der Nähe deines Palastes? Oder ist es eher eine Höhle?«

»Das eine schließt das andere nicht aus. Wir sind allerdings noch ziemlich weit davon weg. Unser nächstes Ziel ist ein kleiner Flughafen.«

Die Bezeichnung »Flughafen« war für das, was wenig später vor ihnen lag, deutlich übertrieben. Viel mehr als eine Wellblechhütte, drei Sportflugzeuge und eine staubige Start- und Landebahn war nicht zu sehen.

»Kannst du so ein Ding fliegen? Oder mieten wir uns einen Piloten?«

»Diese Maschinen sind ziemlich leicht zu fliegen. Aber damit kämen wir nicht sehr weit.«

Sie betraten die Hütte. Niemand war zu sehen. Hernando setzte sich an ein Funkgerät und schaltete es ein. Nachdem er eine neue Frequenz einstellt hatte, sprach er eine Folge von Zahlen in das Mikrofon und wartete. Als Antwort kam schließlich nur »Siebenunddreißig«, gesprochen von einer blechernen Stimme. Er änderte wieder die Frequenz und schaltete das Gerät aus. Sie gingen nach draußen.

In zwei oder drei Stunden würde die Sonne aufgehen. Noch war es allerdings stockfinster. Plötzlich nahm Anita eine Bewegung am Horizont war. Mehr als ein schwarzer Schatten vor dem Sternenhimmel war nicht zu erkennen. Dieser Schatten wurde von Minute zu Minute größer. Schließlich gesellte sich ein dumpfes Brummen hinzu, das immer lauter wurde. Staub wirbelte auf, als sich der Schatten auf die Landebahn senkte. Anita traute ihren Augen nicht. Das Ungetüm vor ihnen sah nicht nach einem Flugzeug aus, eher nach einer mattschwarzen Schachtel, die der Schrottpresse erst im letzten Moment entkommen war.

»Ein Stealth-Flugzeug«, erklärte Hernando. »Durch die Form und die Beschichtung der Außenhaut reflektiert es keine Radarstrahlen. Nicht schön, aber sehr nützlich.«

Sie nahmen ihr Gepäck auf und näherten sich der Maschine. Seitlich wurde eine Luke geöffnet und eine kurze Rampe herausgeschoben. Sobald sie im Flugzeug waren, schloss sich die Luke wieder. Es waren nur wenige breite Sitze im Passagierraum vorhanden. Hernando wies Anita einen Platz zu und half ihr, sich mit einem komplizierten Gurtsystem festzuschnallen. Er setzte sich neben sie und schloss auch seine Gurte. Die Maschine setzte sich in Bewegung. Zunächst drehte sie sich auf der Startbahn in die Richtung, aus der sie gekommen war.

»Magst du Achterbahnen?«

Sie schaute ihn fragend an. Unmittelbar darauf beschleunigte das Flugzeug. Anita wurde mit solch einem Druck in den Sitz gepresst, dass sie kaum noch atmen konnte. Dann jagte die Maschine nach oben. Achterbahnfahren war ein Dreck dagegen! Nach wenigen Minuten hörte die Beschleunigung wieder auf. Offenbar hatten sie ihre Reisegeschwindigkeit erreicht.

»Soll ich mich jetzt abschnallen und auf die Stewardess mit den Snacks warten?«

»Lieber nicht. Wir werden in Kürze einige Kurven fliegen. Wenn du nicht an den Seitenwänden entlang schleifen möchtest, bleibst du besser angeschnallt. Sehr lange dauert der Flug ohnehin nicht.«

Tatsächlich legte sich die Maschine plötzlich in eine Kurve und presste sie dabei wieder hart in den Sitz. Kurz danach ließ der Druck wieder nach. Einige Kurven später spürte sie in ihrer Magengegend, wie sie schnell an Höhe verloren. Der Abstieg war nicht weniger spektakulär als der Start. Anita war froh, dass ihr letztes Essen schon einige Stunden zurücklag. Der Bremsvorgang bei der Landung zog sie mit Kraft in die Gurte. Kurz danach stand das Flugzeug. Hernando löste seine Gurte und stand auf. Nachdem er auch sie losgeschnallt hatte, erhob sie sich unsicher. Ihr Gleichgewichtssinn war durch den rasanten Flug in Mitleidenschaft gezogen worden. Er griff nach dem schweren Koffer und sie nahm die Tüten auf. Dann folgte sie ihm durch die Luke nach draußen.

Verlust mit Folgen

Ein sternenklarer Himmel wölbte sich über ihnen. Es roch nach Meer. Fasziniert schaute sie nach oben. Sie hatte noch nie einen Himmel mit so vielen Sternen gesehen.

»Beeindruckend, nicht wahr? Das sieht man nur noch abseits der Zivilisation, wo die Sicht nicht getrübt ist von Licht und Smog.«

»Wo sind wir hier?«

»Im Pazifik.«

»Sind wir auf einer Insel?«

Sie ging ein paar Schritte von dem Flugzeug weg und kam an ein Geländer. Einige Meter unter ihr schlugen Wellen an eine Metallwand.

»Nicht direkt. Wir sind auf einer künstlichen Plattform, die nur gelegentlich aus dem Meer auftaucht, um ein Flugzeug landen zu lassen.«

Er ging mit ihr zu einer nach unten führenden Treppe, durch deren Gitterstufen sie im Licht der Sterne das Wasser plätschern sah.

»Wir haben noch eine Etappe vor uns. Der letzte Teil der Reise wird allerdings nicht ganz so turbulent, wie der vorherige.«

Sie kamen zu einer schweren Tür, die mit einem Zischen aufglitt. Zunächst konnte Anita nicht erkennen, was dahinter lag, da es in dem Raum stockfinster war. Langsam breitete sich ein rötliches Licht aus. Sie folgte Hernando durch die Tür, die sich sofort wieder hinter ihnen schloss. Ein zwanzig Meter langes, schlankes Boot lag regungslos in einem schmalen Kanal. An einer Stelle verband ein Metallsteg die Umrandung des Kanals, auf der sie standen, mit dem Boot. Zielstrebig schritt Hernando über diesen Steg. Von der Seite sah das Boot aus, wie ein zu groß geratener Sportwagen. Hernando öffnete eine Luke und trat hinein. Da das Licht bereits wieder schwächer wurde, beeilte Anita sich, ihm zu folgen. Auch das Innere des Bootes war in ein rotes Leuchten gehüllt, das Hernandos Gestalt seltsam weich und unscharf erscheinen ließ. Er hatte den Koffer abgestellt und nahm ihr die Tüten ab. Dann ergriff er ihre Hand und führte sie zu einem Sessel neben einem Armaturenbrett, das eher an ein Flugzeug als an ein Schiff erinnerte. Er selbst setzte sich auf den Sitz vor den Kontrollen.

»Falls du dich über das Licht wunderst, es verhindert, dass die Augen sich an die Helligkeit gewöhnen. Dadurch brauchen sie sich nicht umzustellen, sobald wir draußen in der Nacht unterwegs sind.«

Sie sah, wie sich der Raum vor dem Wasserfahrzeug öffnete. Langsam glitten sie nach draußen. Als sie nach hinten blickte, katapultierte sich gerade das Stealth-Flugzeug in den Himmel.

»Wie konnte das Flugzeug auf so einer kleinen Plattform landen und wieder starten?«

»Es braucht keine Startbahn, da es verstellbare Hilfsdüsen hat, mit denen es wie ein Helikopter senkrecht starten und landen kann. Gleich kannst du zuschauen, wie die Plattform im Meer versinkt.«

Er fuhr eine Kurve, sodass sie die künstliche Insel besser im Blick hatte. Tatsächlich senkte sich die Konstruktion langsam immer tiefer ins Wasser. Es gab dabei kaum Wellen. Für einen Moment waren im Sternenlicht noch Strudel zu erkennen, dann deutete nichts mehr darauf hin, dass hier gerade eine Landeplattform aus dem Wasser geragt hatte.

»Wie tief taucht die Insel jetzt? Könnten vorbeifahrende Schiffe sie rammen?«

»Nein, sie wird in etwa 600 Metern auf dem Grund aufsetzen. Da stört sie niemanden und wird auch von niemandem entdeckt.«

Langsam nahm das Boot wieder Fahrt auf. Anita sah, dass Teile des Kabinendachs durchsichtig waren. Sie konnte wieder den beeindruckenden Sternenhimmel sehen. Mehr war allerdings nicht zu erkennen. Land war bei dieser Dunkelheit nicht zu entdecken. Der Schiffsantrieb arbeitete fast lautlos. Mehr als ein leises Brummen war nicht zu vernehmen.

»Wenn wir vor Sonnenaufgang ankommen wollen, werden wir wohl einen Zahn zulegen müssen«, sinnierte Hernando und betätigte einige Schalter.

Die Vibrationen wurden stärker, auch wenn von einer schnelleren Fahrt noch nichts zu erkennen war. Langsam erhob sich das Boot aus dem Wasser. Danach erhöhte sich auch die Geschwindigkeit spürbar.

»Kann das Boot fliegen?«

»Nein, es ist ein sogenanntes Tragflächenboot. Im Moment ragen nur noch speziell geformte Flügel ins Wasser. Das reduziert den Wasserwiderstand erheblich und erlaubt ganz andere Geschwindigkeiten. Verlassen werden wir das Wasser allerdings nicht.«

Inzwischen schoss das Boot nur so über die Wasseroberfläche. Hernando schien ein Faible für Geschwindigkeit zu haben. Entspannt und mit einem Lächeln im Gesicht lenkte er das Wasserfahrzeug durch die Nacht. Wie schnell sie wirklich unterwegs waren, begann Anita erst zu ahnen, als am Horizont eine kleine Insel auftauchte. Sie fuhren in großem Abstand an ihr vorbei. Wenig später kam erneut Land in Sicht. Diesmal war es allerdings keine kleine Insel. Die Landmassen nahmen immer mehr Raum am Horizont ein. Schließlich wurden sie langsamer. Sie fuhren auf eine schroffe Felsenküste zu. Rings um sie ragten kleine Felsen aus dem Wasser empor. Hernando schaltete Außenscheinwerfer ein, die das Wasser vor ihnen fächerförmig erleuchteten. Es sah aus, als wollte er das Boot direkt auf eine Felswand zusteuern. Erst im letzten Moment sah Anita, dass sie eine Höhle vor sich hatten.

»Willkommen in meiner Höhle. Oder war's mein Palast? Na, du wirst es schon noch herausfinden, falls ich dich nicht vorher in ein Verlies sperre.«

Hernando lachte, während Anita überlegte, ob er das mit dem Verlies vielleicht ernst gemeint haben könnte. Und sie fragte sich, wie das wohl wäre, von ihm in einem Kerker gefangen gehalten zu werden. Ihr Unterleib signalisierte ihr, dass er nichts dagegen einzuwenden hätte. Sie schüttelte den Kopf und fragte sich, wie weit es mit ihr wohl noch kommen würde. Beim Gedanken an

Hilflosigkeit und Gefangenschaft erregt zu werden – sie konnte doch nicht ganz dicht sein! An ihren Empfindungen änderten diese Selbstvorwürfe allerdings nichts.

Inzwischen hatte Hernando das Boot an einen Steg herangefahren und war von seinem Sitz aufgestanden.

»Komm mit, kleine Sklavin«, flüsterte er ihr ins Ohr.

Sie schaute ihn irritiert und gleichzeitig erregt an. Dann folgte sie ihm. Beiläufig nahm er den Metallkoffer wieder auf, als er das Boot verließ.

»Die Tüten kannst du hier lassen. Um die kümmere ich mich später.«

Mit klopfendem Herzen folgte sie ihm vom Boot. Sie bestiegen einen Aufzug, der sie mit spürbarer Beschleunigung nach oben hob. Als sie den Aufzug verließen, befanden sie sich auf einer Art Aussichtsplattform, von der aus sie die ganze Insel überblicken konnten. Sie war riesig, auch wenn bei Nacht nicht so viele Details zu erkennen waren.

»Schau mal dorthin, nach Osten.«

Sie sah, wie sich der Himmel ganz langsam erhellte. Zunächst nur an einem kleinen Ausschnitt des Himmels, dann immer weiter. Scheinbar in Zeitlupe kam die Sonne wie der Rand eines riesigen, dunkelroten Balls über den Horizont gekrochen. Dabei wurde sie immer heller und größer. Je mehr von dem Ball zu sehen war, desto stärker änderte sich die Farbe von dunkelrot über orange nach gelb. Als sie ganz zu sehen war, hatte sie bereits ein gleißendes Weiß angenommen und Anita musste den Blick abwenden. Dafür konnte sie jetzt bereits viel mehr von der Insel erkennen. Es gab Sandstrände mit Palmen, wie man sie sonst nur auf Postkarten findet. Bewaldete Hügel waren zu sehen und rings herum bis zum Horizont nur Wasser.

»Nachdem du jetzt diesen Ausblick genießen durftest, wird es Zeit, dich einen Blick in den Kerker werfen zu lassen.«

Er fuhr mit ihr wieder im Aufzug nach unten. Ob das Stockwerk, in dem sie ausstiegen, oberhalb oder unterhalb der Wasserlinie war, konnte sie nicht erkennen. Sie betraten einen Gang, der von metallenen Fackeln gesäumt war. In ihnen schien tatsächlich ein Feuer zu brennen, auch wenn es nicht nach Ruß roch. Oberhalb der Flammen waren kleine Gitter zu erkennen, durch die offenbar die heißen Verbrennungsgase abgeführt wurden. Die flackernde Beleuchtung unterstrich das mittelalterliche Ambiente, das der Gang auch dadurch ausstrahlte, dass seine Wände nicht glatt, sondern grob behauen waren.

»Das mit dem Kerker hast du doch nicht ernst gemeint, oder?«

In Anita kämpften widersprüchliche Gefühle um die Vorherrschaft. Einerseits erregte sie der Gedanke daran, von Hernando gefangen gehalten zu werden. Andererseits hatte sie auch etwas Angst davor. Zumal sie Zweifel hatte, dass sie der Gefangenschaft noch viel abgewinnen könnte, wenn ihre Erregung erst einmal abgeklungen war.

Sie kamen an eine Abzweigung, die mit einer Gittertür verschlossen war. Hernando drückte einen Knopf des Gitters und öffnete die Tür.

»Das Ambiente ist zwar mittelalterlich, die Schlösser allerdings nicht. Sie haben eine biometrische Erkennung und öffnen sich nur, wenn ich sie betätige. Wenn du es mal probieren möchtest …«

Er ließ die Gittertür ins Schloss fallen und gab Anita die Gelegenheit, sie mit Druck auf den gleichen Knopf zu öffnen. Ihr Versuch blieb erwartungsgemäß erfolglos. War er tatsächlich dabei, sie einzusperren? Sie passierten eine weitere Gittertür, die nur er öffnen konnte, und kamen in einen kleinen, fensterlosen Raum. An einer Wand waren Ketten in der Wand verankert. An ihrem anderen Ende hatten sie geöffnete Manschetten unterschiedlichen Durchmessers.

»Gib mir die Sonnenscheibe«, forderte er sie auf.

Sie griff an ihren Hals und erstarrte. Das Amulett war nicht mehr da. Sie brauchte es ihm nicht mehr zu sagen. Er deutete ihr erschrecktes Gesicht richtig.

»Wo hast du sie verloren?«

»Keine Ahnung. Wahrscheinlich, als wir überfallen wurden. Es tut mir leid. Ich hatte in der Aufregung gar nicht mehr daran gedacht.«

Sein Gesicht war versteinert und machte ihr Angst. Er sagte kein Wort, sondern schaute sie nur kalt an. Dann schob er sie an die Wand der Zelle, in der die Ketten verankert waren.

»Zieh dich aus.«

Sein Tonfall war bestimmt und duldete keinen Widerspruch. Sie zuckte zusammen, als hätte er sie geschlagen. Mit zitternden Fingern zog sie das Kleid aus, das Lilith ihr geschenkt hatte. Er starrte sie weiter wortlos an, und sie entledigte sich widerstrebend auch ihrer Unterwäsche. Ihre erotische Stimmung war schlagartig verflogen. Sie hatte echte Angst. Er griff nach der Kette mit der größten Manschette und legte sie ihr um den Hals. Mit einem metallischen Klick rastete sie ein. Auch um ihre Handgelenke legte er Manschetten, deren Ketten so kurz waren, dass sie ihre Hände maximal bis zur Hüfte herunternehmen konnte. Ohne sie eines weiteren Blickes zu würdigen, nahm er ihre Kleidung auf, drehte sich um und schloss die Zellentür von außen. Sie hörte, wie seine Schritte leiser wurden. Eine weitere Tür hörte sie ins Schloss fallen. Dann nahm sie nur noch ihr pochendes Herz und ihren Atem wahr. Sie war allein und konnte keinen klaren Gedanken fassen. Tränen rannen ihr über das Gesicht. Sie verstand seinen Ärger. Wenn Raoul das Amulett in die Hand bekäme, würde er damit früher oder später die Tür öffnen, hinter der das außerirdische Wesen eingesperrt war. Das wäre eine Katastrophe. Hernando war erhebliche Risiken eingegangen, um Raoul die Sonnenscheibe wieder abzujagen. Sie fühlte sich schuldig. Hätte er sie dem sadistischen Dr. Jones überlassen, wäre die

Scheibe jetzt in Sicherheit. Sie lehnte sich mit ihrem nackten Rücken an die kühle Wand. Teils, weil ihr das freie Stehen zu anstrengend wurde, aber auch, um sich selbst mit der Kälte zu bestrafen. Sie fühlte sich schrecklich.

Hernando war plötzlich so furchtbar kalt und unnahbar. Was hatte er vor? Wollte er sie hier verhungern und verdursten lassen? Angekettet und allein? Sie fühlte sich sehr allein. Auch, wenn er gerade erst gegangen war. Hasste er sie jetzt? Oder war es Verachtung? Diese Vorstellung war für sie kaum zu ertragen. Sie hatte sich nicht nur oberflächlich in ihn verliebt. Jede Faser in ihr sehnte sich nach seiner Zuneigung und Nähe. Er konnte sie doch nicht einfach verstoßen! Sie würde alles tun, um ihn milde zu stimmen. Nur, was konnte sie tun? Ihr blieb nichts anderes übrig, als auf seine Rückkehr zu warten. Aber würde er überhaupt zurückkommen? Er musste es einfach. Dann würde sie ihn anflehen, ihr zu verzeihen, und ihm sagen, dass sie jede Strafe annehmen würde, auch die härteste. Vielleicht würde ihn das gnädig stimmen. Sie hoffte es inständig.

Nach einer schier endlosen Zeit hörte sie wieder seine Schritte. Er öffnete die Zellentür und trat ein.

»Es ...«

»Ruhe!«, fuhr er sie an.

Sie starrte ihn mit aufgerissenen Augen an, sagte aber keinen Ton mehr. Er trat an sie heran. Jetzt sah sie, was er in der Hand hielt. Es war eine stählerne Kopfmaske, allerdings nicht die Maske, die sie bereits einmal angelegt bekommen hatte. Er klappte sie auf, griff mit der rechten Hand in ihre Haare und hielt so ihren Kopf fest. Mit der anderen Hand hielt er die aufgeklappte Maske vor ihr Gesicht. Auf Höhe ihres Mundes ragte etwas nach innen, sodass sie ihren Mund öffnen musste, als sich die Maske näherte. Danach nahm er die rechte Hand von ihrem Hinterkopf und klappte die Maske zu. Ein lautes, metallisches Geräusch signalisierte das Einrasten des Verschlusses. Er drückte ihren geschlossenen Kopfkäfig an die Zellenwand und machte sich daran zu schaffen. Sie spürte, wie das, was von der Maske in ihren Mund ragte, auseinandergedrückt wurde. Sie musste den Mund weiter öffnen, um dem Druck auszuweichen, der an Gaumen und Unterkiefer entstand. Als der Druck nachließ, versuchte sie, den Mund wieder so weit zu schließen, wie es die Konstruktion erlaubte. Wie bei der anderen Maske blieb ihr Mund gut zwei fingerbreit geöffnet. Dieses Mal spürte sie allerdings keine schmerzhaften Druckstellen mehr am Innenraum ihres Mundes, sondern der Druck verteilte sich großflächig auf ein breites Band. Sie hörte ein schnappendes Geräusch, das sie nicht einordnen konnte. Dann spürte sie seine Hand in ihrem Mund. Dem seltsamen Geschmack nach hatte er einen Gummihandschuh angezogen. Mit diesem griff er nach ihrer Zunge und zog sie nach außen. Was hatte er nur vor? Etwa Kaltes schob sich über ihre Zungenspitze. Er wollte sie ihr doch nicht abschneiden, dachte sie in einem Anfall von Panik. Immer weiter schob er ihr dieses kalte Etwas über ihre Zunge. Dann drückte er es ihr weit in den Mund hinein, sodass ihre Zunge fast vollständig darin eingeschlossen war. Es musste eine Art Käfig sein. Wieder rastete etwas ein. Ihr Kopfkäfig wurde losgelassen. Sie hörte seine Schritte undeutlich durch die Maske, die ihren ganzen Kopf umschloss. Die Zellentür fiel ins Schloss, etwas später eine zweite. Sie war wieder alleine.

Schockiert griff sie nach ihrem Kopf und betastete das stählerne Gefängnis. Vor ihrem Mund schien eine Art Fliegengitter zu sein, durch das sie atmen konnte. Auch an der Nase gab es so etwas. Ein Schloss konnte sie nur an der Mundöffnung ertasten. Wie der gesamte Käfig wieder geöffnet werden könnte, war für sie nicht feststellbar. Wollte er sie etwa immer in dieser Maske stecken lassen? Dazu passte, dass ihr Mund nicht mehr schmerzhaft offengehalten wurde. Die neue Konstruktion erfüllte ihren Zweck, ohne Schmerzen zu bereiten. Nicht grundlos grausam? Anita hatte den Eindruck, dass ihr geöffneter Mund die Austrocknung mit erhöhter Speichelproduktion ausgleichen wollte. Das Schlucken war mit der fixierten Zunge kaum möglich. Sie musste den Kopf in den Nacken legen, um ihre Spucke zu schlucken, wenn sie nicht durch das Fliegengitter sabbern wollte.

Eine Chance, sich bei ihm zu entschuldigen und ihn um Vergebung zu bitten, gab es nun nicht mehr. Reden war mit der fixierten Zunge absolut unmöglich. Selbst ohne diese hätte sie durch den zwangsgeöffneten Mund nicht mehr als ein Lallen zustande gebracht. Wie sollte sie ihm jetzt noch klar machen, was er ihr bedeutete? Nicht einmal Augenkontakt konnte sie durch die Maske mit ihm aufnehmen. Verzweifelt und hoffnungslos lehnte sie an der Wand. Sie hatte nicht einmal mehr Tränen.

Geborgen

Insel der Träume?

So hatte sie sich das mit Hernando nicht vorgestellt. Ja, sie hatte einen schlimmen Fehler gemacht. Die Folgen konnten katastrophal sein, ohne Frage. Sie fühlte sich deshalb auch schuldig. Aber wie konnte er sie so zurückstoßen? Sie waren sich so nahegekommen, und jetzt war er so abweisend, als würde sie ihm gar nichts bedeuten. Hatte sie sich völlig in ihm getäuscht?

Wieder hörte sie seine Schritte und die Türen. Was wollte er ihr jetzt noch antun? Wenn sie doch mit ihm reden könnte. Oder ihn wenigstens anschauen.

Er hielt die Maske fest und hantierte an der Mundöffnung. Dann drückte er ihren Kopf in den Nacken und ließ langsam eine Flüssigkeit in ihren Mund laufen. Sie merkte erst jetzt, dass sie großen Durst hatte. Dem Geruch nach musste es Milch sein, die er ihr einflößte. Das Schlucken mit der fixierten Zunge fiel ihr schwer. Allerdings nahm er darauf Rücksicht und goss ihr immer nur kleine Schlucke in den Mund.

Bei der Prozedur sprach er kein Wort. Es war, als reduzierte er den Kontakt mit ihr auf das absolut nötige Minimum. Wie konnte er nur so kalt und grausam zu ihr sein? Wenn sie doch eine Idee hätte, wie sie von sich aus Kontakt mit ihm aufnehmen könnte!

Er stand unmittelbar vor ihr. Es müsste ihr möglich sein, ihn mit ihren angeketteten Händen zu erreichen. Aber was würde er dann tun? Würde er sie wieder anfahren, das bleiben zu lassen? Es würde ihr das Herz brechen. Wenn sie etwas tun wollte, musste sie es jetzt machen. Wer weiß, wann sie wieder eine Gelegenheit dazu bekommen würde.

Vorsichtig streckte sie ihre Arme aus und berührte ihn. Sanft streichelte sie seinen Oberkörper mit ihren Händen. Mehr ließen ihre Ketten nicht zu. Er rührte sich nicht. Zumindest verbot er es ihr nicht und trat auch nicht aus ihrer Reichweite heraus, sondern ließ es geschehen. Ein zaghafter Funke Hoffnung glomm in ihr auf.

Um diesen zerbrechlichen Moment des Kontakts nicht abbrechen zu lassen, trank sie auch noch weiter, als sie schon gar nicht mehr durstig war. Erst, als sie das Gefühl hatte, überzulaufen, wenn sie noch einen weiteren Schluck Milch zu sich nähme, signalisierte sie ihm durch leichtes Kopfschütteln, dass sie nichts mehr trinken wollte. Er verschloss die Mundöffnung wieder und ging wortlos aus der Zelle.

Anita wurde etwas ruhiger. Er hatte zugelassen, dass sie ihn streichelte. Das war nicht viel, aber es war zumindest ein Anfang. Vielleicht war er ja doch nicht so wütend auf sie, wie sie zunächst angenommen hatte. Dass er sie zu seiner Sklavin machen wollte, hatte er ihr gegenüber ja schon angedeutet, bevor er von ihrem Versagen erfuhr. Und sie war der Vorstellung, ihm hilflos ausgeliefert und seinem Vergnügen verpflichtet zu sein, ebenfalls nicht abgeneigt. Sie schürte diesen Funken Hoffnung. Wenn sie über sein bisheriges Verhalten nachdachte, konnte sie sich nur schwer vorstellen, dass er ihr wegen ihres Fehlers, den sie ja nicht einmal vorsätzlich begangen hatte, für immer böse sein würde.

Während sie mit vorsichtiger Hoffnung über ihre mögliche Zukunft grübelte, spürte sie, wie ihre Blase immer stärker unter Druck geriet. Sie hatte eindeutig zu viel getrunken. Hoffentlich kam Hernando bald und führte sie zu einer Toilette. Schließlich musste ihm klar sein, dass sie früher oder später ein derartiges Bedürfnis haben würde. Der kalte Boden, auf dem sie barfuß stand, machte ihre Situation nicht besser. Auch die kalte Wand in ihrem Rücken leistete ihren Beitrag dazu, dass sie allmählich auskühlte. Noch immer war von Hernando nichts zu hören. Wo blieb er nur? Der Druck in ihrer Blase wurde unerträglich und verdrängte alle anderen Gedanken, denen sie nachgehangen hatte.

Sie konnte doch nicht einfach in die Zelle pinkeln. Die Vorstellung, wie er angewidert darauf reagieren würde, verlieh ihr Kraft, sich gegen den inneren Druck zu behaupten. Zumindest noch für eine kurze Zeit. Doch schließlich verlor sie diesen aussichtslosen Kampf gegen ihren Körper. Der Inhalt ihrer Blase bahnte sich seinen Weg nach draußen und lief an einem Bein entlang nach unten. Sie schämte sich furchtbar. Der stechende Uringeruch steigerte ihre Scham noch weiter. Wie sollte sie so erreichen, dass Hernando sie wieder annahm?

Jetzt, wo es zu spät war, hörte sie seine Schritte.

»Was ist denn das für ein Gestank?«

Die Zellentür wurde geöffnet. Einen Moment war nichts weiter zu vernehmen. Anita standen Tränen der Scham und der Enttäuschung in den Augen, auch wenn Hernando durch die Maske nichts davon sehen konnte.

»Na toll ...«, hörte sie ihn angewidert sagen.

Die Tür schloss sich wieder und die Schritte wurden leiser. Er ließ sie einfach in der stinkenden Zelle stehen. Sie schluchzte. Dreckiger und wertloser hatte sie sich nie gefühlt.

Erneut erklangen Schritte und die Tür öffnete sich. Hinzu kam ein Geräusch, das sie nicht sofort einschätzen konnte. Als kalte Wasserspritzer sie trafen, wusste sie, was sie hörte. Die Zelle wurde mit einem Schlauch abgespritzt. Würde er den Schlauch auch auf sie richten? Nötig wäre es in jedem Fall. Beim Gedanken daran, durchgefroren, wie sie war, mit kaltem Wasser abgespritzt zu werden, verkrampfte sie sich. Der Wasserstrahl schien immer näher zu kommen. Für einen Moment hörte das Geräusch des spritzenden Wassers auf. Dann traf sie der Strahl direkt auf dem Bauch. Sie zuckte zusammen, um dann festzustellen, dass das Wasser jetzt warm war. Nicht zu heiß, sondern mit einer Temperatur, die ihren durchgefrorenen Körper langsam wieder aufwärmte. Der Strahl fuhr über ihren ganzen Körper vom Hals bis zu den Füßen. Dann wurde er wieder abgedreht. Seine Schritte entfernten sich erneut. War er hinausgegangen? Die Tür hatte sie nicht gehört. An Flucht war so oder so nicht zu denken. Schließlich war sie noch angekettet und konnte durch die Maske nichts sehen. Außerdem befand sie sich auf einer Insel. Sie wollte ja auch gar nicht vor ihm fliehen. Sie wollte ihm nahe sein.

Erneut hörte sie ihn die Zelle betreten. Er kam ganz dicht an sie heran und begann, sie mit einem Handtuch abzutrocknen. Sie genoss seine Zuwendung und hoffte, dass er es nicht nur tat, damit sie sich in der kalten Zelle keine Unterkühlung holte. Als er die Manschetten öffnete, die ihre Handgelenke umschlossen hatten, streckte sie ihre Arme nach ihm aus, erreichte ihn aber trotzdem nicht. Offenbar stand er nicht direkt vor ihr. Sie breitete die Arme etwas aus, wie eine Frau, die auf dem Bahnsteig den langerwarteten Geliebten erblickt und ihn in die Arme schließen will. An einem Luftzug spürte sie, dass er sich bewegte. Hoffentlich ließ er sie nicht so stehen. Deutlicher als mit dieser Geste konnte sie ihm in ihrer Lage nicht klar machen, was sie ihm mitteilen wollte.

Anita spürte ihn unmittelbar vor sich und schloss ihre Arme. Sie presste ihn fest an sich. Zu ihrer großen Erleichterung schlossen sich auch seine Arme um ihren Körper. Wie eine Ertrinkende presste sie sich an ihn. Seine Hände strichen über ihren Rücken. Schweigend standen sie eng umschlungen in der Zelle. Wenn es nach Anita gegangen wäre, hätte dieser Moment nie geendet.

»Du möchtest mir etwas sagen?«, fragte er mit sanfter Stimme.

Sie nickte. Mehr konnte sie nicht tun.

»Solange ich dich festhalte, kann ich Gedanken lesen, die du bewusst formulierst. Du kannst mir also etwas mitteilen.«

›Bitte verzeih mir‹, dachte sie. ›Es tut mir leid, dass ich dich enttäuscht habe. Ich werde jede Strafe annehmen, die du mir auferlegst. Aber bitte sei nicht mehr böse auf mich.‹

Sein Streicheln wurde intensiver.

101»Es gibt zwei Möglichkeiten für dich«, sagte er ihr leise. »Entweder halte ich dich drei Monate in der Maske gefangen, zerstöre sie dann, um dich zu befreien und lasse dich zurück in deine Heimat bringen, wo du dein Leben so führen kannst, wie du es möchtest ...«

Er machte eine Pause. Anita verkrampfte sich bei dem Gedanken, von ihm getrennt zu werden. Sie ahnte allerdings bereits, dass sie die Alternative, die ihr diese Trennung ersparte, nicht geschenkt bekommen würde. So, wie er sie vor die Wahl stellte, würde die erste Möglichkeit für sie die leichtere sein. Drei Monate in der Maske, das würde schon ziemlich hart werden. Wenn das die leichtere Wahl war, was käme dann bei der schwereren auf sie zu? Sie würde es auf sich nehmen, aber sie hatte Angst davor.

»... oder«, fuhr er schließlich fort, »du bleibst in der Maske gefangen, trägst dauerhaft einen Keuschheitsgürtel, in dem ich deine Lust vollständig kontrolliere, und stehst mir uneingeschränkt für mein Vergnügen zur Verfügung. Du wirst alles tun, was ich von dir verlange und hinnehmen, was immer ich mit dir mache.«

Sie hatte es geahnt. Das Herz schlug ihr bis zum Hals. Immer in der Maske. Vollständige Abhängigkeit von ihm, dauerhaft als willige Sklavin seiner Lüste, wie immer diese auch aussehen mochten ... Der Gedanke erregte sie. Mit allem außer der Maske konnte sie zurechtkommen. Aber immer in der Dunkelheit gefangen, nie wieder feste Nahrung, nie wieder sprechen? Wie sollte sie das aushalten? Sie wollte es auf sich nehmen, wenn sie dafür bei ihm bleiben durfte, wusste aber nicht, ob sie es verkraften könnte. Ihre Gedanken rasten. Hatte sie die Kraft für die Entscheidung, die sie treffen wollte?

»Solltest du dich für die zweite Alternative entscheiden, verspreche ich dir, dass ich dich nie verlassen werde. Auch dann nicht, wenn du es dir später einmal wünschen solltest. Ich weiß,

dass ich eine schwere Entscheidung von dir verlange. Eine end-
gültige Entscheidung.«

Sie presste sich an ihn, als wollte sie versuchen, die Kraft und
den Mut für ihre Entscheidung aus ihm herauszuquetschen. Die
Stimme der Vernunft riet ihr, sich für die kurze Gefangenschaft
zu entscheiden. Natürlich würde sie Hernando nachtrauern,
wenn sie wieder zurück in ihrem alten Leben wäre. Aber es wäre
nicht das erste Mal, dass sie Liebeskummer hätte. Manchmal war
es schlimmer, manchmal weniger schlimm gewesen. Jedes Mal
war sie nach einiger Zeit darüber hinweggekommen. Kein Mann
konnte es wert sein, sich für immer in eine dunkle Gefangenschaft
zu begeben.

Anita dachte über Hernando nach. Über seine Art, mit ihr um-
zugehen. So etwas hätte sie sich in der Vergangenheit von keinem
Mann gefallen lassen. Bei ihm war das anders. Sie wollte von ihm
genau so behandelt werden. Er machte mit ihr, was er wollte, und
sie genoss es. Wenn sie nicht gerade Angst vor ihm hatte. Es war
so verwirrend. Sie wusste, dass er genau der Mann war, nach dem
sie sich immer gesehnt hatte, auch wenn sie nicht hätte beschreiben können, wie er sein müsste. Sie wollte sich ihm unterwerfen.
Und, gestand sie sich verwirrt ein, sie wollte auch Angst vor ihm
haben. Vielleicht war sie tatsächlich seine frühere Geliebte gewesen und ein blindes Schicksal ließ ihr gar keine Wahl. Aber das
war nicht entscheidend für sie. Als sie versuchte, sich ein Leben
ohne ihn vorzustellen, ein Leben, wie sie es früher geführt hatte,
wusste sie, dass das für sie nicht mehr in Frage käme. Verglichen
mit den letzten, turbulenten Tagen war ihr altes Leben fad und
belanglos. Sie hatte tatsächlich keine Wahl.

›Mach mit mir, was du willst‹, formulierte sie im Geiste die
Antwort für ihn, ›nur bitte verstoße mich nicht.‹

»Du entscheidest dich also für die zweite Alternative?«

Sie nickte deutlich. Ihr Puls raste. Sie hatte es getan. Jetzt gab
es kein Zurück mehr. Sie hatte ihre letzte Entscheidung getroffen

und sich ganz in seine Hand begeben. Alles weitere lag nun bei ihm. Hoffentlich würde sie ihre Entscheidung nicht bereuen.

»Natürlich wirst du diese Entscheidung noch bereuen«, antwortete er auf ihre letzte Überlegung. »Auch die andere Entscheidung hättest du früher oder später bereut. Das liegt in der Natur der Möglichkeiten, die ich dir gelassen hatte. Du hattest nur die Wahl zwischen Alternativen, die erhebliche Opfer von dir fordern. Aber zumindest mich freut deine Entscheidung.«

Aufgegebene Freiheit

Hernando löste sich aus ihrer Umarmung und nahm ihr die Halsfessel ab. Hand in Hand führte er sie aus der Zelle in den Gang. Da sie in der Maske nichts sah, musste sie sich ganz auf seine Führung verlassen. In gewisser Weise symbolisierte dies ihren weiteren Lebensweg. Sie war nun ganz in seiner Hand. Seltsamerweise befreite sie dieser Gedanke weitgehend von ihren Ängsten. Ein unbegreifliches Hochgefühl durchströmte sie, als würde sie durch ihre Gefangenschaft befreit. Wie in Trance ließ sie sich von seiner Hand leiten. Sie versuchte nicht einmal, sich den zurückgelegten Weg zu merken, um die Orientierung zu behalten. Für Orientierung war ab sofort Hernando zuständig. Sie kam sich vor, wie ein kleines Kind, das sich im Urvertrauen auf die Entscheidung der Eltern verließ. Dieses Urvertrauen hatte sie plötzlich in Bezug auf Hernando. Sie wusste zwar, dass er es ihr nicht leicht machen, sondern sie im Gegenteil immer wieder mit Herausforderungen konfrontieren würde, aber sie war davon überzeugt, dass er dabei aufpasste, ihr nur das zuzumuten, was sie bewältigen konnte.

Irgendwann dirigierte Hernando sie auf einen Hocker. Er schloss die Mundöffnung der Maske auf und entfernte den Zungenkäfig. Sie war fest davon überzeugt, dass sie gleich Gelegenheit haben würde, ihn zu verwöhnen. Statt dessen spürte sie, wie sich die Konstruktion in ihrem Mund zusammenfaltete. Ein metallisches Klicken ertönte, und er klappte die Maske auf.

»Ich dachte«, entfuhr es ihr überrascht, »du könntest mich nur aus der Maske befreien, wenn du sie zerstörst. Und dass du mich für immer darin eingesperrt lassen wolltest.«

»Enttäuscht?«

»Nein, gar nicht.«

»Ich hatte gesagt, dass ich sie nach drei Monaten zerstören würde, wenn du dich für die erste Alternative entscheidest. Dann hätte ich sie nämlich nicht mehr benötigt. Mach dir aber keine übertriebene Hoffnung, die Maske loszuwerden.«

Sie schaute ihn irritiert an. Was hatte er vor? Ihr Blick schweifte im Raum umher. Es war eine Art Werkstatt, auch wenn ihr die Werkzeuge und Geräte völlig unbekannt waren.

»Deine Haare sehen ziemlich mitgenommen aus. Der Kopfkäfig scheint ihnen nicht zu bekommen. Es sieht allerdings auch blöd aus, wenn die langen Haare am Hals aus der Maske herausragen. Eine Glatze wäre die praktikabelste Lösung, insbesondere, wenn die Haare auch nicht mehr nachwachsen.«

Entgeistert starrte sie ihn an. Das meinte er doch nicht ernst. Sie war immer stolz auf ihre langen, schwarzen Haare gewesen. Wollte er ihr das wirklich antun? Klar, wenn er sie lange oder gar für immer in der Maske gefangen halten wollte, würden die Haare ein hygienisches Problem werden. Der Gedanke, sie für immer aufzugeben, löste mehr als nur Unbehagen aus.

»Nebenan ist eine Dusche«, sagte er und deutete auf eine angrenzende Tür. »Wasch dich dort gründlich ab und nimm das Shampoo, das du dort findest. Ach ja, und putz dir auch gleich die Zähne. Zahncreme und Zahnbürste findest du auf dem Waschbecken neben der Dusche.«

Sie rührte sich nicht vom Fleck. Glaubte er etwa, sie würde nicht durchschauen, dass das Shampoo in Wirklichkeit ein Enthaarungsmittel war?

»Können wir nicht noch mal über meine Haare reden? Gefallen sie dir etwa nicht?«

»Geh jetzt unter die Dusche. Reden können wir hinterher. Auf jetzt.«

Mit leiser, gefährlich klingender Stimme fügte er hinzu: »Oder möchtest du ausprobieren, was passiert, wenn du mir nicht gehorchst?«

Widerstrebend erhob sie sich. Sie hatte versprochen, alles zu tun, was er von ihr forderte. Das gehörte ganz eindeutig dazu. Vorhin dachte sie noch, sie wäre jetzt aller Entscheidungen enthoben. So leicht wollte er es ihr aber offensichtlich nicht machen. Er spielte so virtuos mit ihren Ängsten und Hoffnungen, wie ein Konzertpianist auf einem Steinway-Flügel. Auf eine schwer erklärbare Weise gefiel ihr das. Es gefiel ihr nicht nur, es erregte sie sogar, wie sie sich widerstrebend eingestand. Er konnte sie auch ohne Ketten fesseln und hilflos machen. Mit pochendem Puls trat sie durch die Tür zum Badezimmer. Einen Moment stand sie unschlüssig vor der Dusche, um sie dann mit einem Seufzer zu betreten. Sie benutzte das Shampoo und wartete jeden Moment darauf, dass ihr die Haare ausfielen. Davon war jedoch nichts zu merken. Auch nach dem Abspülen hatte sie noch ihre ganze Haarpracht. Sie traute dem Frieden allerdings nicht. Er würde sie doch nicht grundlos unter die Dusche geschickt haben. Wie von ihm verlangt, putzte sie sich gründlich die Zähne. Ein Handtuch konnte sie nicht finden. So trat sie tropfend aus dem Badezimmer heraus.

»Neben der Tür liegt ein Handtuch«, sagte er, ohne von einer seiner Maschinen aufzuschauen, in der er ein Metallstück bearbeitete.

Als sie sich abgetrocknet hatte, setzte sie sich wieder auf den Hocker und beobachtete ihn. Das Metall, das er bearbeitete, forderte seine ganze Konzentration. Triumphierend nahm er es aus der Maschine.

»Ich hoffe, du weißt zu schätzen, dass ich deinen Keuschheitsgürtel aus Titan fertige. Das ist nicht nur härter und widerstandsfähiger als Stahl, es ist auch sehr leicht. Damit könntest du sogar schwimmen gehen.«

Er fügte das Werkstück mit mehreren anderen zusammen, die er bereits vorbereitet hatte. Allmählich nahm der Gürtel Gestalt an. Die eingehakten Teile wurden von einer punktgenauen Presse fest verbunden. Wie bereits das Modell, das sie noch von Raoul Montoya verpasst bekommen hatte, verfügte auch dieses über eine abnehmbare Öffnung im Schritt, sodass ihre Scham auch bei angelegtem Gürtel zugänglich gemacht werden konnte. Bei dem Gedanken daran, in dieser Titanhose eingesperrt zu sein, spürte sie ein unbändiges Verlangen, sich im Schritt zu streicheln oder noch besser, von Hernando verwöhnt zu werden. Sie presste die Beine zusammen und stimulierte sich unauffällig mit ihrer Oberschenkelmuskulatur.

»Nimm bitte die Beine auseinander«, forderte er sie auf, ohne seine Arbeit zu unterbrechen.

Mit dem Gesichtsausdruck einer ertappten Sünderin spreizte sie die Beine etwas. Ihre Erregung nahm durch seine Intervention noch zu.

»Jetzt stell dich hin. Wir wollen doch mal schauen, ob dir der Gürtel schon passt.«

Er hielt ihr die Konstruktion an. Im Gegensatz zu dem anderen Keuschheitsgürtel würde dieser ihr deutlich mehr Bewegungsfreiheit lassen. Sie bezweifelte allerdings, dass ihr das auch Möglichkeiten gäbe, sich darin zu verwöhnen. Der Gedanke daran machte sie rasend vor Verlangen. Beiläufig strich er bei der Anprobe durch ihren Schritt.

»Ich sehe schon, es wird höchste Zeit, dir das Teil anzulegen.«

Er musste noch zwei kleine Nachbesserungen vornehmen, bevor der Gürtel eng, aber bequem anlag. Anita musste sich setzen, in die Hocke gehen, sich hinlegen und einige Schritte in der Werkstatt herumlaufen. Im Schritt war der Gürtel noch offen. Der Rest schmiegte sich förmlich an sie.

»Perfekt«, sagte er schließlich und griff zu zwei dünnen Titanstiften, die mehrere Einkerbungen hatten. Diese schob er von unten in die beiden Verbindungsstücke, die die Streifen über ihrer Hüfte mit der Frontplatte verbanden. Sie rasteten hörbar ein.

»Gibt es kein Schloss?«, fragte sie mit flauem Gefühl.

»Wozu?«, antwortete er mit einer Gegenfrage.

Sie hatte es bereits gewusst. Aus diesem Gürtel wollte er sie wirklich nicht wieder herauslassen.

»Aber die Schrittabdeckung wirst du doch wieder öffnen können, wenn sie erst einmal verschlossen ist, nicht wahr?«

Er grinste sie an und strich über ihre noch zugänglichen Schamlippen.

»Warum sollte ich mir eine Möglichkeit nehmen, mich mit dir zu vergnügen?«

Ihre Erregung kannte keine Grenzen mehr.

»Es gefällt mir, wenn du so geil bist. Es wäre doch schade, wenn wir das jetzt durch eine schnelle Befriedigung beenden würden.«

Mit diesen Worten verschloss er die Abdeckung. Enttäuscht stöhnte sie auf. Grinsend nahm er eine kleine Fernbedienung in die Hand und drückte einen Knopf. Ihr entfuhr ein leiser Schrei, sie ging in die Hocke und griff sich in den Schritt. Oder genauer an die Stelle des Gürtels, die ihre Scham vor unerlaubter Berührung schützte. Eine starke Vibration wirkte genau auf ihre Lustperle. Für einen Moment waren alle ihre Gedanken ausgelöscht.

Dann erstarb die Vibration unvermittelt. Ihr Versuch, die Stimulation durch Druck auf den Gürtel zu ersetzen, war wirkungslos. Sie tastete die Titanhose mit zittrigen Fingern ab. Unter ihrem Hintern war eine hinreichend große Öffnung, um Toilettengänge problemlos zu ermöglichen. Oder, dachte sie mit einem weiteren Schauer der Lust, um es Hernando zu ermöglichen, sie anal zu nehmen, ohne ihr dabei die erhoffte Befriedigung zu geben. In der Schamabdeckung waren ebenfalls kleine Öffnungen angebracht, durch die Urin problemlos abfließen konnte.

Der einzige Grund für Hernando, die Abdeckung zu entfernen, wäre daher die Benutzung ihrer vorderen Öffnung. Sie hatte allerdings die Befürchtung, dass er oft andere Methoden seiner Befriedigung vorziehen würde. Für sie gäbe es dann nur unerfülltes Sehnen, wie sie es gerade intensiv verspürte.

»Setz dich wieder auf den Hocker. Wir sind hier noch nicht fertig.«

Konzentriert schraubte er an dem Kopfkäfig herum und entfernte den Mechanismus, der sich in ihrem Mund entfaltet hatte. Dann legte er den Käfig zur Seite und schaute sie an.

»Wir wollten uns ja noch über deine Haare unterhalten.«

Erschreckt schaute sie ihn an. Was das etwa noch nicht ausgestanden? Unsicher fuhr sie durch ihre Mähne, um zu prüfen, ob das Shampoo doch noch eine unangenehme Wirkung hatte. Aber noch schien alles in Ordnung zu sein.

»Ich sehe schon, du möchtest jetzt nicht darüber sprechen. Macht nichts. Dann verschieben wir das noch einen Moment.«

Was hatte er vor? Sie vermutete, dass er sie vor allem daran erinnern wollte, dass da noch etwas auf sie zukam. Er war ein Mistkerl. Sein Lächeln bestätigte ihr, dass er gerade wieder mit ihrer Angst und ihrer Hoffnung spielte. Ein Spiel, das sie gleichzeitig erschreckte und erregte. Er wusste genau, was er tat und welche Wirkung er damit erzielte.

»Mach den Mund auf.«

Hernando trat an sie heran, schob ihr etwas Metallenes in den Mund und drückte es gegen ihren Oberkiefer. Sie hatte so etwas bereits einmal bei einem Zahnarzt erlebt. So wurden Abdrücke für Zahnersatz gemacht. Auch von ihrem Unterkiefer machte Hernando einen Abdruck.

»Du kannst dir im Bad den Mund ausspülen. Die Abdruckmasse schmeckt scheußlich, nicht wahr?«

Sie beeilte sich, den Geschmack am Waschbecken wieder loszuwerden und fragte sich, was er wohl vorhatte. Das flaue Gefühl in der Magengegend wurde immer stärker. Diese Mischung aus Angst und Erregung machte sie wahnsinnig, ebenso wie ihr verschlossener Schambereich. Wortlos kam sie zurück und setzte sich wieder auf den Hocker. Hernando war bereits dabei, aus den Abdrücken Positivreliefs herzustellen. Dann goss er daraus wieder Negativabdrücke ihrer Zähne. Verwirrt beobachtete sie seine Arbeit. Schließlich hatte er je einen hohlen Abdruck ihres Ober- und Unterkiefers. Er schien nur einen Millimeter dick zu sein und würde sich genau auf ihre Zähne setzen lassen. Nur wozu? Er füllte eine dünne Flüssigkeit in die Abdrücke und ließ sie einen Moment antrocknen. Dann kam er mit dem Modell ihres Oberkiefers auf sie zu. Er brauchte ihr nicht zu sagen, dass sie den Mund öffnen sollte. Wohl war ihr allerdings nicht dabei. Mit kräftigem Druck presste er das Modell auf ihre Zähne. Sie spürte, wie sich die Flüssigkeit dabei verteilte und bis an ihr Zahnfleisch reichte. Die gleiche Prozedur wiederholte er mit ihrem Unterkiefer. Dann wies er sie an, die Zähne kräftig aufeinanderzubeißen. Die zusätzliche Schicht auf ihren Zähnen fühlte sich ungewohnt und störend an.

»Wofür ist das denn gut?«, fragte sie mit leichtem Lispeln.

»Damit will ich dir Zahnschmerzen ersparen. Wenn du demnächst wieder die Maske mit der Mundöffnung trägst, ist es schwierig, deine Zähne sauber zu halten. Jetzt hast du eine

Schutzschicht über den Zähnen, die sie vor Karies und anderen Schäden schützt.«

Mit einem gequälten Geschichtsausdruck schaute sie ihn an.

»Du hast wirklich vor, mich für lange Zeit in die Maske einzusperren?«

»So könnte man es nennen.«

Sie schaute ihn fragend an, aber er erklärte nicht, was er meinte.

»Findest du mein Gesicht denn so hässlich?«

»Nein, gar nicht.«

Er nahm ein Metallstück in die Hand und zeigte es ihr. Sie sah in ihr Gesicht, plastisch nachgebildet und naturgetreu bemalt.

»Was ist das?«, fragte sie entsetzt, obwohl sie die Antwort bereits ahnte.

»Das ist die Maske, die du tragen wirst.«

Er befestigte an der Innenseite die Konstruktion, die ihren Mund offenhalten würde, und zeigte sie ihr.

»Genau wie bei deinen Zähnen ist dies ein beidseitiger Abdruck. Diese Maske passt genau auf dein Gesicht. Der Mund ist abnehmbar. An der Nase sind Löcher zum Atmen. Diese Maske hat den Vorteil, dass sie nicht deinen ganzen Kopf umschließt, sondern nur dein Gesicht abdeckt. Deine Haare darfst du also behalten.«

»Ich verstehe nicht. ... Wie soll das gehen?«

»Die Innenseite ist mit Nano-Partikeln beschichtet, die auch auf der unebenen Haut dicht abschließen und außerdem die Bildung von Hautschuppen und Schweiß verhindern. Damit hält die Maske auf deinem Gesicht, wie ein Saugnapf auf einer glatten Fläche.«

»Aber ... warum?«

»Weil ich damit die absolute Kontrolle über dich habe.«

»Das brauchst du doch gar nicht. Ich mache doch auch so schon, was du willst.«

»Das mag sein. Aber es macht mich an, wenn du mir hilflos ausgeliefert bist. Und dir geht es doch nicht anders, oder?«

Sie schaute vor sich auf den Boden. Er hatte natürlich recht. Diese Vorstellung entfachte ihre kaum abgeklungene Lust aufs Neue. Wortlos nickte sie als Antwort auf seine Frage.

»Möchtest du noch etwas Letztes sagen?«

»Ich liebe dich«

Lustvolle Unterwerfung

Er hielt ihr die Maske hin und sie öffnete den Mund, um den Öffnungsmechanismus aufzunehmen. Dann drückte er das Metall auf ihr Gesicht. Sie spürte, wie es sich an ihre Haut saugte. Nur ihre Lippen und Augenlieder waren nicht mit dem Metall verbunden. Er öffnete die Abdeckung über ihrem Mund und entfaltete den Spreizmechanismus, der ein Schließen von nun an verhinderte. Mit einem Finger strich er über ihre Lippen. Ihre Zunge tastete nach seinem Finger. Sein Finger verschwand, und sie spürte seine Lippen auf den ihren. Innig küssten sie sich. Sie griff nach ihm und zog ihn zu sich heran. Seine linke Hand griff in ihre Haare und massierte ihren Hinterkopf. Anita genoss seine Nähe. Mit einer Hand suchte sie seinen Schritt. Die andere tastete sich zum Gürtel seiner Hose vor. Zunächst streichelte sie seine Männlichkeit durch den Stoff und spürte, wie diese in die Freiheit drängte. Sie unterstützte diesen Freiheitsdrang, indem sie seine Hose abstreifte. Dann löste sie sich von seinen Lippen und wanderte mit ihrem Mund über seine Brust immer weiter nach unten. An ihrem Ziel angekommen, verwöhnte sie sein bestes Stück mit ihren Lippen und ihrer Zunge. Eine Hand wanderte auf seinen Hintern und streichelte ihn im Takt ihrer Lippen. Mit der anderen massierte sie gefühlvoll seine Hoden. In ihrem Universum der

Lust gab es in diesem Moment nichts Wichtigeres, als ihn nach Kräften zu verwöhnen. Sie genoss, dass sie in diesem Augenblick die Kontrolle über seine Lust hatte. Sie bestimmte Geschwindigkeit und Takt, mit dem er sich dem Gipfel seines Verlangens näherte. Dabei ließ sie sich Zeit. Nicht, um ihn mit seiner eigenen Lust zu quälen. Oder zumindest nur ein bisschen. Hauptsächlich aber, um ihm ein langes Vergnügen zu schenken und ihn auf einen durch Herauszögern gesteigerten Höhepunkt vorzubereiten. Schließlich explodierte seine Lust, was sie mit ihrer Zunge so lange aufrecht erhielt, wie er es zuließ.

Schwer atmend zog er sie zu sich nach oben und drückte sie an sich. Sie standen einfach nur da und hielten sich fest. Ihr Atemrhythmus glich sich an. Nie hatte sie sich mit jemandem so eng verbunden gefühlt. Während seine Lust jedoch allmählich abklang, brannte ihre noch mit voller Intensität. Sie hatte das mit ihm bereits einmal erlebt. Für ihn gab es Erfüllung, für sie nur Verlangen. Auf eine seltsame Art fühlte es sich für sie trotzdem richtig an. Sie wollte von ihm beherrscht werden, ihm völlig ausgeliefert sein. Dazu passte einfach nicht, dass er ihre Bedürfnisse als gleichberechtigt ansah. Ein Lächeln huschte über ihr Gesicht, auch wenn die Maske es verbarg. Sie dachte daran, was sie in ihrem früheren Leben davon gehalten hätte. Einen Mann, der sich von ihr nahm, was er wollte, und ihre Bedürfnisse ignorierte, hätte sie zum Teufel gejagt. Jetzt war das anders. Es schien ihr, als sei sie bereits seit Jahrhunderten mit Hernando zusammen. Für einen Moment hatte sie das Gefühl, ihn völlig zu verstehen. Dann erinnerte sie sich wieder daran, wie er virtuos auf der Klaviatur ihrer Gefühle spielen, sie nach Belieben manipulieren konnte.

›Was für ein Leben‹, dachte sie. Ihr fiel der Anfang ihres Traumes wieder ein. Der Traum, mit dem alles begonnen hatte. Er hatte mit genau diesem Gefühl angefangen. Hernando gab ihr etwas zu trinken und schob ihr anschließend den schmalen Käfig über ihre Zunge. Die Mundöffnung der Maske wurde verschlossen. Viel hilfloser konnte sie kaum sein. Als hätte er ihre Gedanken gelesen, legte er ihr Metallreifen um die Handgelenke und ließ diese am Keuschheitsgürtel einrasten. Ihre nun angewinkelten Arme konnte sie nur noch minimal bewegen. Als hätte er ihre Gedanken gelesen? Sie war sicher, dass er genau das getan hatte.

»Jetzt schauen wir uns dein Zimmer an.«

›Anschauen? Wir?‹, dachte sie spöttisch.

Er legte ihr seinen Arm um die Taille und dirigierte sie durch die Gänge zu einem Fahrstuhl. Wenig später waren sie in einer anderen Etage unterwegs. Die Gänge waren mit einem weichen Teppich ausgelegt, sodass es sie nicht mehr störte, barfuß unterwegs zu sein. Es roch auch anders. Irgendwie nach Natur. Sie blieben stehen. Er nahm ihre Haare zur Seite und legte ihr einen Halsreif an.

»Ich habe auf dieser Etage keine Türen eingebaut. Dein Halsreif ist allerdings an einer Kette befestigt, sodass du dieses Zimmer nicht verlassen kannst. Mit den Details dieses Zimmers mache ich dich nachher vertraut.«

Er drückte sie mit dem Rücken auf ein weiches Bett. Sie spürte, wie er ihre Beine auseinanderzog und ihre Fußgelenke mit Manschetten in dieser Stellung fixierte. Als sie sich aufrichten wollte, zog er leicht an der Kette, die zu ihrem Halsreif führte. Sie schien jetzt im Bett eingehängt zu sein. Anita konnte nichts weiter tun, als liegend abzuwarten, was er mit ihr vorhatte.

»Kann es sein, dass deine Lust allmählich nachlässt? Das wollen wir doch nicht, oder?«

Seine Hände streichelten ihre Brüste. Sie konnte spüren, wie sich ihre Nippel aufrichteten. Leise stöhnte sie. Auch die Innenseiten ihrer Schenkel wurden von seinen Händen gestreichelt. Er wusste, wie man eine Frau in die Lust führt. Leider wusste er allerdings auch, wann er aufhören musste, um sie in unbefriedigtem Sehnen zu belassen. Einen kleinen Augenblick lang schaltete er den Vibrator ein, der ihre Klitoris berührte. Durch den bedeckten Mund konnte ihr kurzer Aufschrei nur durch ihre Nase entweichen. Er hatte ihr sogar die Möglichkeit genommen, lustvoll zu schreien, dachte sie immer stärker erregt. Sie zitterte vor Verlangen. Seine Geduld, mit der er ihre Lust auf einem konstant hohen Niveau hielt, schien keine Grenzen zu kennen. Wehren konnte sie sich weder gegen seine Hände, noch gegen die Begierde, die allmählich ihr ganzes Denken einnahm. Sie gab sich völlig ihren Empfindungen hin. Natürlich würde er ihr den Orgasmus vorenthalten, aber der Weg dahin war bereits unbeschreiblich.

Da sie nur durch die Nase atmen konnte, wurde ihr langsam die Luft knapp. Aber auch das war ihr egal, Hauptsache, er machte weiter. Als er ihr dann doch die Mundabdeckung entfernte, wurde ihr Stöhnen immer lauter. Sie warf ihren Kopf hin und her. Viel mehr konnte sie ohnehin nicht bewegen. Ihre ganze Welt bestand nur noch aus Lust und seinen geschickten Händen. Offenbar musste er ihr auch die Abdeckung im Schritt entfernt haben, denn seine Finger strichen jetzt auch über ihre Schamlippen. Ihr Körper verkrampfte sich zusehends. Ihr Atem kam nur noch unregelmäßig und stoßweise. Sie war nur noch Sekunden von einem grandiosen Orgasmus entfernt, als seine Hände von ihrem Körper verschwanden. Sie hätte ihn angefleht weiterzumachen, wenn er sie nicht ihrer Sprache beraubt hätte. Ihr Körper wollte sich nicht damit abfinden, so kurz vor dem Höhepunkt ausgebremst zu werden. Sie zuckte und zitterte. Dann spürte sie, wie er sich auf sie legte. Dass er sich ausgezogen hatte, war ihr entgangen. Aber sie fühlte deutlich, dass er nichts mehr anhatte. Ganz langsam drang er in sie ein und blieb zunächst ruhig auf ihr liegen. Beiläufig befreite er ihre Hände. Sie umschlang ihn mit ihren Armen. Ihre Hände rutschten auf seinen Hintern und drückten ihn fordernd.

»Hast du es etwa eilig?«, flüsterte er ihr zu.

Wie in Zeitlupe bewegte er seine Lenden rhythmisch auf und ab. Sie unterstützte seine Bewegung mit ihrem Becken. Ihr Versuch, das Tempo zu erhöhen, vereitelte er durch eine Phase bewegungslosen Drucks, der auch sie zur Passivität verdammte. Notgedrungen passte sie sich seiner Langsamkeit an, als er sein Spiel fortsetzte. Sie spürte, wie sie wieder die Gipfel der Lust erklomm, die sie vorher durch seine Hände bereits erreicht hatte. Sie stöhnte und schrie. Ihre Beckenmuskulatur verkrampfte sich. Ihr heranrollender Orgasmus nahm ihr den Atem. Dann explodierte ihre Realität und ihr Denken brach ab.

Als sie ihre Umwelt wieder bewusst wahrnahm, rollte Hernando sich gerade von ihr herunter. Auch er schien zufrieden zu sein. Seine Hände wanderten wieder über ihren Körper, diesmal jedoch nicht mehr fordernd, sondern beruhigend. Anita fiel auf, dass ihr Hals rau war und ihr Atem rasselnd ging.

»Gut, dass wir hier keine Nachbarn haben«, witzelte Hernando. »Mangelndes Temperament im Bett kann man dir jedenfalls nicht vorwerfen.«

Die Abdeckung an ihrem Gürtel rastete geräuschvoll ein. Hernando befreite ihre Beine. Sie hatte das Gefühl, am ganzen Körper Muskelkater zu haben. Wahrscheinlich würde es morgen noch schlimmer werden. Was für ein Erlebnis! Kurz dachte sie an den Alien, der sich von Hernandos Emotionen unterhalten ließ. Sie lachte, soweit die Maske es zuließ. Wenn er auch etwas von ihren Gefühlen mitbekommen hatte, musste er jetzt schlapp in einer Ecke seiner Höhle liegen.

Hernando setzte ihr die Abdeckung über ihrem Mund wieder ein und half ihr, sich im Bett aufzusetzen. Sie fühlte sich kraftlos aber glücklich.

»Ich wollte dir ja dein Zimmer zeigen.«

Zu ihrer Überraschung entfernte er ein kleines Stück der Maske vor ihrem linken Auge. Er führte sie vor einen Spiegel. Einen Moment begriff sie nicht, was sie sah, zumal sich ihr Auge erst wieder an das Licht gewöhnen musste. Sie blickte in ihr Gesicht. Von einer Maske war nichts zu erkennen. Mit ihrer Hand tastete sie ihr Gesicht ab. Sie spürte das Metall, das härter war, als ihre Haut. Einen Übergang zwischen Maske und dem Rest ihres Kopfes konnte sie nicht spüren, außer natürlich, dass sie leichte Berührungen der Maske nicht wahrnahm.

Hernando entfernte ihr auch das Stück Maske, das ihr anderes Auge verdeckt hatte. Sie ging näher an den Spiegel heran. Ihr Gesicht zeigte ein dezent verheißungsvolles Lächeln mit geschlossenem Mund. Die Grenze zwischen der Maske und ihren Augen war ebenfalls nicht auszumachen. Sie könnte so durch eine Menschenmenge laufen, ohne jemandem aufzufallen. Als Hernando die Mundplatte abnahm, sah sie ihre verführerisch geöffneten Lippen. Nur der Zungenkäfig zwischen ihren Lippen störte das Bild. Als er diesen herausgenommen hatte, war der Eindruck perfekt. Nicht einmal sie selbst konnte im Spiegel erkennen, dass sie eine Maske trug.

Hernando setzte den Zungenkäfig und die Mundabdeckung wieder ein. Sie tastete die Stelle ab. Kein Spalt, kein erkennbarer Mechanismus, nichts, was ungewöhnlich wirkte. Sie verstand nicht, wie es funktionierte, aber offenbar konnte nur Hernando diese Teile der Maske entfernen und wieder einsetzen. Auf jeden Fall wäre es für ihn kein Problem, sie überall hin mitzunehmen, ohne dabei aufzufallen. Leichte Aufmerksamkeit könnte allenfalls das verführerische Lächeln erregen, das die Maske zeigte.

Erneut deckte Hernando eines ihrer Augen ab. Im Spiegel sah es täuschend echt nach einem geschlossenen Lid aus. Aus dem verheißungsvollen Lächeln wurde ein zufriedenes. Diese Maske war eindeutig dafür konstruiert, von ihr für immer getragen zu werden. Dieser Gedanke war ebenso erschreckend wie erregend für Anita. Sie wunderte sich, dass sie überhaupt schon wieder erregbar war.

»So, nachdem du dich jetzt in aller Ausführlichkeit bewundern konntest – was ich durchaus verstehen kann, schließlich finde auch ich deinen Anblick sehenswert – darfst du dir jetzt dein Zimmer ansehen.«

Er hatte ihr zweites Auge wieder freigegeben und führte sie im Zimmer herum. Es hatte große Fenster, durch die eine tropische Vegetation zu erkennen war. In der Ferne konnte sie einen malerischen Sandstrand sehen. Der Raum war gemütlich eingerichtet. Es gab einen Kleiderschrank und mehrere halbhohe Kommoden, die jeweils mit Intarsien verziert waren. Das große, breite Bett hatte sie ja schon kennengelernt. Ein runder Tisch mit mehreren gepolsterten Stühlen in Jugendstildesign rundete das Bild ab. Nur die leichte, aber stabile Kette, die von einer Wand zu ihrem Halsreif reichte, störte den Gesamteindruck.

»Hier nebenan findest du ein Bad mit Waschbecken, Dusche und japanischer Toilette. Toilettenpapier fällt flach. Die Intimbereiche werden per temperiertem Wasserstrahl gereinigt. Ich habe die Anlage so modifizieren lassen, dass auch ein Keuschheitsgürtel der Hygiene nicht im Wege steht. Hier unten ist ein Fußtaster, um die Reinigung und Spülung auszulösen. Du kannst das also auch dann, wenn deine Hände gefesselt sind. Präge dir das Zimmer gut ein, damit du dich auch mit geschlossenen Augen darin zurechtfindest.«

Er konnte es nicht lassen, sie immer wieder daran zu erinnern, dass sie seine hilflose Gefangene war. Ganz offensichtlich wollte er die Mischung aus vagem Unbehagen und banger Vorfreude bei ihr aufrecht erhalten, die sie immer wieder in Erregung versetzte. Damit hatte er vollen Erfolg. Wieso war sie nach seiner Zuwendung von vorhin überhaupt noch in der Lage, Erregung zu verspüren? Eigentlich hätte ihn das für Tage, wenn nicht Wochen, reichen müssen. Statt dessen fühlte sie schon wieder dieses intensive Verlangen.

Neugierig wandte sie sich zum Ausgang des Zimmers. Die Kette, die mit ihrem Halsreif verbunden war, würde ihr allerdings nicht mehr als einen Blick in das angrenzende Zimmer erlauben. Tatsächlich war die Kette straff gespannt, sobald sie die Schwelle zum Nachbarzimmer überschritt. Verblüfft sah sie sich um. Sie hatte erwartet, dass dieses Zimmer im gleichen Stil eingerichtet war, wie ihr eigenes. Statt dessen standen dort Pranger, Strafböcke und Käfige herum. Es gab verschiedenste Schlaginstrumente, wie Peitschen, Gerte und Rohrstöcke, die an einer Wand aufgereiht waren. Sie hätte erwartet, dass dieser Anblick sie erschrecken würde. Statt dessen entfachte er das kaum erloschene Feuer in ihrem Schritt von neuem. Der Gedanke, am Pranger stehend den vom Keuschheitsgürtel kaum bedeckten Hintern mit einem Rohrstock verhauen zu bekommen, ließ sie leise aufstöhnen. Wie konnte sie sich nur solch eine Behandlung wünschen? Aber alleine schon der Gedanke an die damit verbundene Hilflosigkeit ließ ihren Puls rasen. Auch der einhergehenden Demütigung konnte sie lustvolle Züge abgewinnen. Sie wollte streng und demütigend behandelt werden, jedoch nur von Hernando. Nur seiner Willkür wollte sie sich unterwerfen.

»Gefällt dir dieses Zimmer?«

Sie hatte gar nicht gemerkt, wie nahe er an sie herangetreten war. Während er ihr den Weg zurück in ihr Zimmer verstellte, hinderte sie die Kette daran, in eine andere Richtung auszuweichen. Er hatte eine Hand auf ihren Hintern gelegt, während die andere sich ihren Brüsten näherte. Was sie beim Betrachten des vor ihr liegenden Zimmers empfand, brauchte sie nicht zu sagen. Ihre erregt aufgerichteten Nippel verkündeten es klar und deutlich. Im Gegensatz zu ihrem Mund waren sie nicht zur Untätigkeit verdammt. Lächelnd strich er über ihre Brüste.

»Schön, dass wir uns da einig sind. Ich denke, wir werden viel Zeit hier verbringen.«

Genußvoller Verzicht

Er öffnete ihren Halsreif und ließ ihn achtlos fallen. Die Kette zog ihn ein Stück zurück in ihr Zimmer.

»Ich könnte dir jetzt die ›Einrichtung‹ vorführen. Aber ich glaube, dass du sie viel besser genießen kannst, wenn ich dir erst einmal eine Pause gönne.«

Sie wusste nicht, ob sie enttäuscht oder erleichtert sein sollte. Ihre Erregung hatte seit ihrem grandiosen Orgasmus bereits wieder zugenommen. Allerdings spürte sie auch eine deutliche Erschöpfung. Aber ihre Entscheidung war es ja ohnehin nicht.

Hernando legte seinen Arm um ihre Taille und führte sie durch das ungewöhnliche Zimmer hindurch. Der nächste Raum passte wieder eher zu ihrem eigenen. Seltsam, wie schnell sie das Zimmer mit dem breiten Bett bereits als ihres angenommen hatte. Vor ihr lag ein sehr großzügig eingerichteter Raum mit gemütlichen Sesseln, mehreren Tischen unterschiedlicher Größe und einem Flachbildfernseher, der schon fast Kinoformat hatte. Im Moment war darin ein Aquarium mit bunten Fischen zu sehen. Hätte der Blickwinkel nicht von Zeit zu Zeit gewechselt und wären die Fische nicht überdimensional groß gewesen, hätte sie es für ein echtes Becken mit Zierfischen gehalten. Eine Seite des Raumes nahm ein raumhohes Fenster mit Durchgang zu einer Terrasse ein. Sie traten nach draußen.

»Wir machen jetzt einen kleinen Strandspaziergang.«

Sie schlenderten von der Terrasse einen aufgeschütteten Sandweg entlang. Anita fragte sich, ob sie hier ganz alleine wären. Ganz wohl war ihr nicht bei dem Gedanken, bis auf die Armreifen, den Keuschheitsgürtel – und die nicht erkennbare Maske – nackt in der Öffentlichkeit herumzulaufen. Sehr öffentlich war diese Insel aber wohl nicht.

Sie erreichten einen langgezogenen, weißen Sandstrand mit sehr feinem Sand. Am Himmel hielten sich weiße Wolken und tiefblaues Nichts die Waage. Es war angenehm warm, aber nicht heiß. An einer Palme, die keine Kokosnüsse trug, setzte er sich auf den Boden, den Rücken an den Stamm gelehnt. Er zog sie zu sich herunter und dirigierte sie vor sich zwischen seine leicht gespreizten Beine. Sie schaute dabei, wie er, aufs Meer hinaus. Beiläufig ließ er ihre Handgelenksfesseln am Gürtel einrasten. Sofort beschleunigte sich ihr Puls wieder. Als seine Hände begannen, ihre Brüste zu massieren, lehnte sie sich an ihn. Ihren Kopf legte sie nach hinten auf seine Schulter. Sie spürte seinen Kopf an ihrem. Eine geradezu romantische Situation, dachte sie mit innerem Lächeln. Sie schnurrte leise, während seine Hände ihre Erregung auf einem moderaten Niveau aufrecht erhielten. Das Meer plätscherte leise und ein schwacher, warmer Windhauch strich gelegentlich über ihren Körper. So könnte sie es stundenlang aushalten.

»In dieser Richtung geht übrigens auch die Sonne unter. So lange werden wir allerdings nicht hier sitzen bleiben. Schließlich müssen wir gelegentlich auch etwas essen. Zugegeben, für dich wird das mit dem Essen ja nichts mehr. Dafür bekommst du nachher etwas Nahrhaftes zu trinken. Aber das hat noch Zeit. Genießen wir erst einmal diese friedliche Stimmung.«

Seine Hände wurden nicht müde, sie zu streicheln. Die Erinnerung daran, dass sie durch die Maske nie mehr etwas essen konnte, drückte ihr etwas aufs Gemüt. Sie würde wohl ziemlich lange brauchen, um sich an diesen Gedanken zu gewöhnen. Auch das Schlucken war durch den dauernd geöffneten Mund anstrengend. Aber wahrscheinlich würde sie das im Laufe der Zeit noch lernen. Der Verzicht auf gutes Essen schmerzte sie dagegen richtig. Ob die sexuelle Erfüllung, die sie im Gegenzug bekommen hatte und hoffentlich weiter bekommen würde, das aufwog? Wenn sie ihre Liebe zu Hernando mit einbezog, wahrscheinlich. Trotzdem hätte sie lieber beides gehabt. Sie versuchte, den Gedanken ans Essen wieder zu verdrängen und sich ganz auf Hernandos Hände zu konzentrieren, die sie sanft stimulierten.

Einige Zeit später half Hernando ihr auf. Ihre Hände befreite er wieder. Gemeinsam schlenderten sie zum Haus zurück.

»So langsam bekomme ich Hunger.«

In Anita reifte die Vermutung, dass er sie absichtlich an das Defizit erinnerte, mit dem sie jetzt leben musste. Ihr wurde bewusst, dass er sich einen Spaß daraus machte, sie etwas zu quälen. Und genau das erregte sie immer wieder.

»Nimm dir da vorne einen Zettel und den Stift und schreibe mir auf, was du am liebsten isst – oder genauer, was du früher am liebsten gegessen hast. Jetzt geht das ja nicht mehr. Ich koche dann gelegentlich mal dein Lieblingsessen, damit du es zumindest riechen kannst. Darüber freust du dich doch bestimmt.«

Dieser Mistkerl wusste genau, dass sie das nicht freuen, sondern quälen würde. Sie war versucht, ihm gegen das Schienbein zu treten. Allerdings waren ihr die möglichen Folgen doch etwas zu heftig. Außerdem konnte sie sich nicht wirklich vorstellen, ihn anzugreifen. Sollte sie sich einfach weigern, ihr Lieblingsgericht aufzuschreiben? Wahrscheinlich würde er das nicht durchgehen lassen – was auch seinen Reiz haben könnte.

Dann kam ihr eine Idee, die sie grinsen ließ, soweit die Maske das zuließ. Sie würde ihm ein Gericht aufschreiben, das sie überhaupt nicht mochte. Dann würde es sie nicht stören, wenn er es zubereitete und sie es zu riechen hatte. Wenn er es ihr dann auch noch genüsslich voressen wollte, hätte sie erst recht ihren Spaß daran. Denn wahrscheinlich würde es ihm auch nicht schmecken. Also schrieb sie auf, dass Grünkohl mit einem fetten Brühwürstchen ihr Lieblingsgericht sei.

Hernando sah auf den Zettel und lachte laut auf.

»Netter Versuch«, sagte er mit breitem Grinsen. »Weißt du was? Das werde ich tatsächlich für dich kochen, ganz fein pürieren und dir dann zu essen geben.«

Innerlich verfluchte Anita ihre Idee, die sich als Bumerang erwiesen hatte. Sie war für Hernando wohl doch zu leicht zu durchschauen. Der Gedanke an den Geschmack von püriertem Grünkohl mit fettem Brühwürstchen verursachte ihr einen leichten Brechreiz.

»Jetzt brate ich mir erst einmal ein Filetsteak. Dazu gibt's geröstete Kartoffeln und nur leicht sautiertes, knackiges Gemüse.«

Anita lief das Wasser im Mund zusammen. Das hörte sich ausgesprochen lecker an. Schmollend setzte sie sich in einen der Sessel im großen Raum und schaute auf die Terrasse hinaus. Kurze Zeit später hörte sie es in einem Nebenraum brutzeln. Ein appetitanregender Geruch breitete sich aus. Sie beschloss, draußen spazieren zu gehen.

»Komm zu mir in die Küche und leiste mir etwas Gesellschaft«, forderte Hernando sie auf, als sie gerade durch die Terrassentür gehen wollte.

Sie drehte sich um und schaute ihn böse an. Sein Grinsen wurde noch breiter. Er fixierte ihre Handgelenke am Gürtel und zog sie in die Küche.

»Sollte das etwa gerade ein böser Blick gewesen sein?«

Sie nickte trotzig.

»Tja, dann muss ich wohl etwas dagegen unternehmen.«

Er holte die Augenabdeckung ihrer Maske aus seiner Hosentasche und ließ sie an den vorgesehenen Stellen einrasten. Jetzt sah sie nichts mehr. Dafür stieg ihr der Geruch seines Essens noch stärker in die Nase. Das war die reinste Folter. Sie hörte, wie er mit der Zubereitung fertig wurde und das Essen auf einem Teller anrichtete.

»Warte hier. Ich bringe meinen Teller schon mal ins Esszimmer. Dann hole ich dich wieder ab. Ich finde, in Gesellschaft schmeckt ein gutes Essen gleich noch einmal so gut.«

Für einen Moment saß sie alleine in der Küche. Der Geruch des Essens war allgegenwärtig. Ihr Speichel lief in Strömen, sodass sie kaum noch mit dem Schlucken nachkam. Dann holte er sie ab und führte sie in ein anderes Zimmer. Er half ihr auf einen Stuhl, an dem er sie festband. Dann gab er wieder die Augenöffnungen ihrer Maske frei.

Sie schaute sich im Zimmer um. Sie saß an der Schmalseite eines rechteckigen Tischs. Er hatte an der längeren Seite platzgenommen. Vor ihm stand ein Teller mit dem Filetsteak, goldbraun gerösteten Kartoffeln und appetitlich angerichtetem Gemüse. Gierig fixierte sie das Essen mit ihren Augen. Er schnitt ein Stück des Fleisches ab und hielt es ihr hin.

»Schau mal, wie zart es ist. Das zerfällt förmlich auf der Zunge.«

Mit sichtlichem Genuss aß er das Stück und ließ sich reichlich Zeit.

»Die Röstkartoffeln sind mir heute besonders gut gelungen.«

Er wurde nicht müde, ihr genau zu beschreiben, mit welchen Gewürzen er den Geschmack verfeinert hatte. Immer wieder hielt er ihr eine Gabel von seinem Essen unter die Nase und ließ sie den Geruch einatmen. Schließlich resignierte sie und ergab sich in ihr Schicksal. Seine kleinen Gemeinheiten erregten sie ohnehin auf eine unterschwellige Art und Weise. So gesehen tat er ihr sogar einen Gefallen.

Schließlich öffnete er ihre Mundabdeckung, nahm den Zungenkäfig heraus und rieb ein kleines Stück Fleisch auf ihrer Zunge und ihrem Gaumen entlang. Stärker hätte sie den Geschmack nicht spüren können, wenn sie selbst mitgegessen hätte. Und mehr konnte sie in Anbetracht ihrer Situation auch nicht erwarten. So verrückt es ihr vorkam, sie war jetzt hungrig und erregt zugleich.

Nachdem er fertiggegessen hatte, wischte er mit seinem Zeigefinger über den Teller und ließ ihn von ihr ablecken.

»Das machst du gut«, sagte er lächelnd. »Und wo du gerade so schön dabei bist ...«

Sie hatte den gleichen Gedanken gehabt. Er befreite sie von dem Stuhl, öffnete seine Hose und setzte sich wieder an seinen Platz. Anita kroch unter den Tisch, was mit den am Gürtel gefesselten Händen nicht ganz einfach war. Auf ihren Knien rutschte sie ganz dicht an ihn heran und nahm sein bestes Stück in den Mund.

»Ach ja, das Leben ist schön«, hörte sie ihn sagen.

Mit Geschick verwöhnte sie ihn. Er war zwar gemein zu ihr gewesen, aber auf eine Weise, die sie mochte. Auch jetzt erregte sie, was er von ihr erwartete. In gewisser Weise war es unter den gegebenen Umständen demütigend, aber auch das befeuerte wieder ihre Leidenschaft. Selbst die Tatsache, dass ihre Lust auf diese Weise nicht befriedigt wurde, steigerte dieselbe. Einerseits hoffte sie, bald wieder einen so explosiven Orgasmus von ihm geschenkt zu bekommen, wie sie ihn vor einigen Stunden hatte haben dürfen. Andererseits wünschte sie sich, dass er ihn ihr auf gemeine Weise noch lange vorenthielt. Was er auch machen würde, es käme ihren Wünschen entgegen. Gut gelaunt und hoch erregt kümmerte sie sich weiter um sein Vergnügen und führte ihn schließlich zu einem befreienden Höhepunkt.

»Das ist besser als jedes Dessert«, seufzte er und strich ihr durch die Haare.

Nach einer kleinen Pause, in der er seine Lust ausklingen ließ, half er ihr unter dem Tisch hervor und ging wieder mit ihr in die Küche. Dort flößte er ihr vorsichtig ein nahrhaftes, allerdings weitgehend geschmacksneutrales Getränk ein. Danach bekam sie wieder ihren Zungenkäfig und den Verschluss vor ihrem Mund. Auch ihre Augen deckte er wieder ab.

»Du darfst dich jetzt erst einmal ausruhen«, teilte er ihr mit und führte sie wieder in ihr Zimmer.

Nachdem er ihr den Halsreif mit Kette angelegt hatte, half er ihr aufs Bett. Den Händen gab er wieder die Freiheit. Zärtlich streichelte er ihren Körper.

»Wenn das so weitergeht, werde ich noch süchtig nach dir.«

Mit diesen Worten stand er auf und ließ sie alleine im Zimmer zurück. Sie war erregt und entspannt zugleich. Seine letzten Worte ließen sie wie auf einer Wolke schweben. Ihr Kopf leerte sich von Gedanken, und sie dämmerte vor sich hin. Nachdem sie eine bequeme Stellung gefunden hatte, schlief sie friedlich ein.

Da war doch was. Sie schrak auf und braucht einen Moment, um zu begreifen, warum sie nichts sah und den Mund nicht schließen konnte. Dann wusste Anita wieder, wo sie sich befand. War da wirklich etwas oder war es nur ein Traum gewesen? Sie zuckte zusammen. Etwas hatte sie auf dem Bauch berührt. Nicht viel mehr als ein Lufthauch. Angespannt lauschte sie. Hatte sich ein Tier in ihr Zimmer verirrt? Ein leichtes Streichen über den Hintern ließ sie in diese Richtung greifen. Nichts. Sie setzte sich auf und schwang die Beine über den Rand des Bettes. Diesmal streifte etwas über ihre Nippel und fuhr dann ihren Hals entlang. Sie entspannte sich. Das war kein Tier. Langsam streckte sie einen Arm aus und hielt die geöffnete Handfläche nach oben. Der Hauch einer Berührung strich über ihren Arm und ihre Handfläche. Als etwas darauf liegen blieb, schloss sie vorsichtig die Hand. Sie spürte, dass es eine Feder war.

»Na du kleine Schlafmütze«, hörte sie seine Stimme.

Seine Hand legte sich in ihr Genick. Langsam begann sie, ihren Nacken zu massieren. Anita räkelte sich wohlig.

»Du möchtest dir doch bestimmt den Sonnenuntergang ansehen.«

Die Abdeckung ihrer Augen wurde abgenommen und Hernando half ihr auf. Den Halsreif mit der Kette nahm er ihr ab.

»Es ist schon etwas kühl. Du solltest also besser etwas überziehen, auch wenn ich gegen den jetzigen Anblick eigentlich nichts einzuwenden habe.«

Aus dem Kleiderschrank reichte er ihr ein Sommerkleid und eine leichte Strickjacke. Nachdem sie beides angezogen hatte und noch in ein Paar Ballerinas geschlüpft war, folgte sie ihm auf die Terrasse und von dort aus zum Strand. Er legte ihr den rechten Arm um die Hüfte und lehnte sich an eine Palme. Die Sonne stand schon so tief, dass sie kaum noch blendete, sondern nur noch tiefrot leuchtete. Ein klassisches Postkartenmotiv, dachte Anita. Eigentlich ziemlich kitschig, wenn man es nicht wirklich erlebte.

Plötzlich kam starker Nebel auf. Er kam ohne jede Vorankündigung und in einer Intensität, als hätte jemand eine Nebelmaschine angeworfen.

»Wir bekommen ungebetenen Besuch. Der Sonnenuntergang muss heute ausfallen. Rasch zurück ins Haus.«

Hernando scheuchte sie den Weg zurück zur Terrasse, deren Tür er hinter ihnen schloss. Die Terrasse hob sich und verdeckte schließlich die Fensterfront. Oder der Raum senkte sich. So genau konnte Anita das nicht erkennen, da der Nebel inzwischen so dicht war, dass die Welt an der Fensterscheibe aufzuhören schien. Es war draußen stockdunkel geworden. Von dort kamen Geräusche, als würden in unmittelbarer Nähe Blitze einschlagen. Sie kam sich vor, als sei sie Statistin in einer Neuauflage des Films ›Der Nebel des Grauens‹. Jetzt fehlten nur noch Untote, die auf sie zumarschiert kamen.

Als sie sah, dass Hernando zügig das Zimmer verließ, folgte sie ihm. Er ging in einen Raum, den sie bislang noch nicht gesehen hatte. Auf einem Tisch war das Relief der Insel zu erkennen. An der Wand dahinter gab es einen großen Bildschirm, der sich anschaltete, als Hernando seine Hand über die Nachbildung der Insel hielt. Je nachdem, wohin er die Hand hielt, zeigte der Bildschirm eine andere Sicht der Insel. Es war, als bewege Hernando eine fliegende Kamera, die seinen Handbewegungen folgte. Wenn er eine Faust machte, zoomte das Bild heran. Streckte er die Hand wieder aus, war das Bild wieder in einer Totalen erkennbar.

Plötzlich sah Anita tatsächlich einige Gestalten aus dem Nebel hervortreten. Die Szenerie wurde immer wieder durch Blitze unnatürlich aufgehellt, denen Donner unmittelbar folgte. Hernando zoomte auf die Gesichter der Gestalten. Zu Anitas Erleichterung schienen es keine Zombies zu sein. Als die Kamera an den Männern herabwanderte, sah sie, dass diese bewaffnet waren. Jeder hielt einen Revolver in der Hand, manche auch zusätzlich eine Machete. Vier Männer zählte sie. Offenbar waren diese auf das seltsame Wetter nicht vorbereitet. Sie froren in der feuchten Luft und zuckten bei einigen der Blitze zusammen. Die Kamera wandte sich von den Eindringlingen ab und jagte die Küste entlang. Ein flaches Schlauchboot kam in Sicht. Ein Mann wartete dort und beobachtete nervös den Strand.

»Du bleibst hier und wartest auf mich.«

Hernando lief aus dem Raum. Anita wollte ihn fragen, was das alles zu bedeuten hatte, doch ihre Maske ließ das nicht zu. Also trat sie an den Tisch heran und hielt ihre Hand darüber. Auch ihr gehorchte die fliegende Kamera. Als sie die Hand weiter anhob, verschwand alles im Nebel. Dann entdeckte sie kleine rote Punkte auf der Reliefkarte. Einen einzelnen und vier gruppierte. Sie senkte die Hand über den einzelnen und sah wieder den Mann an seinem Boot. Sie verstand. Erneut hob sie die Hand und senkte sie über den vier Punkten. Das waren die anderen vier Männer. Sie vermutete, dass auch Hernando nach draußen gegangen war. Hoffentlich passierte ihm nichts.

Gebunden

Eindringlinge

Auf der Reliefkarte suchte sie nach dem sechsten, roten Punkt, der Hernando sein müsste, konnte ihn aber nicht entdecken. Sie schickte die Kamera wieder zu den vier Männern, die auf der Insel herumliefen. Einer von ihnen versuchte offenbar, jemanden mit einem Funkgerät zu erreichen, steckte es dann aber mit einem Schulterzucken wieder weg. Die Sicht im Nebel betrug inzwischen höchstens noch zehn Meter. Die Eindringlinge berieten sich. Anita suchte auf der Inselkarte nach dem Mann am Strand. Sein roter Punkt war verschwunden. Sie hielt ihre Hand über die Stelle, an der sie ihn vorher gesehen hatte. Auf der Leinwand erschien zwar der Strand, von dem Mann war jedoch genauso wenig zu sehen, wie von seinem Boot. War er wieder aufs Meer hinausgefahren? Anita schob ihre Hand über den Rand der Karte hinaus. Die Kamera folgte ihr jedoch nicht auf das Meer. Nachdem sie wieder auf die anderen Männer zoomte, hatte sie den Eindruck, der Nebel sei noch dichter geworden. Ohne die Punkte auf der Karte hätte sie sie nicht wiedergefunden. Es sah aus, als wollten die Männer zurück zum Strand. Plötzlich griff sich der letzte ins Genick und stürzte. Die anderen merkten es zunächst nicht und gingen weiter. Anita fiel auf, dass einer der vier roten Punkte verschwunden war.

Sie fuhr mit ihrer Hand dorthin, wo der vierte Mann gestürzt war, konnte aber niemanden mehr dort finden. Ein weiterer Punkt erlosch. Auch hier konnte sie nichts mehr sehen, als sie die Kamera dorthin schickte. Und das, obwohl die Kamera ihrer Hand praktisch verzögerungsfrei folgte. Die zwei verbliebenen Männer erreichten den Strand. Als sie sahen, dass das Schlauchboot verschwunden war, zeigten ihre Gesichter blankes Entsetzen. Dieses steigerte sich sogar noch, sobald ihnen bewusst wurde, dass sie nur noch zu zweit waren. Sie brüllten in den Nebel. Anita konnte sie zwar nicht hören, war sich allerdings sicher, dass sie nach ihren Kameraden riefen. Dann brachen beide kurz hintereinander zusammen. Anita blieb mit der Kamera auf ihren reglosen Körpern und sah eine formlos wirkende Gestalt, die beide wegschleifte. Auch die letzten Leuchtpunkte waren von der Karte verschwunden. Ob diese Gestalt Hernando gewesen war? Wahrscheinlich. Der Bildschirm erlosch, bevor sie der Gestalt weiter mit der Kamera folgen konnte. Unschlüssig stand sie in dem Zimmer. Hernando hatte ihr gesagt, sie solle hier auf ihn warten.

»Möchtest du dabei sein, wenn ich die Eindringlinge befrage?«

Er erschien mit einem Handtuch in der Tür des Kartenzimmers und trocknete sich die kurzen Haare ab. Anita nickte.

»Allerdings wirst du dich ruhig verhalten und nichts tun, was auch passiert. Ist das klar?«

Erneut nickte sie.

»Gut. Dann komm mit.«

Er gab ihr einen weiten, schwarzen Umhang, der nichts von ihrem Körper erkennen ließ, und setzte ihr eine Kapuze auf, die ihren Kopf einschließlich ihrer Haare und ihres Gesichtes verdeckte. Sie selbst konnte allerdings durch die Kapuze sehen. Auch er legte sich die gleiche Verkleidung an. Dann ging er mit ihr zum Aufzug, in dem sie nach unten fuhren. Sie kamen in der Höhle an, über die sie gestern die Insel betreten hatten. Das Boot, das sie am Strand hatte liegen sehen, war am Kai neben Hernandos Schnellboot festgemacht. Etwas weiter hinten waren fünf quadratische Käfige mit einer Höhe von etwa einem Meter. In jedem der Käfige steckte einer der Eindringlinge. Sie erwachten gerade. Auf einem Tisch lagen ihre Macheten und Revolver.

»Wer seid ihr?«, kam es von Hernando mit einer metallenen, unmenschlich verzerrten Stimme.

»Wir sind Touristen, die sich verirrt haben«, sagte einer der Käfiginsassen.

»Natürlich«, antwortete Hernando und griff nach einem der Revolver. »Und das hier sind eure Fotoapparate, nehme ich an. Wen von euch soll ich als erstes damit fotografieren?«

Keiner der Männer sagte etwas. Sie schauten einander nur unsicher an. Hernando legte die Waffe wieder weg und lehnte sich an den Tisch.

»Wir haben gehört, dass es hier eine geheime Insel mit Schätzen geben soll«, sagte schließlich einer von ihnen. Die anderen schauten ihn böse an.

»Schätze? Ihr wollt mir doch nicht erzählen, dass ihr an so einen Blödsinn glaubt.«

»Zumindest von einer geheimen Insel war die Rede. Und wenn etwas geheim gehalten wird, muss es dafür ja einen Grund geben. Den wollten wir herausfinden.«

»Also reiner Forscherdrang, ja? Und die Waffen waren nur so zur Sicherheit dabei?«

»Genau«, stimmte ein weiterer Mann zu.

Ein freudloses, verzerrtes Lachen war von Hernando zu hören. Er wandte sich zum Gehen.

»Wir dachten«, ergänzte einer der Männer, »dass derjenige, dem die Insel gehört, dafür zahlen würde, wenn wir es niemandem verrieten.«

Hernando drehte sich wieder zu den Männern um.

»Also Erpressung. Tja, das hat wohl nicht so ganz geklappt.«

»Was haben Sie jetzt mit uns vor?«

»Laufen lassen kann ich euch nicht. Sonst könntet ihr mich ja doch noch erpressen. Hierbehalten will ich euch auch nicht. Ihr bleibt in den Käfigen. Die lade ich in mein Schiff und fahre zu einer besonders tiefen Stelle, wo ich sie dann versenken werde.«

Die Eindringlinge schauten ihn entsetzt an. Und auch Anita fragte sich bedrückt, ob er das wirklich vorhatte.

»Wie habt ihr eigentlich die Insel gefunden?«, wollte Hernando von ihnen wissen.

Sie schauten ihn nur an und sagten kein Wort.

»Meint ihr, es gäbe keinen Grund mehr, mir meine Fragen zu beantworten, weil ich euch sowieso töten werde? Das ist ein Trugschluss.«

Er lief etwas weiter in die Höhle hinein und holte ein Rohrgestell heraus. In der Mitte war ein Gasbrenner zu sehen, von dem ein Schlauch abging. Das Ganze schien eine mobile Kochstelle zu sein. Diese stellte er vor die Käfige. Dann holte er eine Gasflasche auf Rollen heran und schloss sie an die Kochstelle an. Von der Decke ließ er über eine Winde einen Haken herunter und klinkte ihn in den ersten der Käfige ein. Dann ging er wieder zur Kochstelle und entzündete den Gasbrenner. Die Flammen ließ er kräftig herausschießen. Mit der Fernsteuerung der Winde zog er den ersten Käfig wieder nach oben und schob ihn langsam auf die Kochstelle zu.

»Nein!«, schrie der Mann in diesem Käfig. »Ich sage ihnen alles, was sie wissen wollen!«

»Das sagen mir die anderen sicher auch, wenn du hier drin verbrannt bist.«

»Bitte! Nein!«

Hernando ließ den Käfig wieder herunter.

»Na gut. Vielleicht ersparen wir uns den Gestank von verbranntem Fleisch. Also: Wie habt ihr die Insel gefunden.«

Die Gesichter der Männer waren kalkweiß. Ihre Augen schienen förmlich aus den Höhlen herauszutreten.

»Nachdem wir auf Satellitenbildern nichts fanden, sind wir zuerst die Gegend mit unserem Boot in Planquadraten abgefahren«, sagte einer von ihnen mit zittriger Stimme.

»Mit diesem Ding da?«, wollte Hernando wissen und deutete auf das kleine Boot, das am Kai festgemacht war.

»Nein, eine Motorjacht. Sie liegt weiter draußen vor Anker. Das Wasser war zu flach, deshalb kamen wir mit dem Schlauchboot.«

»Ist noch jemand auf der Jacht?«

Die Männer schauten sich unschlüssig an. Hernando griff zur Fernsteuerung der Winde.

»Ja! Ja, es ist noch jemand dort!«, stieß der Mann im ersten Käfig hervor.

»Und der sollte euch jetzt retten? Egal. Um den kümmere ich mich nachher. Weiter. Wie habt ihr die Insel gefunden?«

»Als wir die Planquadrate abfuhren, fiel uns auf, dass wir für zwei Strecken länger gebraucht hatten, als für die anderen.«

»Ich nehme an, ihr hattet euch mit GPS orientiert.«

Die Männer nickten.

»Das habe ich manipuliert, damit hier jeder um die Insel herumgeführt wird. Genau wie den magnetischen Ausschlag, falls noch jemand einen Kompass benutzt. Weiter.«

»Das hatten wir uns auch überlegt. Deshalb sind wir die Strecken noch mehrfach in unterschiedlichen Abständen entlanggefahren und haben die Zeiten aufgeschrieben. Dann sind wir einer Strecke gefolgt, die genau auf die Insel führen musste, und haben sie so begonnen, dass wir genau nach Westen mussten, also ab Mittag immer in Richtung Sonne. Die kann schließlich niemand verschieben.«

»Nicht schlecht. Einfach und wirkungsvoll.«

»Als dann plötzlich vor uns der Nebel auftauchte, sind wir einfach darauf zugefahren.«

»Davon sollte der Nebel euch eigentlich abbringen. Na egal. Und wie habt ihr überhaupt von der verschwundenen Insel erfahren?«

»Einer von uns hatte beim Pokern ein altes Logbuch gewonnen. Da war eine Karte drin, die diese Insel zeigte.«

»Wo ist das Buch jetzt?«

»Auf der Jacht.«

Hernando drehte den Hahn des Gasbrenners wieder herunter und nahm die Flasche ab. Die Gefangenen atmeten sichtbar auf.

»Dann werde ich mal eure Jacht besuchen.«

Er nahm Anita wieder mit zum Aufzug.

»Fahr du wieder nach oben. Ich muss noch einen kleinen Tauchgang unternehmen.«

Sie fasste nach ihm und wollte ihm etwas sagen. Aber er schüttelte nur den Kopf und schob sie in den Aufzug. Nachdenklich fuhr sie nach oben. Wollte er die Eindringlinge wirklich umbringen? Aber was sollte er sonst mit ihnen machen? Er konnte sie ja schlecht frei lassen. Trotzdem war ihr die Vorstellung von Hernando als kaltblütigem Killer ausgesprochen unangenehm. In der Wohnetage angekommen, lief sie in ihr Zimmer und warf sich auf das Bett. Es musste doch eine andere Lösung geben. Hoffentlich fiel Hernando noch eine Alternative ein. Oder ihr. Falls er sie überhaupt fragen würde, bevor er die Männer in den Käfigen ertränkte. Sie schüttelte sich bei dieser Vorstellung. Sie kannte die Männer zwar nicht, aber Anita hatte nicht den Eindruck, dass sie den Tod verdient hätten. Schon gar nicht für das, was sie vorgehabt hatten.

Schaudernd dachte sie daran, wie Hernando damit gedroht hatte, sie zu verbrennen, wenn sie ihm nicht alle Fragen beantworteten. Was er wohl gemacht hätte, wenn sie seine Drohung nicht ernst genommen hätten? Sie wollte gar nicht darüber nachdenken. Er war in eine grausame Zeit hineingeboren worden. Und auch die vergangenen Jahrhunderte waren nicht gerade friedlich gewesen. Wenn sie es recht überlegte, war nicht einmal die heutige Zeit frei von brutalen und grausamen Ereignissen und Taten. Sie war nur in einer relativ behüteten Umgebung aufgewachsen, in der Gräueltaten nur in den Nachrichten aus fernen Ländern oder vergangenen Zeiten vorkamen. Hernando musste in seinem Leben oft mit solchen Dingen konfrontiert gewesen sein. Die Tünche der Zivilisation war dünn. Wer weiß, wie sie selbst sich entwickelt hätte, wenn sie in einem Kriegsgebiet aufgewachsen wäre? Womöglich veränderte sie sich auch jetzt noch in einer Weise, die ihr unheimlich war. Bei allem Entsetzen über Hernandos Umgang mit den Eindringlingen hatte sie gespürt, wie die Angst der Männer etwas in ihr berührte. Vielleicht war es die Erinnerung an eigene Ängste, die sie in letzter Zeit durchlebt hatte. Und die sie manchmal sogar genossen hatte, wenn sie sich in Grenzen hielten. Aber da war noch mehr gewesen. Sie hatte etwas von der Macht verspürt, die Hernando den Gefangenen demonstriert hatte. Sollte sie etwa auch so eine grausame Ader in sich haben? Was würde aus ihr werden, wenn sie selbst Macht über andere hätte? Die eigene Hilflosigkeit zu genießen war eine andere Sache. Dabei hatte sie keine Verantwortung, nicht einmal für sich selbst. Das war einfach, sobald es ihr erst einmal gelang, sich fallen zu lassen. Doch sie spürte, dass da noch eine weitere Seite in ihr vorhanden war. Eine dunkle Seite, an die sie nicht einmal zu denken wagte.

Notwendige Maßnahme

Anita schreckte hoch, als sie eine Hand im Genick spürte. Sie hatte Hernando nicht kommen hören, so vertieft war sie in ihre eigenen Gedanken gewesen. Und so verunsichert über das Aufblitzen einer düsteren Facette ihrer Persönlichkeit. Konnte das vielleicht doch durch ihre Erlebnisse der letzten Tage entstanden sein? Aber sie hatte nicht den Eindruck, ihre Persönlichkeit habe sich verändert. Es war eher so, als hätten die jüngsten Ereignisse etwas offengelegt, was schon immer da gewesen war, was sie sich nur nie eingestanden hatte.

»Komm mit. Du wirst mich bei der kleinen Schiffsreise begleiten.«

Sie schaute ihn erschrocken an. Er hatte doch nicht wirklich vor, die Eindringlinge zu ertränken. Oder etwa doch? Sein Gesicht zeigte keinerlei Regung. Wenn er sie berührte, konnte er auch ihre Gedanken lesen. Zumindest, wenn er das wollte.

›Sollen wir die Eindringlinge nicht lieber gefangen halten, als sie zu töten?‹, dachte sie bewusst und so »laut«, wie ihr das möglich erschien.

Er nahm von ihren Gedanken jedoch keinerlei Notiz oder ließ es sich zumindest nicht anmerken. Gemeinsam fuhren sie wieder mit dem Aufzug in die Höhle zurück. Inzwischen stand noch ein weiterer Käfig in der Reihe. Anita nahm an, dass der Insasse desselben der letzte auf der Jacht verbliebene Eindringling sein musste. Ihr fiel auf, dass diesmal weder sie noch Hernando in weite Umhänge und Kapuzen gehüllt waren. Die Männer in den Käfigen schauten sie furchtsam an. Das laszive Lächeln ihrer Maske musste auf sie wie Hohn wirken.

Hernando nahm den ersten Käfig samt Insassen auf und schleppte ihn auf sein Schnellboot. Anita begleitete Hernando und sah zu, wie er den Käfig in der Mitte des Bootes abstellte.

»Bleib hier und pass auf ihn auf«, wies Hernando sie an. »Ich hole die anderen.«

Worauf sollte sie aufpassen? Der Mann konnte sich nicht aus dem Käfig befreien. Und sie hätte auch nicht gewusst, was sie machen sollte, wenn es ihm doch gelungen wäre. Ihr dämmerte, dass seine Worte für den Gefangenen bestimmt waren. Sobald Hernando außer Hörweite war, wandte er sich an sie.

»Bitte helfen Sie mir«, flehte er sie an, »ich will nicht sterben.«

Sie schaute ihn traurig an, wusste aber, dass er nur das künstliche Lächeln sah. Das musste seine Verzweiflung noch steigern. Sein Blick bestätigte ihre Vermutung. Hernando musste genau das beabsichtigt haben. War er wirklich nicht grundlos grausam? Sie hatte Zweifel. Gleichzeitig spürte sie, wie die Angst des Mannes in ihr nicht nur Mitgefühl auslöste, sondern auch ein Hochgefühl der Macht. Sie schämte sich dafür.

Hernando trug den nächsten Käfig herein und stellte ihn neben dem ersten ab. Die Gefangenen schauten sich panisch an, brachten aber kein Wort mehr heraus. Käfig für Käfig wuchs die Reihe, bis alle sechs Eindringlinge auf dem Schiff waren. Nach einem abschätzigen Blick auf die Männer ging Hernando ans Steuer und lenkte das Boot zum Ausgang der Höhle. Von den Gefangenen kam kein Ton, aber Anita hatte den Geruch von Angst in der Nase. In ihr rangen Mitgefühl und Machtrausch um die Vorherrschaft. Das Mitgefühl gewann knapp die Oberhand – zumindest vorläufig.

Die Fahrt dauerte keine halbe Stunde. Dann hielt das Schnellboot an und schwankte leicht in der Dünung. Hernando kam zu den Eindringlingen. Er nahm einen der Käfige auf. Anita griff nach seiner Hand, doch er schüttelte sie ab und trug den Käfig außer Sichtweite zum Heck des Bootes.

»Nein! Bitte nicht!«, hörte sie den Gefangenen von dort rufen.

Dann fiel etwas klatschend ins Wasser. Anita spürte, wie eine kalte Hand ihre Eingeweide zusammendrückte. Das konnte er doch nicht wirklich tun! Der Machtrausch war verschwunden. Sie war erschüttert. Hatte sie sich so in Hernando getäuscht?

Mit ausdrucksloser Miene kam er vom Heck zurück und ergriff den nächsten Käfig. Der Insasse schaute ihn nur mit aufgerissenen Augen an, als er zum Heck getragen wurde. Zweimal bettelte noch einer der Männer um sein Leben, dann waren alle Käfige verschwunden. Anita stand unter Schock. Sie konnte es nicht fassen. Hätte sie mehr tun müssen, um den Männern zu helfen? Aber gegen Hernando hatte sie keine Chance. Mit Tränen in den Augen ging sie zum Heck. Hernando stand an der Reling und musterte sie wortlos.

Dann trat er zur Seite und entfernte eine Plane vom Boden des Bootes. Die Männer lagen dort bewusstlos nebeneinander.

»Ich werde wohl gleich mal nach den Käfigen tauchen müssen. Zum Glück ist das Wasser hier flach.«

So ganz verstand sie noch immer nicht, was passiert war. Aber zumindest war er kein kaltblütiger Mörder. Erleichtert fiel sie ihm um den Hals. Er nahm sie fest in den Arm und streichelte ihr über den Hinterkopf.

»Die Männer sind jetzt bewusstlos. Wenn sie auf ihrem Boot wieder aufwachen, werden sie sich nicht mehr erinnern, die Insel gefunden zu haben. Ihnen wird auch nicht wieder einfallen, wie sie sich finden lässt. Auf jeden Fall aber werden sie höllische Angst vor der Vorstellung haben, jemals wieder nach ihr zu suchen. Dafür war das Theater eben nötig.«

Anita fragte sich, warum er sie nicht eingeweiht hatte.

»Du bist gerade dabei, eine weitere Seite von dir zu entdecken«, wusste er zu ihrem Erstaunen. »Es ist wichtig, dass du dir dabei immer über die Konsequenzen deiner Entscheidungen bewusst bist. Es gibt Fantasien, die sich gut anfühlen. Die Umsetzung in die Realität ist allerdings unter Umständen schrecklich.

Darüber musst du dir im Klaren sein, bevor du entscheidest, welche Fantasien du realisieren willst.«

Sie sah ihn erstaunt an. Nicht nur, dass er offenbar wusste, was gerade in ihr vorgegangen war, er schien davon auszugehen, dass sie eines Tages Gelegenheit haben würde, auch ihre dunkle Seite auszuleben. Wie sollte das gehen? Schließlich war sie in seiner Gewalt – was ihr durchaus gefiel. Durch ihre Maske und den Keuschheitsgürtel würde sich daran auch nichts ändern.

»Manchmal setzt du zu viel voraus.«

Er löste sich von ihr, legte eine Taucherausrüstung an, griff nach einem Stahlseil und sprang ins Wasser. Das Seil spulte sich von einer Rolle ab. Schließlich kam die Rolle zum Stehen. Kurz darauf tauchte Hernando wieder auf und ging an Bord. Mit einer Winde holte er das Stahlseil ein. Die Käfige, die daran aufgereiht waren, wie Perlen an einer Schnur, holte er dabei ebenfalls an Bord. Danach deckte er die bewusstlosen Eindringlinge wieder mit der Plane zu und steuerte das Boot zu der Jacht, die verlassen auf ihre Crew wartete. Zunächst schleppte er die Jacht mit seinem Schnellboot weit von der Insel weg. Dann trug er alle Männer auf ihr Wasserfahrzeug und steuerte das Schnellboot zurück in die Höhle.

»Es wird noch ein paar Stunden dauern, bis sie wieder aufwachen. Die Jacht wird bis dahin noch weiter von uns weggetrieben sein. Und ich bin sicher, dass sie nie mehr versuchen werden, diese Insel zu finden. Außerdem habe ich das alte Logbuch des Piratenkapitäns an mich genommen, in dem unsere Insel verzeichnet war. Ich hoffe, dass wir so schnell keine ungebetenen Gäste mehr bekommen.«

Die Terrasse war wieder normal zugänglich und der Nebel löste sich allmählich auf. Hernando erklärte ihr, dass der Nebel und die Blitze künstliche Schutzmaßnahmen waren, die automatisch auslösten, sobald sich jemand Unbekanntes der Insel näherte.

Die Sterne leuchteten in gewohnter Pracht über der Insel. In ihrem Sommerkleid setzte Anita sich in einen Stuhl auf der Terrasse und genoss das Naturschauspiel. Erschöpft von den Ereignissen des Tages döste sie ein. Nur am Rande bekam sie noch mit, wie Hernando sie auf ihr Bett legte. Sie träumte von einem lust- und qualvollen Leben als Hernandos Sklavin, aber auch davon, ihrerseits einen Lustsklaven zu haben, den sie auf perfideste Weise traktieren könnte, allein zu ihrem Vergnügen.

Als sie am nächsten Morgen aufwachte, hatte sie wegen eines Teils ihrer Träume ein schlechtes Gewissen, auch wenn sie sich nur noch vage an Details erinnerte. Sie konnte doch keinen Mann gefangen halten und quälen, weil ihr das Lust bereitete. Allein der Gedanke daran schien ihr verwerflich. Andererseits dachte sie nicht schlecht von Hernando, der das Gleiche mit ihr tat. Sie war verwirrt. Zumindest bestand keine Gefahr, dass sie ihre Träume in Realität umsetzte. Wie sollte eine Lustsklavin ihrerseits einen Lustsklaven haben? Diese Überlegung beruhigte sie wieder.

Als sie aufstand, war sie überrascht, nicht im Zimmer festgekettet zu sein. Auch ihre Augen waren nicht bedeckt. Nachdem sie sich – im Rahmen ihrer Möglichkeiten – frisch gemacht hatte, lief sie in der Etage herum und suchte nach Hernando. Er saß auf der Terrasse und hatte einen tragbaren Computer auf dem Schoß.

»Guten Morgen, Anita. Ich hoffe, du hast gut geschlafen. Frühstück gibt es für dich etwas später. Ich recherchiere gerade, was aus der Sonnenscheibe geworden ist, die du verloren hast.«

Sie versuchte festzustellen, ob in seiner Stimme ein Vorwurf mitklang, konnte aber keinen heraushören. Trotzdem war ihr der Vorfall unangenehm.

»Sie ist nach dem Überfall im Motelzimmer gefunden worden. Glücklicherweise wurden im Zimmer keine verwertbaren DNA-

Spuren von uns gefunden. Möglicherweise hat der Qualm der Rauchgranate sie unbrauchbar gemacht. Derzeit wird das Medaillon von Historikern untersucht. Die sind ziemlich aufgeregt, nachdem sie das Alter bestimmt haben.«

Er zeigte ihr einige Meldungen, die von einer wissenschaftlichen Sensation sprachen. Nachdenklich klappte er das Notebook zu und schaute sie an.

»Im Moment erregt die Scheibe ziemlich viel Aufmerksamkeit. Raoul wird sich wohl noch etwas Zeit lassen, bis er versucht, sie in seine Gewalt zu bekommen. Zumindest hoffe ich das. Auf jeden Fall werde ich die Nachrichten hierzu weiter beobachten. Vielleicht sollte ich versuchen, ihm zuvorzukommen und die Scheibe selbst zurückholen. Wie ich Raoul kenne, wartet er aber genau darauf. Ich möchte ihm nicht schon wieder in die Falle gehen. In Sachen Heimtücke ist er eindeutig der Erfahrenere.«

Er stand auf und nahm sie bei der Hand. Sie gingen in die Küche, wo er ihr die Mundabdeckung nebst Zungenkäfig abnahm und ihr eine nahrhafte, dickflüssige und weitgehend geschmacklose Flüssigkeit verabreichte. Diese Art der Ernährung ging ihr zusehends aufs Gemüt. Immer nur irgendwelche Flüssigkeiten eingeflößt zu bekommen und dabei durch den geöffneten Mund auch noch schlecht schlucken zu können, war nicht ihre Vorstellung eines gemütlichen Essens. Mit ihrer Hilflosigkeit konnte sie sich anfreunden. Aber die Nahrungsaufnahme war eine unangenehme Quälerei. Und auch die erzwungene, dauerhafte Schweigsamkeit empfand sie als Belastung. Sie versuchte, schnell wieder auf andere Gedanken zu kommen. Schließlich fühlte sie sich bei Hernando wohl und genoss es, ihm ausgeliefert zu sein.

Als Hernando mit ihrer Fütterung fertig war, holte er einen Grünkohl aus einer Kiste. Auch ein Paar fette Brühwürstchen kramte er hervor.

»Die habe ich extra für dich aus Deutschland einfliegen lassen. Ich hoffe, du freust dich schon auf dein Lieblingsgericht.«

Schon der Gedanke an dieses Zeug verursachte ihr Übelkeit. Er wollte sie also tatsächlich für ihre freche Idee büßen lassen. Hoffentlich schmeckte der Kram püriert weniger intensiv als bei normaler Zubereitung. Sie hatte dieses Essen schon immer gehasst, wenn es bei Bekannten aus Norddeutschland auf den Tisch gekommen war. Hoffentlich ließ Hernando es bei einem Mal bewenden und quälte sie nicht regelmäßig mit diesem Fraß. Sie bereute ihre blöde Idee, dies als ihr Lieblingsessen auszugeben.

Nach Einsetzen des Zungenkäfigs und der Mundabdeckung nahm er sie an der Hand und ging mit ihr zum Aufzug. Nach kurzer Abwärtsfahrt stiegen sie in der Etage aus, die den Kerker und seine Werkstatt enthielt. Was er wohl wieder vorhatte? Sie empfand ein flaues Gefühl, das sich mit leichter Aufregung mischte. Richtige Angst hatte sie nicht. Allmählich glaubte sie, ihn zu kennen. Er würde ihr nichts wirklich Schlimmes zumuten. Wobei die Maske mit der Zeit durchaus zu einem echten Problem für sie zu werden drohte. Sie hatte schon einmal versucht, sie vorsichtig von ihrem Gesicht abzuziehen. Das hatte sich jedoch als unmöglich erwiesen. Sie saß fest, als wäre sie ein Teil von ihr. Das war sie jetzt wohl auch.

Hernando führte sie in seine Werkstatt und ließ sie auf einem Stuhl Platz nehmen. Nachdem er ihr das Kleid ausgezogen hatte, fixierte er ihre Hände am Keuschheitsgürtel. Dann verschloss er die Öffnungen über ihren Augen. Was konnte er vorhaben? Die Mundabdeckung wurde abgenommen und der Zungenkäfig entfernt. Wollte er sich von ihrem Mund verwöhnen lassen? Aber warum waren sie dafür in die Werkstatt gegangen? Sie hörte ein pfeifendes Geräusch, das sie an den Bohrer eines Zahnarztes erinnerte. So langsam stieg doch Angst in ihr hoch. Was hatte er bloß vor? Sie spürte seine Hand in ihrem Mund. Er griff nach ihrer Zunge und zog sie ein Stück heraus. Wieder hörte sie dieses Pfeifen. Er würde doch nicht mit dem Bohrer ihre Zunge verletzen? Sie ballte die Hände und wartete auf den Schmerz.

Nicht dauerhaft

Als sie die Vibrationen des Bohrers spürte, war da kein Schmerz. Hernando schien ein Loch in ihre Zahnabdeckung zu bohren. Erst in die untere Zahnreihe, dann in die obere. Der Bohrer kam dabei nicht bis an ihre echten Zähne. Ihre Zunge schob Hernando immer vom Bohrer weg. Ein stechender Geruch drang in ihre Nase. Etwas wurde auf ihre Zahnreihen geträufelt. Dann passierte eine Weile gar nichts. Noch immer hielt Hernando ihre Zunge fest. Er setzte etwas an der Maske an und die Konstruktion in ihrem Mund, die ihn offenhielt, begann sich zu verschieben. Wieder hörte sie ein pfeifendes Geräusch, diesmal allerdings in viel höherer Frequenz. Die Maske vibrierte und ihr Gesicht juckte unerträglich. Mit einem schmatzenden Geräusch löste sich die Maske. Endlich ließ Hernando ihre Zunge los und zog die Konstruktion aus ihrem Mund zusammen mit der Maske von ihr weg. Sie blinzelte ihn an. Den Mund konnte sie noch immer nicht schließen. Ihre Kiefermuskeln wollten ihr nicht gehorchen. Die Zahnschiene ihres Oberkiefers löste sich und fiel in ihren Mund. Hernando nahm sie heraus und löste auch die andere Schiene von ihren Zähnen. Kraftvoll massierte er ihre Kiefermuskeln und drückte ihr langsam den Mund zu. Allmählich bekam Anita die Kontrolle über diese Muskeln zurück.

»Ich dachte«, sagte sie zunächst noch undeutlich, »die Maske wäre für immer auf meinem Gesicht.«

»Ich weiß. Das solltest du auch denken. Eine besonders gute Idee wäre das allerdings nicht gewesen. Oder würdest du lieber dauerhaft auf normales Essen und aufs Reden verzichten?«

Sie schüttelte den Kopf. Das Sprechen war noch anstrengend, auch wenn sie froh darüber war, es überhaupt wieder zu können.

»Das meinte ich gestern, als ich dir sagte, dass man sich vorher über die Konsequenzen Gedanken machen muss, wenn man eine Fantasie realisieren will.«

Er musterte sie aufmerksam. Dann nahm er ihr Gesicht in seine Hände und massierte es sanft.

»Du hattest gestern überlegt, ob ich die Männer nicht gefangen halten sollte. Genau genommen gingen deine Gedanken sogar noch weiter, nicht wahr?«

Sie schaute ihn unsicher an. Ob er Verständnis dafür hätte, dass sie daran gedacht hatte, einen der Männer als ihren Sklaven zu halten? Oder war es für ihn undenkbar, sie mit einem anderen Mann zu teilen, auch wenn er in der Hierarchie der Beziehung klar an erster und oberster Stelle stand?

»Du darfst mir ruhig antworten.«

»Ja, das hatte ich mir überlegt.«

»Und du hattest dir noch etwas mehr dazu überlegt, richtig?«

Sie hatte das Gefühl, ihr Gesicht stünde in Flammen. Wortlos nickte sie.

»Du brauchst dich dafür nicht zu schämen. Was du dir allerdings überlegen solltest, ist folgendes: Du hättest die Gefangenen nie wieder frei lassen können. Weder, wenn sie dir langweilig geworden wären, noch wenn du Mitleid mit ihnen gehabt hättest. Findest du, dass sie lebenslange Gefangenschaft verdient hatten? Selbst, wenn du sie die ganze Zeit gut behandelt hättest?«

Sie schaute auf den Boden.

»Nein, das hätten sie nicht. Und ich fürchte, ich wäre zeitweise auch ziemlich gemein zu ihnen gewesen.«

»Gibt es deiner Meinung nach einen Unterschied zu dem, was ich mit dir mache?«

»Auf jeden Fall!«, antwortete sie ohne zu überlegen, »Mir gefällt, was du mit mir machst. Ich möchte es sogar.«

»So sehe ich das auch. Sollten wir also später einmal einen Sklaven für dich suchen, muss er das entweder selbst wollen oder er muss es tatsächlich verdient haben. Und selbst dann wirst du dir überlegen müssen, wie weit du gehst.«

»Er muss es verdient haben? Du meinst, so wie Dr. Jones?«

»Der hat keine menschliche Zuwendung verdient, nicht einmal eine grausame. Du hast Glück gehabt. Seine anderen Opfer nicht. Ich bezweifle, dass eines seiner Opfer ihm je vergeben würde.«

Er schüttelte sich, als könne er so die Eindrücke loswerden, die er aus Dr. Jones' Erinnerung übernommen hatte.

»Nein, an ihn dachte ich nicht. Aber im Prinzip hast du mich schon verstanden. Im Moment ist das allerdings Theorie. Abgesehen davon, dass ich zuerst entscheiden muss, wie viele Freiheiten ich dir überhaupt gebe. Schließlich bist du zuallererst meine Sklavin.«

»Ja, mein Gebieter«, antwortete sie mit frechem Grinsen.

»Dich juckt wohl das Fell. Mir soll es recht sein. Es wird ohnehin Zeit, dich mal mit der Einrichtung des Zimmers vertraut zu machen, das an deines angrenzt.«

Mit diesen Worten packte er sie an den Haaren und zog sie zum Aufzug. In der richtigen Etage ging er mit ihr in das Zimmer mit den Käfigen, Prangern und Strafböcken. Seine Hand in ihren Haaren sorgte die ganze Zeit dafür, dass sie sich etwas verbiegen musste und nicht aufrecht gehen konnte.

»Dann suchen wir mal ein passendes Möbel für dich. Nicht zu bequem, aber dafür mit vielen Möglichkeiten.«

Er ging mit ihr zu einem Stahlpranger. Noch immer ihre Haare fest im Griff zwang er sie in eine gebückte Haltung. Ihr Hals kam in einer aufgeklappten Stahlröhre zu liegen, die er schloss und verriegelte. Die Röhre war so lang, dass Anita den Oberkörper kaum mehr bewegen konnte. Von der Halsmanschette, die auf einem stabilen Stahlträger festgeschweißt war, ging ein Stahlrohr zwischen ihren Brüsten bis zum Becken, wo es an der Spitze zweier zum Boden reichender Rohre befestigt war. Auf halber

Höhe hatte jedes dieser Standbeine eine kleine Plattform, die gerade genug Platz bot, um einen Fuß darauf zu stellen. Knapp darüber war jeweils eine weitere Metallschelle angebracht. Hernando hob Anitas linken Fuß außen am linken Standbein vorbei und stellte ihn auf die Plattform. Die Fußschelle schloss er um ihren Knöchel. Nachdem er das auch mit ihrem anderen Fuß gemacht hatte, lag sie mit angewinkelten, leicht gespreizten Beinen auf dem Rohr zur Halsmanschette. Mit einem Lederriemen, den Hernando um ihre Taille und das Rohr schlang und festzurrte, verhinderte er, dass sie ihre Hüfte vom Mittelrohr abheben konnte. Der Oberkörper war schon durch die Halsmanschette auf dem Gestell fixiert. Ihr blieb nichts anderes übrig, als auf dem Gestell liegend ihren Hintern herauszustrecken.

Hernando strich über ihren Po, der vom Keuschheitsgürtel weitgehend unbedeckt blieb. Durch die Öffnung im Schrittband des Gürtels schob er ihr eine Art Zäpfchen in den Hintern und startete mit seiner Fernsteuerung den Vibrator, der die ganze Zeit ihre Klitoris berührte. Anita stöhnte auf, woraufhin er den Vibrator so weit herunterregelte, dass sie nur noch ein leichtes Kitzeln wahrnahm. Von dem Zäpfchen in ihrem Hintern breitete sich ein tiefes Brennen aus. Nicht wirklich unangenehm, eher wärmend und prickelnd.

»Was ist das?«, wollte sie von ihm wissen.

»Ein altes Hausmittel in etwas modernerer Darreichungsform. Das Zäpfchen enthält vorwiegend Ingwer. Das fördert die Durchblutung und stimuliert das sexuelle Verlangen. Die Wirkung wird gleich auch auf den Rest deines Unterleibs ausstrahlen.«

Er kam zu ihr nach vorne und spielte an ihren Brüsten. Sie spürte, wie diese Kombination aus Ingwer-Zäpfchen, dem Vibrator und Hernandos Händen wieder einmal eine geradezu unbändige Gier in ihr auslöste. Als er sich zum Gehen wandte, stieß sie einen enttäuschten Schrei aus.

»Du kannst mich doch jetzt nicht einfach so hier liegen lassen«, schimpfte sie entrüstet.

»Da hast du natürlich recht«, antwortete er grinsend.

Er nahm einen großen Knebel zur Hand und hielt ihn vor ihr Gesicht. Trotzig presste sie die Lippen zusammen, woraufhin er ihr mit einer Hand die Nase zuhielt und mit der anderen den Knebel auf ihren Mund presste. Schließlich öffnete sie den Mund und nahm den Knebel auf, den er mit einem Lederriemen hinter ihrem Kopf fixierte.

»Das will ich nicht wieder erleben«, sagte er ihr leise ins Ohr, »dass du ungehorsam bist. Wenn ich mit einem Knebel komme, öffnest du deinen Mund. Andernfalls stecke ich dich für ziemlich lange in die Maske, damit dieses Problem gar nicht erst wieder auftritt. Hast du mich verstanden?«

Im Rahmen ihrer begrenzten Bewegungsfreiheit nickte sie. So streng hatte sie ihn bisher nicht erlebt. Andererseits erregte es sie, wie er mit ihr umging. Da er ihr gegenüber bisher nie eine leere Drohung ausgesprochen hatte, nahm sie sich vor, es lieber nicht darauf ankommen zu lassen. Sie hatte ja schon festgestellt, dass die Maske bei längerer Tragezeit recht unangenehm werden konnte.

»Gut«, sagte er, »dann kannst du dir schon mal ausmalen, wie ich dich wohl für deinen Ungehorsam bestrafen werde.«

Mit diesen Worten verließ er den Raum. Der Vibrator reizte weiterhin ihren Kitzler und auch der Ingwer in ihrem Hintern stimulierte sie unbarmherzig weiter. Hernandos Verhalten und ihre hilflose Situation taten ein Übriges. Sie stöhnte vor Verlangen in den Knebel. Obwohl sie keine Idee hatte, wie er sie bestrafen wollte, hoffte sie darauf, dass er bald damit anfing. Das würde sie vielleicht von ihrer aussichtslosen Gier ablenken. Oder war diese schon die Strafe, die er ihr zugedacht hatte? Mehr und mehr zerfaserten ihre Gedanken. Ihre Geilheit ließ sie zittern. Wo blieb Hernando bloß?

Als sie seine Hände wieder an ihrer Brust spürte, erschrak sie fast, so sehr war sie mit ihrer Lust beschäftigt. Plötzlich spürte sie einen brennenden Schmerz auf ihrem Hintern. Sie bäumte sich auf, soweit das Gestell es zuließ. Dann strich etwas sanft ihre Pobacken entlang. Hernandos linke Hand massierte ihre Brust immer fordernder. Ein Pfeifen, gefolgt von leisem Klatschen leitete erneut einen brennenden Schmerz an ihrer Rückseite ein.

»Ich hoffe, du magst die Gerte. Du wirst sie nämlich häufiger zu spüren bekommen.«

Er ließ ihre Brust los und trat aus ihrem Gesichtskreis. Pfeifend und klatschend landete die Gerte immer wieder auf ihrem Hintern. Sie spürte deutlich den Schmerz, der ihr Tränen in die Augen trieb. Gleichzeitig vermischte sich dieser Schmerz mit ihrer Lust und stachelte diese sogar noch an. Mit jedem Schlag nahm sie den folgenden Schmerz lieber an. Schließlich fieberte sie den nächsten Schlägen entgegen. Es scherte sie nicht, wie ihr Hintern später aussehen würde. Sie trieb in einem Meer von Lust und Verlangen. Für mehr war kein Platz in ihrem Denken.

Als er schließlich aufhörte, die Gerte auf ihrem Hintern tanzen zu lassen, stöhnte sie enttäuscht in den Knebel. Ihre Backen schienen zu glühen. Einen Moment später fühlte sie, wie er ihr Poloch mit etwas einrieb. Dann spürte sie dort das Eindringen seines Glieds. Auch das heizte ihr Verlangen weiter an. Mit beiden Händen griff er in ihre Brüste, während sein Becken rhythmisch gegen ihren geschundenen Hintern stieß und sein Phallus ihren Darmausgang reizte. Sie wünschte sich, er hätte einen anderen ›Eingang‹ gewählt, bei dem sie größere Aussichten auf einen krönenden Höhepunkt hätte. Aber auch so genoss sie seine Behandlung. Ihre Gedanken kreisten nur noch um die Empfindungen ihres Körpers. Sie verlor jedes Zeitgefühl und gab sich ganz den Eindrücken hin, die auf sie einstürmten. Vor Lust und Gier schrie sie in den Knebel und bäumte sich gegen ihre Fesseln auf. Hernandos

Orgasmus bekam sie nicht mit, nur die Enttäuschung ihres aufgeheizten Körpers, als er keine weitere Zuwendung mehr bekam. Auch der Vibrator verstummte. Nur das aussichtslose, fordernde Brennen in ihrem Unterleib wollte nicht aufhören.

Hernando befreite die zitternde und völlig verkrampfte Anita aus den Fixierungen und führte sie in ihr angrenzendes Zimmer. Auch den Knebel nahm er ihr ab. Nur ihre Hände blieben am Gürtel befestigt, als er sie aufs Bett legte. Ihr Atem ging rasselnd. Nur ganz langsam entspannte sie sich. Sie schaute ihn gequält an, wissend, dass er ihr jetzt keinen Orgasmus erlauben würde. Ihr blieb nichts anderes übrig, als langsam und unbefriedigt aus der Erregung herauszugleiten. Das Brennen ihres Hinterns half ihr dabei kein bisschen. Es rief im Gegenteil das Hochgefühl in Erinnerung, das sie zum Schluss bei seinen Schlägen empfunden hatte. Das hätte sie sich auch nie vorstellen können. Mit einem lauten Seufzen schloss sie die Augen und ergab sich der Mischung aus abklingender Lust und aufkommender Frustration. Schließlich wollte sie es ja so haben.

Herausforderungen

Sie wusste nicht, wie lange es gedauert hatte, aber schließlich war ihre Erregung und mit ihr auch die Frustration wieder weitgehend verschwunden. Eine gewisse Spannung blieb, war aber nicht unangenehm. Viel unternehmen konnte sie mit den immer noch am Keuschheitsgürtel fixierten Handgelenken nicht. Sie überlegte, wie viele Stockwerke es wohl hier geben mochte. Bisher hatte sie drei – nein vier – kennengelernt. Die Höhle mit der Anlegestelle, die Ebene mit dem Kerker und der Werkstatt, diese Etage hier und die Aussichtsplattform. Erst jetzt fiel ihr auf, dass der Aufzug nicht wie üblich Knöpfe hatte. Wie teilte man ihm mit, wohin man wollte? Sie nahm sich vor, nächstes Mal genauer aufzupassen, wenn Hernando mit ihr in ein anderes Stockwerk fuhr. Wo er jetzt wohl war und was er machte? Hoffentlich dachte er sich nicht die nächste Gemeinheit für sie aus. Obwohl – wenn er es nicht täte, wäre sie auch enttäuscht. Sie beschloss, zur Terrasse zu laufen. Vielleicht sollte sie auch einen kleinen Inselspaziergang machen.

Schwungvoll erhob sie sich vom Bett – und blieb dann abrupt wieder stehen. Das Rasseln der Kette und der leichte Zug an ihrem Hals machten ihr klar, dass sie das Zimmer ohne Hernandos Erlaubnis nicht verlassen konnte. Ihr war gar nicht aufgefallen, dass er ihr den Halsreif umgelegt hatte. Aber sie war vorhin auch genug mit sich selbst beschäftigt gewesen. Na ja, dann fiel der Spaziergang eben aus. Sie setzte sich wieder aufs Bett und spürte sofort ihren brennenden Hintern. Wahrscheinlich war er feuerrot. Sie grinste bei dem Gedanken. Was für ein verrücktes Leben. Und sie genoss es.

Hernando kam mit ihrem Kleid über dem Arm ins Zimmer.

»Das hattest du in der Werkstatt liegen gelassen.«

Als er sie an den Haaren ins Nachbarzimmer schleifte, hätte sie es schlecht mitnehmen können. Anita entschloss sich, nicht auf seine Bemerkung einzugehen.

»Ich würde es ja in den Schrank räumen, aber solange meine Hände gefesselt sind ...«

Er löste die Armreifen vom Keuschheitsgürtel und drückte ihr das Kleid in die Hand. Als sie sich umdrehte, um es wegzuräumen, gab er ihr einen kräftigen Klaps auf den Hintern.

»Au!«, entfuhr es ihr laut.

Ihr geschundener Hintern reagierte ziemlich empfindlich. Aber das wusste er natürlich, wie sie an seinem breiten Grinsen ablesen konnte. Überhaupt strahlte er förmlich vor guter Laune. Sie fragte sich, ob das ein gutes oder ein schlechtes Zeichen war.

»Du hast doch sicher bald wieder Hunger. Zumal du heute Morgen ja nur Flüssignahrung bekommen hattest.«

Ihr schwante bereits Übles.

»Das ist doch eine gute Gelegenheit, dein Lieblingsessen zu kochen«, fuhr er gut gelaunt fort. »Schließlich soll der Grünkohl ja nicht schlecht werden.«

Sie hatte es geahnt. Dieser Mistkerl machte seine Drohung wahr und zwang sie, diesen Fraß zu essen, den sie in einem Anfall von Übermut als ihre Lieblingsspeise angegeben hatte. Er nahm ihr den Halsreif ab und ging mit ihr in die Küche.

»Ich denke, es ist nur fair, wenn du dir dein Essen selbst kochst. Schließlich musst du es hinterher auch auslöffeln.«

Jetzt sollte sie das Zeug auch noch selbst zubereiten! Sie kam sich vor, wie ein Delinquent, der gezwungen wurde, vor der Erschießung noch sein eigenes Grab auszuheben. Na gut, ganz so dramatisch war es natürlich nicht. Aber es war eine weitere Demütigung. Sie fragte sich, ob sie ihn dafür hassen oder lieben sollte.

Lustlos fing sie an, den Grünkohl zu säubern. Der Gedanke an den grünen Matsch, der hinterher herauskommen würde, spornte sie nicht gerade an.

»Nur um kein Missverständnis aufkommen zu lassen: Du wirst deinen Grünkohl nebst Brühwürstchen in jedem Fall essen, auch wenn dir das Gericht misslingen sollte. Und du wirst die ganze Portion aufessen. Pass also lieber auf, dass du das Gericht nicht ›versehentlich‹ ungenießbar zubereitest.«

Sie warf ihm einen finsteren Blick zu, sagte aber nichts. Statt dessen passte sie tatsächlich auf, sich die bevorstehende Mahlzeit nicht noch schlimmer zu gestalten, als das ohnehin der Fall sein würde. Der Kohl entfaltete bereits seinen unangenehmen Geruch.

»Riecht ziemlich streng«, meinte er naserümpfend.

»Ach ja?«

»Da fällt mir ein, ich habe in den Niederlanden mal ein Gericht gesehen, das deiner Lieblingsspeise ziemlich ähnlich ist. Stamppot hieß es, wenn ich mich richtig erinnere. Das war auch so eine grüne Pampe, in die noch Kartoffeln oder Kartoffelpüree hineingematscht wurde. Das wäre doch sicher auch was für dich.«

Sie warf ihm einen giftigen Blick zu und kümmerte sich weiter um ihr Essen.

Er lachte laut.

Schließlich hatte sie ihre Mahlzeit fertig.

»Möchtest du auch etwas abhaben?«, fragte sie ihn mit säuerlichem Gesicht.

»Nein, lass mal. Ich möchte dir doch nichts von deiner Leibspeise wegessen.«

Sie stellte den Teller mit der grünen Pampe und den fettigen Würstchen vor sich auf den Tisch. Ihr Magen zog sich zusammen. Lustlos griff sie zum Besteck.

»Guten Appetit.«

»Herzlichen Dank«, antwortete sie mit unüberhörbarem Sarkasmus. »Darf ich den Fraß wenigstens wieder auskotzen, nachdem ich ihn heruntergewürgt habe?«

»Wenn er dir beim ›Rückwärtsessen‹ besser schmeckt, kannst du das gerne machen.«

Sein Grinsen schien von einem Ohr bis zum anderen zu reichen.

Sie nahm eine erste Gabel voll und versuchte, beim Essen nicht durch die Nase zu atmen, damit sie den Geschmack nicht in voller Intensität mitbekam. Lange konnte sie das allerdings nicht durchhalten. Zu jedem Bissen musste sie sich zwingen.

»Findest du diese Strafe nicht ziemlich grausam? So verwerflich war mein Übermut ja schließlich auch nicht.«

»Du meinst, das sei ungerecht? Dann hast du etwas falsch verstanden. Ich behandle dich nicht gerecht, sondern rein willkürlich. Du darfst gerne Ideen beisteuern, wie die mit diesem Essen. Aber auch wenn du völlig brav und folgsam bist, werde ich mir kleine Gemeinheiten für dich ausdenken. Oder auch mal größere. Du wärst schließlich enttäuscht, wenn ich es nicht täte. Du brauchst dir also keine Schuld für die Behandlung zu geben. Allenfalls dafür, dass du eine Idee beigesteuert hast.«

Sie schaute ihn verwirrt an. Machte er sich über sie lustig? Oder war das ernst gemeint? Er hatte tatsächlich recht, sie wäre enttäuscht, wenn er anders mit ihr umgehen würde. Es war ihr nur nicht bewusst gewesen. So gesehen tat er ihr gerade einen Gefallen, indem er sie zwang, dieses Zeug zu essen. Was für eine verrückte Situation.

Plötzlich konnte sie dem widerlichen Essen etwas Gutes abgewinnen. Es schmeckte ihr zwar noch immer nicht, aber es war jetzt Teil des Spiels zwischen ihnen. Sie seufzte und schlang den Rest des Essens möglichst schnell herunter. Als sie es geschafft hatte, schaute sie ihn triumphierend an. Er kam zu ihr herüber und strich ihr durch die Haare. Allein für diese Geste hatte es sich gelohnt. Sie fühlte sich gut.

»Ich werde einfach nicht schlau aus dir. In einem Moment bist du ein fieser Mistkerl, im nächsten einfühlsam und zärtlich.«

»Es wäre enttäuschend für mich, wenn du mich nach wenigen Tagen durchschauen könntest. Schließlich habe ich zweitausendzweihundert Jahre gebraucht, um das zu werden, was ich jetzt bin.«

Beide lachten.

»Abgesehen davon ist es kein Widerspruch, wenn ich zeitweise fies zu dir bin, obwohl ich dich liebe. Schließlich gefällt es dir ja, wie ich dich behandle. Ich tue dir also sogar einen Gefallen. Und das mache ich doch gerne.«

Natürlich hatte er recht, auch wenn es mit Sicherheit kein Opfer für ihn bedeutete, sie zu piesacken. Sein entwaffnendes Lächeln steckte auch sie an.

»Ich habe den Eindruck, du hast heute besonders gute Laune. Daran ist doch sicher nicht nur meine ›schmackhafte‹ Mahlzeit schuld. Ach ja, wenn es dir nichts ausmacht, möchte ich gerne mein Lieblingsessen wechseln. Ab sofort ist es Filetsteak mit Kartoffelecken.«

Er grinste.

»Na gut, ich werde versuchen, mir neue Gemeinheiten für dich auszudenken.«

Sein Gesicht nahm einen spitzbübischen Ausdruck an.

»Du hast übrigens recht, meine gute Laune hat nicht nur mit dir zu tun, obwohl du heute schon mehr als einmal dazu beigetragen hast. Als ich vorhin an deiner nächsten Maske gearbeitet habe, bin ich auf etwas Interessantes gestoßen.«

»Nächste Maske?«, fragte sie mit einer Mischung aus Erregung und Unbehagen.

»Die aktuelle Maske ist nicht schlecht, aber auf Dauer ist sie leider nicht tragbar, wie du ja bereits festgestellt hast. Ein paar Wochen kann ich sie dir schon am Stück zumuten, auch wenn dir das ziemlich lange vorkommen wird – aber nicht für immer.«

»Ich fürchte, das ist keine Frage des Modells. Ich möchte auch mit dir reden können, möchte, dass du meinen Gesichtsausdruck siehst. Und normal essen möchte ich natürlich auch.«

»Das ist mir schon klar. Das nächste Modell ist auch schon von der Idee her anders. Wenn ich deine Kiefermuskeln und deine Augenlider direkt beeinflussen könnte, hätte ich die gleiche Kontrolle über dich, wie mit der Maske. Der Ansatzpunkt sind die Nerven, die die Muskeln steuern. Ich könnte deinen Mund über eine Fernsteuerung öffnen oder schließen, wie ich es möchte. Genau wie die Augen. Und wenn ich die Muskeln nicht kontrolliere, kannst du alles machen, was du jetzt auch kannst.«

»Wie soll so etwas gehen? Dazu müsstest du an mir herumoperieren.«

Ihr Unbehagen war offensichtlich.

»Ich habe doch bei der aktuellen Maske mit Nanoteilchen gearbeitet. Der nächste Schritt ist, kleine Nano-Roboter zu entwickeln, die ohne sichtbare Verletzungen in deine Haut eindringen und sich an den richtigen Stellen in die Nervenbahnen einklinken.«

»Das klingt ziemlich nach Science-Fiction.«

»Das ist es im Moment auch noch. Die Grundlagen sind zwar bereits erforscht, bei der praktischen Anwendung gibt es allerdings noch etliche Probleme.«

»Hast du ein Ingenieurstudium absolviert?«

»Nicht nur eins. Mit irgendetwas muss man sein Leben ja verbringen. Und da ich nicht wie Raoul nach der Weltherrschaft strebe, konzentriere ich mich lieber darauf, meinen Horizont zu erweitern. Die Wissenschaft hat in den letzten tausend Jahren erstaunliche Fortschritte gemacht. Und da ich die Zeit habe, mich in viele Themen einzuarbeiten, sehe ich auch viele fachübergreifende Möglichkeiten, die Menschen mit einer normalen Lebensspanne verborgen bleiben. Aber um auf deinen Einwand mit der Science-Fiction zurückzukommen: Es wird wahrscheinlich noch zehn oder zwanzig Jahre dauern, bis sich meine Idee ohne Risiko für dich realisieren lässt.«

»Dann bin ich ja schon eine alte Frau!«

»Das finde ich nicht. In zehn oder zwanzig Jahren bist du von der Lebenserfahrung her sicher reifer, aber doch nicht alt. Abgesehen davon werde ich ein körperliches Altern bei dir so wenig zulassen, wie bei mir. Diesen Körper habe ich jetzt seit etwa drei-hundertfünfzig Jahren. Eines natürlichen Todes bin ich – oder genauer: ist mein Körper – noch nie gestorben. Und allmählich gelingt es mir auch immer besser, gewaltsamen Toden zu entgehen. Stelle dich also auf eine ziemlich lange Zeit mit mir ein.«

»Wow!«

Diese Neuigkeit musste sie erst einmal verkraften. Nicht, dass ihr die Vorstellung unangenehm war. Aber man bekam nicht jeden Tag erklärt, dass man bei ewiger Jugend unsterblich ist.

»Du sagtest vorhin, dass du etwas Interessantes herausgefunden hättest.«

»Stimmt. Die Nanoteilchen der Maske hatte ich durch bestimmte Frequenzen aktiviert bzw. deaktiviert. Damit habe ich eine Möglichkeit entdeckt, den Alien sicher einzusperren oder notfalls auch zu töten. Zusammen mit einer Art Falle für den Geist oder die Seele des Aliens habe ich damit ein Druckmittel, dieses Wesen für immer von der Erde zu verjagen. Entweder es geht freiwillig oder stirbt. Damit bin ich Raoul endlich einen Schritt voraus. Selbst wenn er den Alien befreit, kann ich verhindern, dass es zu einer Katastrophe kommt.«

»Dann musst du jetzt sicher weiterforschen, nehme ich an.«

Ein bisschen enttäuscht war Anita schon, dass jetzt nicht mehr sie die höchste Priorität hatte. Aber natürlich war es wichtiger, die Welt zu retten, als sie mit kleinen Gemeinheiten zu piesacken und zu erregen.

»Nachdem ich das Prinzip verstanden hatte, war es ganz einfach. Einen Prototyp habe ich schon fertig. Eine Kleinserie der Geräte ist bereits beauftragt. Während der Wartezeit kann ich mich also ganz dir widmen.«

Er stand auf.

»Jetzt lass uns erst einmal die Etage durchlüften, damit der penetrante Geruch deiner Mahlzeit wieder verschwindet. Danach kann ich mir ja auch etwas zu essen machen. Auf Rindfleischstreifen nach Sezuan-Art mit Cashew-Nüssen und Basmatireis hätte ich Appetit.«

Anita lief das Wasser im Mund zusammen, auch wenn ihr nach ihrer ›Mahlzeit‹ einfach nur schlecht war. Beim Gedanken ans Essen stieß ihr der Grünkohl auf und sie verzog gequält das Gesicht. Hernando bemerkte es und prustete laut los. Sie schenkte ihm einen giftigen Blick, musste dann aber selbst lachen.

Geschenkt

Interessantes und Erregendes

Einige Tage später saß Anita auf der Veranda und trank einen frisch gepressten Orangensaft. Sie hörte ein entferntes Grollen und kurz darauf ein immer lauter werdendes Rauschen. Hoffentlich waren das keine neuen Eindringlinge. Dann wäre gleich wieder die ganze Insel vernebelt. Als sie nach oben schaute, sah sie eine Kiste an einem kleinen Fallschirm näherkommen. Sie war allerdings so schnell, dass sie bestimmt am Boden zerschellen würde. Im letzten Moment öffnete sich ein größerer Fallschirm und bremste den Sturz deutlich ab. Trotzdem gab es einen heftigen Schlag, als die Kiste unweit der Terrasse auf den Boden schlug.

»Da ist ja meine Lieferung«, sagte Hernando, als er nach draußen trat.

»Du hast doch hoffentlich nicht wieder Grünkohl einfliegen lassen.«

»Nein«, lachte er, »das sind elektronische Bauteile – gut verpackt, wie ich hoffe. Damit werde ich erst einmal eine Runde basteln gehen.«

Er schnappte sich die Kiste, raffte den Fallschirm zusammen und verschwand in Richtung seiner Werkstatt. Anita schaute ihm noch einen Moment nach. Die letzten Tage waren aufregend, aber auch ziemlich anstrengend für sie gewesen. Es war kein Tag vergangen, an dem Hernando sich nicht eine neue Herausforderung oder Gemeinheit für sie ausgedacht hatte. Wehmütig erinnerte sie sich an ihren letzten, aufwühlenden Orgasmus, der schon mehrere Tage zurücklag. Hernando ließ sich zwar täglich von ihr verwöhnen, manchmal sogar mehrmals, doch sie erhielt stets nur heftige Stimulation und keinen Höhepunkt. Von Tag zu Tag wurde ihr Verlangen nach einem erlösenden Abschluss größer.

Sie hatte das Gefühl, noch nie so intensiv gelebt zu haben. Ob er heute auch wieder etwas für sie ausgedacht hatte? Oder war er jetzt erst einmal mit seiner Elektronik beschäftigt? Fast wurde sie neidisch auf die Technik, die jetzt seine Aufmerksamkeit bekam. Andererseits würde ihr eine kleine Erholungspause sicher gut tun. Ob er die Lieferung für seine Waffe gegen den Alien brauchte? Daran dachte sie mit gemischten Gefühlen. Einerseits hing die Gefahr, dass Raoul in seiner Machtgier den Alien frei ließ, wie ein Damoklesschwert über ihnen. Andererseits war Hernandos Vorhaben alles andere als ungefährlich, soweit sie es verstanden hatte. Hoffentlich nahm er sie mit. Nicht, dass sie glaubte, ihn dabei unterstützen zu können. Aber alleine hier herumzusitzen und zu hoffen, dass er heil wieder zu ihr zurückkäme, wäre ihr ebenfalls zu nervenaufreibend. Sie griff zu dem Buch, das seinerzeit der Grünkohl-Lieferung beigelegen hatte. Ein Mystery-Thriller. Sie lachte. So etwas hatte sie hier doch in echt. Damit konnte sich keine erfundene Geschichte messen. Vielleicht sollte sie selbst einmal einen Mystery-Thriller schreiben. Erlebt hatte sie dafür genug. Aber eine Geschichte, in der sie nur ihre ganz realen Erlebnisse schilderte, würde wohl völlig unglaubwürdig klingen, dachte sie schmunzelnd.

Nachdem sie ein Kapitel in ihrem Buch gelesen hatte, wurde es ihr langweilig. Sie ging in die Wohnetage, um sich einen weiteren Orangensaft zu pressen. Im Flur blieb sie vor einer Gruppe seltsamer Bilder stehen. Bisher hatte sie diese Bilder für abstrakte Kunst gehalten. Aber heute schienen es ihr Luftaufnahmen von bestimmten Strukturen am Boden zu sein. Neben abstrakten Linien konnte man mit etwas Fantasie auch Tiere entdecken. Wenn das wirklich eine aus großer Höhe aufgenommene Fotografie war, mussten diese Strukturen gigantisch sein.

»Die Ebene von Nazca«, riss Hernando sie aus ihren Überlegungen.

»Nazca?«

»So heißt die Gegend und die nahegelegene Stadt.«

»Und was ist das da?«

Sie deutete auf die Linien. Hernando setzte ein verschmitztes Lächeln auf.

»Darüber rätseln die Wissenschaftler schon lange. Es sind Zeichnungen, die in den Boden geritzt sind. Was den Archäologen zu schaffen macht, ist die Tatsache, dass man diese Darstellungen nur aus sehr großer Höhe überhaupt erkennen kann und dass sie aus einer Zeit stammen, in der sich kein Mensch so hoch erheben konnte. Natürlichen Ursprungs sind sie nicht. Das wäre bei einigen der gegenständlichen Figuren auch mehr als unwahrscheinlich. Die Bilder müssen folglich von Menschen in den Boden geritzt worden sein. Nur wofür? Ein Autor populärwissenschaftlicher Spekulationen meinte sogar, dass außerirdische Besucher für die Strukturen verantwortlich wären. Die Wissenschaftler halten ihn grob gesagt für einen Spinner. Laut vorherrschenden, wissenschaftlichen Theorien gehen die Forscher davon aus, dass die Zeichnungen religiöse Bedeutungen haben. Mit anderen Worten, sie wissen es auch nicht.«

»So wie du grinst, scheinst du es besser zu wissen.«

»Stimmt. Der vermeintliche ›Spinner‹ liegt recht nahe an der Wahrheit. Der Alien, der unter der Sonnenpyramide gefangen ist, hatte einige der Linien in den Boden geritzt, um Artgenossen mitzuteilen, dass es hier ›schmackhafte Wesen‹ gibt, sich ein Besuch also lohnt. Das war schon vor meiner Geburt. Als ich nach meinem Kontakt mit ihm davon erfuhr, machte ich mich auf die Reise zu diesem Ort. Allerdings erst viele Jahre später, nachdem wir den Alien sicher eingesperrt hatten. Eigentlich wollte ich dieses planetare Hinweisschild zerstören. Das wäre aber eine ziemlich aufwendige Arbeit geworden. Deshalb änderte ich nur die Bedeutung und überredete die dortigen Bewohner mit pseudo-religiösem Geschwätz dazu, weitere Symbole in den Boden zu ritzen, damit meine Änderungen nicht auffielen. Sie machten dann noch eine ganze Weile weiter. Das mit den religiösen Gründen stimmt also auch irgendwie.«

»Und welche Bedeutung haben die Bilder jetzt, nachdem du sie geändert hast?«

»Jetzt steht da für Artgenossen des Aliens, dass es richtig gefährliche Wesen auf diesem Planeten gibt und man besser Abstand halten sollte. Die meisten der gegenständlichen Bilder haben für die Aliens keine Bedeutung. Einige der abstrakten Linien dazwischen enthalten die entscheidende Botschaft.«

»Das heißt, außer Raoul und dir kennt niemand den wahren Hintergrund?«

»Nicht einmal Raoul kennt ihn. Außer uns beiden weiß nur der Alien Bescheid, da er ja noch immer mit mir verbunden ist. Es hat ihn amüsiert, was ich gemacht habe. Er meinte, dass er dadurch die ›Weidegründe‹ dieses Planeten für sich alleine habe. Er sei zwar zur Kennzeichnung verpflichtet, nicht aber dazu, diese zu erneuern, wenn sie verfälscht oder zerstört würde.«

»Irgendwie schade, dass du niemandem davon erzählen kannst.«

»Es würde doch ohnehin niemand glauben. Außerdem habe ich mich daran gewöhnt, Wissen geheim zu halten, das mehr Schaden als Nutzen verursachen würde.«

»Es gibt also noch mehr solche Geheimnisse?«

»Natürlich.«

»Welche denn noch?«

Hernando schaute sie verschwörerisch an.

»Kannst du schweigen?«

»Ja.«

»Ich auch.«

»Ich wusste, dass du das sagen würdest.«

»Ein Geheimnis ist nur dann ein Geheimnis, wenn es höchstens einer Person bekannt ist. Bei den Nazca-Linien ist das nicht so tragisch, da ohnehin niemand die Wahrheit glauben würde, solange der Alien nicht entdeckt wird. Und um den Alien werden wir uns noch heute kümmern. Ich habe erfahren, dass die Sonnenscheibe morgen in ein Museum gebracht werden soll. Raoul wird bestimmt diese Gelegenheit nutzen, sie zu stehlen. Es ist also höchste Zeit, etwas zu unternehmen.«

»Dann nimmst du mich mit?«, fragte sie hoffnungsvoll.

»Auf jeden Fall. Zieh dir ein paar bequeme Sachen an.«

»Wenn ich es mir recht überlege«, fügte er nach einer kleinen Pause hinzu, »kannst du mit dem Anziehen auch ruhig noch etwas warten. Wir werden wieder mit dem Stealth-Flugzeug unterwegs sein, haben also noch Zeit, bis es dunkel wird. Und es wäre doch Verschwendung, diese Zeit zu vergeuden. Komm gleich mal mit ins Spielzimmer.«

Damit meinte er natürlich das Zimmer neben ihrem, in dem die Pranger und Käfige standen. Sie war gespannt, was er diesmal mit ihr vorhatte.

Zu ihrer Überraschung gingen sie zunächst in ihr Zimmer. Dort öffnete er als erstes ihren Keuschheitsgürtel. Nicht nur die Abdeckung des Schambereichs, sondern die gesamte Konstruktion. Dann betraten sie gemeinsam ihr Badezimmer, das auch eine durchsichtige Duschkabine hatte.

»Du reinigst jetzt unter der Dusche den Keuschheitsgürtel und auch dich selbst. Ich passe auf, dass die Reinlichkeit dabei nicht zu lustvoll für dich wird. Notfalls gibt es eine eiskalte Dusche.«

Anita betrat völlig nackt, wie sie jetzt war, mit dem Gürtel die Kabine und stellte die Dusche auf eine angenehme Temperatur ein. Nachdem sie den Gürtel ausführlich mit Duschbad gereinigt hatte, wandte sie sich den Teilen ihres Körpers zu, der ihr durch die Keuschheitskonstruktion nicht zugänglich gewesen war.

Trotz gutem Sitz hatte es einige Druckstellen gegeben, die jetzt leicht gerötet waren. Als sie mit der Reinigung ihres Schambereichs begann, warf sie Hernando einen taxierenden Blick zu. Er stand vor der Kabine und beobachtete sie genau. Als ihre Aufmerksamkeit für ihren Intimbereich die hygienischen Notwendigkeiten bereits deutlich überschritten hatte, trat er an die Kabinentür heran. Abrupt stoppte sie ihre übertriebene Intimwäsche und drehte das Wasser ab. Ein warmer Luftzug aus dem Kabinenboden trocknete sie schneller, als es mit einem Handtuch möglich gewesen wäre.

»Ich wollte nur besonders gründlich sein«, log sie lächelnd, als Hernando sie streng anschaute.

»Dann werde ich gleich auch besonders gründlich vorgehen.«

Sie fragte sich, ob sie sich unter der Dusche stärker hätte beherrschen sollen. Aber Hernando hatte ihr ja schon einmal erklärt, dass seine Handlungen vor allem willkürlich waren. Was er jetzt mit ihr vorhatte, wäre ihr wahrscheinlich ohnehin passiert. Er nahm ihr den Gürtel ab und ging mit ihr ins Spielzimmer. Dort angekommen traten sie zu einer kurzen Pritsche, deren Sinn sich Anita bislang noch nicht erschlossen hatte. Hernando öffnete eine daneben stehende Kiste, in der sich allerlei Metallstücke befanden. Die Pritsche war dünn gepolstert und nur wenig länger, als Anitas Oberkörper. An vielen Stellen hatte sie Metallöffnungen in der Polsterung, die etwa einen Zentimeter Durchmesser hatten.

»Setz dich an die Schmalseite und lege deinen Oberkörper mit dem Rücken auf die Polsterung«, forderte Hernando sie auf.

Sie gehorchte und fühlte einige der Metallringe kalt auf der Haut. Hernando half ihr dabei, ihre Position so zu verändern, dass sie keinen der Ringe mehr spürte. Ein prüfender Blick bestätigte ihr, dass die Ringe jetzt alle entweder dicht neben ihrem Körper oder etwas oberhalb ihres Kopfes waren. Hernando griff in die Kiste, entnahm ihr eine gebogene Metallstange und drückte

deren Enden in die beiden Öffnungen rechts und links neben A-
nitas Taille, bis diese hörbar einrasteten. Die Stange lag nun wie
ein Gürtel an Anitas Körpermitte und verband sie fest mit der Un-
terlage. Ein weiteres, ziemlich breites Halbrund legte er ihr über
den Hals und ließ es ebenfalls einrasten. Sie konnte den Kopf nur
noch wenig drehen und auch kaum noch nach unten schauen. Als
nächstes fixierte er ihre Arme ausgestreckt über ihrem Kopf. Dann
bog er ihr rechtes Bein nach oben, sodass ihr Knie knapp unterhalb ihrer Schulter zu liegen kam und von ihm dort befestigt
wurde. Das linke Bein war dem rechten fast zwangsläufig gefolgt
und wurde von ihm ebenfalls fixiert. Langsam, damit ihre Muskeln sich entsprechend dehnen konnten, legte er auch ihre Unterschenkel auf die Pritsche und fixierte die Fußgelenke etwas oberhalb ihres Kopfes. Durch diese Stellung wurden ihr Hintern und
ihre Scham fast schon provokativ präsentiert. Mit einem Finger
fuhr er die Rille von ihrem Hintern bis zum Bauchnabel entlang.
Anita schluckte. Diese Stellung war für sie zwar ziemlich unbequem, aber bedingt durch die totale Hilflosigkeit ausgesprochen
erregend. Für einen Moment dachte sie daran, dass sie nicht übel
Lust hatte, dies auch einmal mit einem männlichen Sklaven zu
machen. Ihr fielen dazu einige Gemeinheiten ein, die sie elektri-
sierten. Wahrscheinlich ging es Hernando mit ihr nicht anders.
Und auch das trieb ihre Lust weiter an. Er hatte jetzt eine Halbmaske in der Hand, die er ihr vor das Gesicht hielt. Auf Mund-
höhe ragte innen eine Nachbildung seiner Männlichkeit heraus.
Ganz schön eingebildet, dachte sie, als sie den Mund öffnete.

»So langweilt sich deine Zunge nicht«, kommentierte er, während er die Halbmaske auf der Pritsche einrasten ließ.

Außer ihren Fingern und Fußzehen konnte sie nun nichts mehr
bewegen. Sie spürte, wie seine Hand über ihre Brüste strich und
schloss die Augen, zumal sie durch die Maske ohnehin nichts
mehr sehen konnte. Plötzlich flimmerte es vor ihren Augen. Sie
öffnete die Lider und sah sich verschwommen aus einer Außen-
perspektive. In die Maske waren kleine Monitore eingebaut, die

ein Kamerabild zeigten. Hernando hielt etwas an die Zeige- und Mittelfinger ihrer Hand.

»Stell das Bild vor deinen Augen mit den beiden Fingern scharf«, forderte er sie auf.

Tatsächlich veränderte sich die Schärfe, als sie mit den beiden Fingern eine Art Wippe betätigte. Kurz darauf war es ihr gelungen, das Kamerabild gestochen scharf gezeigt zu bekommen und sie nahm die Finger wieder von den Tasten weg.

»Wenn das Bild gut ist, strecke kurz den Daumen weg.«

Zuerst streckte sie wie aufgefordert den Daumen weg, dann zeigte sie ihm den ausgestreckten Mittelfinger als obszöne Geste. Sie hörte sein Lachen. Kurz darauf schob er ihr über jede Hand eine Art Drahthandschuh, sodass sie danach nicht einmal mehr ihre Finger bewegen konnte. Übermütig wackelte sie mit ihren Zehen, die kurz danach ebenfalls an die Polsterung gedrückt wurden. Jetzt konnte sie sprichwörtlich nicht einmal mehr den kleinen Finger bewegen.

Hernando fuhr mit einem Fingernagel die Reflexlinien ihrer nach oben gerichteten Fußsohle entlang. Ihr entfuhr ein kleiner Aufschrei, woraufhin er sich umdrehte und in die Kamera grinste. Mistkerl, dachte sie erregt. Mit einer großen Kurbel veränderte er die Lage der Pritsche in eine fast aufrechte Position. Sie spürte jetzt deutlich den Zug ihres Körpers an den Rohren, die sie fixierten. Es war jedoch nicht so unangenehm wie die überdehnten Muskeln in ihren Beinen. Ihre Lust störte sich nicht an diesen Kleinigkeiten.

Hernando schob sich einen Stuhl heran, sodass sich ihre Scham etwa auf Höhe seines Gesichtes befand. Wollte er sie etwa auch einmal mit seinem Mund verwöhnen? Diese Vorstellung erregte sie zusätzlich. Statt dessen rieb er ihren Schambereich mit einer schäumenden Creme ein. Diese förderte nicht etwa ihre Durchblutung, wie sie zunächst angenommen hatte, sondern kühlte ihre empfindliche Haut sogar noch. Das Bild veränderte sich und zeigte ihren Schambereich jetzt in Großaufnahme. Als sie ein Rasiermesser ins Bild kommen sah, verkrampfte sie sich innerlich. Zwar ging sie davon aus, dass er sie nicht damit verletzen wollte, aber dieses Messer sah gefährlich scharf aus. Hätte er nicht einfach einen Elektrorasierer nehmen können, wenn er ihr schon die Schamhaare rasieren wollte? Das hätte dann gleich noch eine nette Vibration gegeben. Sie hielt die Luft an, als er das Messer ansetzte.

Auf dem Weg

Mit sicherer Hand führte er das Rasiermesser in einer geraden Bahn über ihre Haut. Creme und Schamhaare blieben an der gewölbten Klinge hängen. Kurz verschwand das Messer aus ihrem Blickfeld, um gleich danach wieder von Creme und Haaren befreit zu erscheinen. Bahn für Bahn befreite er sie von ihrer Intimbehaarung. Die Verkrampfung, mit der sie sein Werk betrachtet hatte, ließ allmählich nach. Offensichtlich konnte er sicher mit dem Messer umgehen. Fasziniert beobachtete sie, wie er immer mehr von ihrer Haut freilegte. Nur eine besonders empfindliche Stelle ließ er unbehandelt. Mit einer kühlenden Flüssigkeit behandelte er die rasierten Stellen nach. Als sie eine Pinzette im Kamerabild erblickte, traute sie zuerst ihren Augen nicht. Er hatte doch wohl nicht ernsthaft vor ...

»Eigentlich wollte ich dir alle Schamhaare auf diese Weise entfernen«, offenbarte er ihr mit einem Lächeln in der Stimme, »aber das hätte zu lange gedauert.«

Das Kamerabild zoomte ganz dicht an den Teil ihrer Scham heran, der noch einige Haare hatte. Sie konnte jedes einzelne erkennen. Hernando ergriff ein einzelnes ihrer Haare mit der Pinzette und zog es ganz langsam mit der Wurzel heraus. Sie stöhnte auf. Schmerz und Lust verbanden sich auf eine Weise, die sie in den letzten Tagen häufig erlebt hatte. Und wie vorher schon so oft, wusste sie nicht, ob sie wütend oder entzückt über das sein sollte, was er mit ihr anstellte. Haar für Haar riss er ganz langsam heraus. Zwischendurch massierte er mit seinen Fingern die sich langsam rötende Stelle. Für einen Moment blitzte wieder die Vorstellung in ihrem Geist auf, das Gleiche mit einem männlichen Sklaven anzustellen. Geringer wurde ihre Erregung dadurch nicht. Sie spürte ein wildes Verlangen in sich aufsteigen. Hoffentlich erlaubte Hernando ihr diesmal, einen Höhepunkt zu erleben. Wie er das anstellte, war ihr dabei egal. Das Bild veränderte sich wieder und zeigte nun ihren ganzen Unterleib.

»So«, hörte sie ihn, »jetzt bist du schön glatt hier.«

Seine Hand fuhr ihren durch die Fixierung aufreizend hervorgehobenen Schambereich entlang. Lustvoll stöhnte sie in die Maske. Ihre Zunge umspielte die Nachbildung seines Geschlechts, das in ihren Mund ragte. Sie wünschte sich, das Original verwöhnen zu können. Erneut strich er eine Creme über ihre Schamlippen. Diesmal spürte sie dabei ein Kribbeln, während die Empfindlichkeit der Region deutlich zunahm. Sie sah, wie eine weitere metallene Nachbildung seines Penis ins Bild kam. Schade, dachte sie, wieder nicht das Original. Das kühle Metall strich über ihre Schamlippen, die Hernando mit den Fingern einer Hand auseinanderzog. Hätte sie etwas Bewegungsfreiheit gehabt, wäre sie mit ihrem Unterkörper dem Kunstpenis entgegengekommen. Gleitmittel war nicht notwendig, als er sich langsam in sie hineindrückte. Ihr Puls beschleunigte sich und auch ihre Atmung wurde schneller. Dann kam das Ende des Phallus in Sicht. Eine gewölbte Platte schloss sich nahtlos an. Einen Moment verstand Anita nicht, was sie sah. Als sich diese Platte an ihren Schambereich ansaugte, begriff sie, was gerade geschehen war. Hernando hatte offenbar eine Abdeckung gebastelt, die sich wie ihre Gesichtsmaske fest mit der Haut verband. Sie hatte jetzt einen Keuschheitsgürtel ohne Gürtel verpasst bekommen. Sie war enttäuscht darüber, schon wieder nicht zu ihrem Recht gekommen zu sein. Protestieren würde ihr jedoch nichts nützen, soviel hatte sie inzwischen gelernt. Es war gemein von ihm, sie immer wieder aufzugeilen und ihr dann den Orgasmus vorzuenthalten. Zu ihrem Kummer trieb seine Gemeinheit ihre Lust sogar noch weiter an.

Mit einer Art Schlüssel löste Hernando den Kunstpenis von der Abdeckung und zog ihn langsam heraus. Sollte sie nun doch noch zu ihrem Vergnügen kommen? Die Monitore in ihrer Maske zeigten jetzt Hernando und sie selbst, wie sie in fast aufrechter Position fixiert war. Er hatte sich ausgezogen und stand nackt vor ihr. Sein Glied wartete erregt vor der Öffnung ihrer Schamabdeckung, während seine Hände begannen, ihre Brüste zu massieren. Sie gab sich ganz ihrer Lust hin und wartete darauf, dass er endlich in sie eindringen würde.

Als er es schließlich tat, spürte sie zu ihrer Enttäuschung am Scheideneingang nichts davon. Ihre Klitoris wurde durch sein Eindringen nur minimal gereizt. Erst weiter innen in ihrem Körper spürte sie ihn deutlich. Begleitend startete ein leichtes Kribbeln, das ihre gesamten Schamlippen und die Lustperle sanft stimulierte.

»Na mein Schatz«, sagte er leise, »hast du gemerkt, was es mit dieser Keuschheitsabdeckung auf sich hat? Sie umschließt alle empfindlichen Teile deiner Scham und lässt nur genug Reize durch, um deine Lust auf einem hohen Niveau zu halten. Ich kann so jederzeit auf jede Weise mit dir schlafen, ohne dir dabei einen Orgasmus erlauben zu müssen. Ist das nicht eine tolle Konstruktion? Zumindest ich finde sie rattenscharf.«

Ihre Gefühle waren in Aufruhr. Sie war aufs äußerste erregt, wütend auf Hernando und genoss gleichzeitig seine Gemeinheiten. Er konnte ein fieser Mistkerl sein und sie liebte ihn auch noch dafür. Das sollte einer verstehen.

Langsam bewegte er sich in ihr. Und obwohl sie sich dagegen wehrte, wuchs ihre Lust zu einem grenzenlosen Verlangen. Sie schloss die Augen und stöhnte laut in die Maske. Alle Gedanken drehten sich nur noch um die Gefühle ihres Körpers. Daran änderte nicht einmal das Wissen etwas, erneut von ihm den Höhepunkt vorenthalten zu bekommen, womöglich für lange Zeit.

Am Rand ihrer Wahrnehmung spürte sie, wie sich Hernando seinem Orgasmus näherte. Dann war er plötzlich aus ihr verschwunden. Sie fieberte weiteren Berührungen entgegen, die allerdings ausblieben. Enttäuscht öffnete sie die Augen und sah, wie Hernando noch etwas an ihrer Schamabdeckung veränderte. Noch einmal drang er in sie ein. Diesmal fühlte es sich richtig an, denn jetzt wurde auch ihre Lustperle so stimuliert, wie sie es sich ersehnte. Sollte er sie diesmal den Gipfel der Lust erklimmen lassen? Sie stöhnte immer lauter. Ihr Körper zuckte unkontrolliert. Und auch Hernando war die Lust deutlich anzuhören. Nur noch wenige Berührungen trennten sie vom erlösenden Höhepunkt. Endlich explodierten ihre Empfindungen. Sie schrie und keuchte, zuckte und zitterte.

Dann war es vorbei. Sie fiel in einen warmen, wohligen Zustand tiefster Zufriedenheit. Hernando schien es genauso zu gehen. Er hatte sich an sie gelehnt und streichelte sanft ihren Körper. Einen Moment schien die Zeit stillzustehen.

Er trat einen Schritt zurück und machte sich an ihrer Schrittabdeckung zu schaffen. Auch den Kunstpenis schob er in ihre überreizte Lusthöhle und arretierte ihn. Dann ließ er die Pritsche wieder in eine waagerechte Position zurückgleiten und entfernte Stück für Stück die Metallspangen, die Anita auf der Polsterung festgehalten hatten. Da ihre Beine sie durch die Überdehnung erst einmal nicht tragen wollten, nahm Hernando sie auf seine Arme und trug sie ins Nebenzimmer, um sie auf dem Bett abzulegen.

»Leg dich doch noch etwas zu mir«, bat sie ihn.

Friedlich kuschelten sie sich aneinander und ließen gemeinsam ihre Lust ausklingen.

»Langsam wird es Zeit zum Aufstehen.«

Hernando erhob sich schwungvoll vom Bett und ging ins Spielzimmer, um seine Kleidung zu suchen. Kurz darauf kam er wieder in ihr Zimmer. Auch sie war inzwischen aufgestanden und blickte unschlüssig in ihren Kleiderschrank.

»Nimm den schwarzen Rollkragenpullover und die schwarze Jeans. Zieh dir auch etwas drunter an. Es wird kühl werden.«

Damit verließ er ihr Zimmer. Sie duschte noch schnell, folgte seinen Anweisungen und stand hinterher ganz in Schwarz gekleidet vor dem Spiegel des Kleiderschranks. In diesem Outfit fühlte sie sich wirklich an eine Szene aus dem zweiten Mumienfilm erinnert. Sie schüttelte ihre langen, schwarzen Haare und grinste in ihr Spiegelbild.

»Steht dir gut«, kommentierte Hernando von der Tür aus.

Er war ebenfalls ganz in Schwarz und hatte einen großen, schwarzen Koffer in der Hand.

»Dann wollen wir mal. Im Boot können wir noch eine Kleinigkeit essen. Aber denk' dran, dass der Flug wieder etwas ruppig wird. Nicht, dass dir schlecht wird.«

Die Fahrt zur auftauchenden Landeplattform verlief rasant aber unspektakulär. Der Stealth-Flieger landete bereits, während sie noch das Schnellboot verließen. Wie Hernando angekündigt hatte, war der Flug alles andere als gemütlich. Sie wurden mal in die Lehne, mal in die eine oder andere Seite des Sitzes gepresst, um schließlich bei der Landung schwer gegen die Sicherheitsgurte gedrückt zu werden.

Wieder waren sie an einem einsamen Flughafen angekommen. Es war allerdings nicht derselbe, von dem aus Anita das erste Mal in das schwarze Flugzeug gestiegen war. Unweit der Landebahn stand ein bullig wirkender Geländewagen, ein Hummer H2 mit Spezialmotor, wie Hernando ihr erklärte. Natürlich war auch er nachtschwarz. Anita kam sich durch die allgegenwärtige, schwarze Farbe vor, wie ein Einbrecher bei der Arbeit. Oder wie ein Mitglied eines Spezialeinsatzkommandos. Letzteres waren sie ja auch, dachte Anita. Wobei ihr schon etwas mulmig war. Schließlich war sie keine ausgebildete Spezialagentin, sondern nur die Geliebte eines indianischen Gottes. Sie grinste bei diesem Gedanken. Das Leben war schon verrückt. Fünfundzwanzig Jahre lang hatte sie ein normales, ja langweiliges Leben geführt, um jetzt von einem Abenteuer ins nächste zu stolpern. Dabei hatten ihr die erotischen Abenteuer der letzten Tage besonders gut gefallen.

Die Fahrt im Geländewagen ging zügig voran. Sie waren überwiegend auf gut befestigten Straßen unterwegs. Schließlich hielt Hernando den Wagen an und holte einen Mobilrechner hervor.

»Wie ich es mir gedacht hatte: Der Transport der Sonnenscheibe wurde überfallen. Vom Täter und von der Scheibe gibt es bislang keine Spur. Hoffentlich kommen wir vor Raoul in der Höhle an.«

Er legte das Notebook wieder weg und fuhr weiter. Der Himmel war bedeckt, sodass es draußen stockfinster war. Nur die Scheinwerfer des Wagens stachen zwei Lichtkegel in die Dunkelheit. Erneut hielt Hernando an. Die Scheinwerfer machte er aus. Anita sah kaum mehr die Hand vor Augen. Nur die Armaturenbeleuchtung glomm noch schwach. Sobald Hernando einen Schalter umgelegt hatte, zeichnete sich die Gegend in grünen Farbtönen auf der Frontscheibe ab.

»Wir fahren jetzt mit Restlichtverstärker. Das ist ein passives System, mit dem wir nicht auffallen. Ich hoffe allerdings, dass noch niemand da ist, dem wir auffallen könnten.«

Deutlich langsamer rollte der Wagen die Straße entlang. Von ihm war kaum noch ein Geräusch zu hören. Am Horizont zeichneten sich bereits die Pyramiden von Teotihuacán ab. Etwa einen Kilometer vor ihrem Ziel stellten sie den Wagen in eine Senke.

Dann gingen sie zu Fuß auf die Sonnenpyramide zu. Nordöstlich von ihr, noch außerhalb der äußeren Straße, blieb Hernando stehen. Er hob die Zweige eines Busches an und legte damit ein schmales Einstiegsloch frei.

»Ich hoffe, du hast kein Problem mit engen Gängen und Höhlen.«

Fast einer Schlange gleich glitt er durch das Loch im Boden. Seinen Koffer, der gerade so durch die Öffnung passte, zog er hinter sich her. Mit einem mulmigen Gefühl folgte Anita ihm. Die Zweige rutschten wieder in ihre ursprüngliche Position und verbargen den Eingang. Während Anita draußen zumindest noch schemenhaft hatte sehen können, war innerhalb der Höhle gar nichts mehr zu erkennen.

»Ich würde mich hier zwar auch blind zurechtfinden, aber das muss ja nicht sein.«

Hernando schaltete eine Handlampe ein, deren rotes Licht den Gang vor ihnen in eine gespenstische Höllenszenerie verwandelte. Allerdings wurde es nicht heiß, als sie dem Gang immer weiter folgten. Die Temperatur fiel sogar merklich ab. Anita entschied, dass eine Karriere als Höhlenforscherin für sie definitiv nicht in Frage käme. Konzentriert folgte sie Hernando, bedacht darauf, den Abstand zu ihm nicht zu groß werden zu lassen. Für ihn schien es nur ein Spaziergang zu sein. Lediglich der schwere Koffer hemmte an schmalen Stellen sein schlangenhaftes Vorankommen. Sie erinnerte sich wieder an seinen alten Namen: gefiederte Schlange. Schließlich blieb er stehen. Er drehte sich zu ihr um und legte den Finger auf seine Lippen. Dann lauschte er konzentriert. Aus dem Koffer entnahm er eine Art Metalldose und betätigte darauf einen Schalter. Ein kaum wahrnehmbares Summen und eine in langen Abständen blinkende Leuchtdiode waren die Reaktion. Auf den Boden am rechten Rand des Ganges sprühte Hernando einen klebrigen Schaum und drückte eine flache Scheibe hinein. Diese verband er durch ein Kabel mit der summenden Dose. Eine zweite Scheibe drückte er im rechten Winkel zur ersten leicht nach links und hinten versetzt in einen weiteren Schaumhaufen. Auch diese Scheibe schloss er an die Dose an.

»Das«, erklärte Hernando, »ist ein ziemlich kräftiger Generator, der über Jahre Energie liefern kann. Die Scheiben sind Antennen, die an ihren Schmalseiten eine ganz bestimmte Frequenz ausstrahlen. Diese Frequenz bildet eine Grenze für die Bewegung des Aliens, da sie die zentralen Verbindungen seiner Molekularstruktur zerstören, sobald er in ihre Reichweite kommt. Mit dieser Aufstellung habe ich also zwei überlappende Wände errichtet, die der Alien nicht passieren kann, ohne sich selbst zu zerstören. Diese Wände gehen auch einige Meter durch den Felsen hindurch.«

Er holte zwei pillenförmige Geräte mit etwa 5 cm Durchmesser aus dem Koffer. An einer Seite hatten sie einen Clip. Eins steckte er sich an den Gürtel und drückte in der Mitte einen Knopf. Den anderen befestigte er an Anitas Gürtel. Auch hier betätigte er den Drücker in der Mitte.

»Diese Kästchen sind sehr schwache Sender, die die gleiche Frequenz kugelförmig ausstrahlen, allerdings nur mit einer Reichweite von zwei Metern. Das reicht, damit das Frequenzfeld den Träger umhüllt und so vor einer Berührung durch den Alien schützt.«

Er stellte eine Kugel mit Standfuß in einen dritten Schaumhaufen und schloss diesen wieder an den Generator an.

»Für den Fall, dass der Alien nicht kooperieren will, aktiviere ich diese Antenne per Fernsteuerung, die die Frequenzen kugelförmig etwa einen Kilometer weit abstrahlt. Das würde den Alien augenblicklich töten.«

»Du sagtest doch, man könne ihn nicht töten.«

»Du hast recht. Man kann nur seinen Körper töten, nicht seine Seele oder seinen Geist, wenn man es so nennen will. Dafür habe ich noch eine weitere Vorbereitung getroffen, allerdings nicht hier.«

»Weiß er eigentlich, dass du hier bist? Du sagtest doch, ihr wärt irgendwie verbunden.«

»Ich hoffe, dass er es nicht weiß. Jedenfalls bemühe ich mich schon den ganzen Tag, die Verbindung zu verhindern. Aber wir werden es bald herausfinden.«

Er drückte gegen den linken Teil der Felswand am Ende des Gangs. Eine Geheimtür schwang langsam auf. Anita sah einen Raum, den sie bereits kannte. Hierher hatte Raoul sie geschleppt und ihr das Medaillon abgenommen. Sie sah die Tür mit dem Schlitz, der wie ein Münzeinwurf aussah. Der normale Zugang zu diesem Raum war von einer massiven Gittertür versperrt. Aus dem Gang hinter dieser Gittertür drangen leise Stimmen. Hernando befestigte eine leicht gewölbte Platte an der Decke und verließ den Raum wieder durch die Geheimtür, die er leise zudrückte.

Im Deckel seines Koffers flammte ein Monitor auf, der den Raum auf der anderen Seite der Geheimtür zeigte. Raoul und Juan betraten den Raum durch die Gittertür, die Raoul sofort hinter ihnen wieder abschloss. Sie stellten eine große Lampe auf den Boden. Juan trug einen Rucksack mit einem Schlauch daran. Raoul hatte nur eine Tasche bei sich.

»Jetzt wollen wir doch mal schauen«, drang es leise aus dem Lautsprecher des Monitors, »ob ich mit meiner Vermutung richtig liege, was es mit diesem Sonnenamulett auf sich hat. Du bleibst da stehen und hältst den Flammenwerfer bereit, falls dieses Mistvieh tatsächlich noch leben sollte, wie Hernando immer behauptet hat.«

Aus seiner Tasche holte Raoul eine Zange und eine Lötlampe. Mit der Zange fasste er das Amulett an und hielt die Flamme der Lötlampe daran.

»Was macht er denn da?«, wollte Anita wissen. »Er macht ja das Amulett kaputt.«

»Er macht leider genau das Richtige«, erklärte Hernando ihr. »Der Schlüssel zu der Tür ist im Amulett. Ich hatte gehofft, dass niemand auf die Idee kommt, das Goldamulett zu zerstören. Dann wäre der Schlüssel durch die Gier der Leute sicher gewesen.«

Gespannt verfolgten sie weiter, was im Nebenraum passierte. Das Gold tropfte bereits vom Amulett auf den Boden. Juan schaute bedauernd auf das tropfende Gold. Immer mehr schrumpfte die Scheibe. Schließlich kam unter dem abfließenden Gold etwas Grünliches zum Vorschein, das sich als kleine Obsidianscheibe entpuppte.

»Da haben wir endlich den verdammten Schlüssel«, triumphierte Raoul.

Er steckte die Scheibe in den Schlitz der Tür. Diesmal passte die Scheibe hindurch. Hörbar bewegte sich der Schlossmechanismus in der großen Tür. Langsam schwang sie auf. Dahinter befand sich eine unbehauene Höhle. Raoul nahm Juan den Flammenwerfer ab und ging hinein. Juan folgte ihm zögerlich. Plötzlich kam eine schwarze Wolke auf beide zu. Juan rannte aus der Höhle hinaus, wurde dann jedoch von der abgeschlossenen Gittertür aufgehalten, an der er verzweifelt rüttelte. Raoul feuerte mit dem Flammenwerfer in die Wolke, die sofort zu brennen begann.

Ende eines Gottes

Für einen Moment sah es aus, als könnte der Flammenwerfer die Wolke aufhalten. Während die brennende Wolke immer größer wurde und sich dabei in die Höhle zurückzog, verfolgte Raoul sie mit dem brennenden Strahl des Flammenwerfers. Plötzlich jagte die wabernde Flammenwand wieder auf Raoul zu und hüllte ihn ein. Erfolglos versuchte er, sich daraus zu befreien. Dieses brennende Etwas schien nun keine Wolke mehr zu sein, sondern ein sich immer enger ziehendes Netz. Raoul stieß einen markerschütternden, langen Schrei aus. Sein Körper zuckte dabei wild in dem Netz, das inzwischen aufgehört hatte zu brennen. Es zog sich immer enger um den zappelnden Körper. Ein Geräusch brechender Knochen übertönte den allmählich leiser werdenden Schrei. Dann verstummte er ganz.

Anita fürchtete, dass diese Szene sie für den Rest ihres Lebens verfolgen würde. Sie schaute Hernando an, der mit unbewegtem Gesicht auf den Monitor starrte. Nur seine fest zur Faust geballte Hand zitterte leicht und ließ erkennen, dass die Geschehnisse nebenan auch ihn nicht kalt ließen. Juan stand reglos mit dem Rücken zur Gittertür und starrte mit weit aufgerissenen Augen auf Raoul und den Alien.

»Also gut«, stieß Hernando hervor und stand auf.

Er prüfte noch einmal den Sitz der Kabel und öffnete dann die Geheimtür. Der Alien ließ Raouls Körper wild um die eigene Achse drehen. Dann stoppte er und wandte sich Hernando zu, der durch die Geheimtür trat.

»Na, hat dir die Show gefallen?«, sprach Raoul ihn mit schnarrender Stimme an.

»Lass den Quatsch!«, entgegnete Hernando grob. »Du kannst dich mit mir auch unterhalten, ohne Raoul dabei wie eine Handpuppe zu benutzen.«

»Natürlich«, kam es wieder aus Raouls Mund, »aber ich mag deine Gefühle, wenn du siehst, was ich mit deinem Bruder gemacht habe. Und der Angstschweiß von dem da hinten macht mir schon wieder Appetit auf mehr.«

Die wabernde, schwarze Wolke streckte gemächlich eine Art Rauch-Tentakel in Richtung auf Juan aus, der sich gegen die Gittertür presste, als wolle er sie durchdringen.

»Ich habe ein Angebot für dich«, sagte Hernando unbeeindruckt. »Du lässt dich von mir in einen hermetisch versiegelten Würfel sperren, den ich dann aus dem Sonnensystem schicke. Der Würfel löst sich nach ungefähr tausend Jahren auf, und du bist frei. Wenn du umkehrst, töte ich dich. Sonst kannst du deine Reise fortsetzen.«

»Sehr witzig«, antwortete noch immer Raouls Körper. »Falls es dir entgangen ist: Ich bin frei. Du kannst mich nicht aufhalten.«

»Das habe ich bereits. Hol ihn dir, wenn du wissen willst, wie.«

Hernando deutete dabei auf Juan, der ihn kalkweiß anstarrte. Der Rauch-Tentakel hatte ihn fast erreicht. Dann stieß ein zweiter auf Anita zu, die an der offenen Geheimtür stand. Zwei Meter vor ihr stoppte der Tentakel abrupt. Nur eine kleine Staubwolke führte die Bewegung noch fort und löste sich dabei auf. Der Rauchfinger, der sich Juan näherte, verlangsamte sich deutlich und schien nach Widerstand zu tasten. Dann stoppte er ganz. Ein kurzer Blick Anitas in den Raum mit den Geräten zeigte ihr, dass Juan jenseits einer der unsichtbaren Barrieren stand, die Hernando mit den runden Antennen errichtet hatte. Er war dadurch genauso vor dem Zugriff des Aliens geschützt, wie sie durch das Gerät an ihrem Gürtel.

»Respekt. Du hast also tatsächlich einen Weg gefunden, meine Bewegungsfreiheit einzuschränken. Allerdings gibt es für mich von hier aus weitere Möglichkeiten zu entkommen. Töten wirst du meinen Körper nicht, weil ich dann noch viel mächtiger werde, wie du ja weißt.«

»Sei dir da nicht so sicher. Versuche doch einmal, dich nur mit deinem Geist zu orientieren.«

Hernando beobachtete den Alien gespannt.

»Mach dieses Leuchtfeuer aus!«

Diese Worte kamen nicht mehr aus Raouls Mund. Sie entstanden einfach in Anitas Kopf. Und nicht nur in ihrem, wie sie an Hernandos Reaktion sah. Er grinste breit.

»Ich kann dieses Leuchten über Jahre aufrecht erhalten. Sehr viel länger, als deine Seele ohne Körper überlebt. Also was ist jetzt? Nimmst du mein Angebot an?«

Statt einer Antwort kam wieder Bewegung in Raouls geschundenen Körper. Er umfasste den Schlauch des Flammenwerfers. Anita hatte plötzlich das Gefühl, die Szene in Zeitlupe zu erleben. Sie sah, wie eine Stichflamme langsam auf Hernando zuschoss. Wollte der Alien ihn verbrennen? Auch in Hernando kam Bewegung. Er warf sich auf den Boden. Der Feuerstrahl berührte ihn kurz und schwenkte dann auf sie zu. Schlagartig begriff sie, was der Alien vorhatte. Er wollte die Apparatur im Nebenraum mit dem Flammenwerfer vernichten. Wahrscheinlich reichte ein kleiner Moment der Hitze, um die Elektronik zu zerstören und den Apparat wirkungslos zu machen, der seinen Körper bedrohte. Wenn Hernando nicht sofort handelte, könnte sich dieses Wesen doch noch befreien.

Die Flammenzunge hatte die Öffnung zum Nebenraum fast erreicht, als sie plötzlich unkontrolliert zuckte und verlosch. Raouls Körper sackte mit unnatürlich verdrehten Gliedmaßen zusammen, während sich der diffuse Alienkörper übergangslos in eine Staubwolke verwandelte und langsam zu Boden sank. Hernando hatte gerade noch rechtzeitig die Fernsteuerung betätigt.

Raouls Kleidung und der größte Teil seiner Haut waren verbrannt. In seinem Gesicht spiegelte sich Todesqual. Anita musste wegschauen.

»Nimm Raouls Überreste und schaff' sie in die Höhle!«

Sie schaute Hernando verstört an. Aber er hatte nicht mit ihr geredet. In seiner rechten Hand war jetzt eine Pistole, mit der er auf Juan zielte. Ein Teil seines Arms brannte. Offenbar war Hernando dem Strahl des Flammenwerfers nicht schnell genug ausgewichen. Beiläufig drückte er die Flammen mit der linken Hand aus, ohne Juan dabei aus den Augen zu lassen. Dieser setzte sich so langsam in Bewegung, als müsste er jeden Muskel einzeln überreden, ihm zu gehorchen. Schlurfend näherte er sich dem, was von Raoul übrig geblieben war. Es kostete ihn sichtlich Überwindung, den toten Körper aufzunehmen. Erschwerend kam hinzu, dass dieser keinen inneren Halt mehr hatte. Nur die verbrannte Haut schien den Toten noch in seiner menschlichen Form zu halten. Mit Schaudern dachte Anita an das Geräusch brechender Knochen.

»Weiter hinein!«, befahl Hernando, als Juan mit Raouls Leiche die schwere Tür passiert hatte.

Zögernd schleppte Juan seine Last tiefer in die Höhle hinein. Dabei warf er immer wieder ängstliche Blicke auf Hernando. Als dieser begann, die Tür zuzudrücken, kam er zurückgerannt und stoppte erst, als Hernando direkt vor seine Füße schoss.

»Bitte nicht!«, flehte Juan. »Bitte sperren Sie mich nicht lebend in diese Höhle.«

»Du meinst, ich sollte dich vorher erschießen?«, fragte Hernando kalt.

Anita trat an Hernando heran und legte ihm eine Hand auf die Schulter. Einerseits tat Juan ihr leid, andererseits hatte sie mit ihm aus der Zeit ihrer Gefangenschaft bei Raoul noch eine Rechnung offen. Das passte geradezu perfekt.

»Meinst du nicht, ich könnte ...«, begann sie flüsternd.

Hernando grinste sie an.

»... ihn als Sklaven haben?«, setzte er ihre Frage so leise fort, dass Juan es nicht hörte.

»Natürlich nur, wenn du einverstanden bist.«

»Wir können ja mal feststellen, ob er dafür in Frage kommt«, sagte er diesmal so laut, dass auch Juan es verstehen konnte.

»Zieh dich aus!«, befahl er Juan.

Man konnte Juan ansehen, dass Hoffnung und Angst sich etwa die Waage hielten. Er zog sein Hemd aus, unter dem sein muskulöser Oberkörper zum Vorschein kam. Dann hielt er inne.

»Weiter.«

Unsicher entledigte er sich auch seiner Schuhe, Hose und Strümpfe. Nur die Unterhose hatte er noch an.

»Wird's bald?«

Widerwillig entledigte er sich auch des letzten Kleidungsstücks. Anita holte die Lampe, die den vorderen Raum erhellte, und stellte sie so auf, dass Juan ganz im Licht stand. So lässig, wie sie konnte, lehnte sie sich an den Türrahmen der schweren Tür.

»Erinnerst du dich noch an mich?«, wollte sie von ihm wissen.

Das war natürlich rhetorisch gemeint. Bislang war es ihr noch nie passiert, dass jemand sie vergaß. Warum sollte es ausgerechnet derjenige tun, dem sie die Nase gebrochen hatte.

»Ich finde, du siehst besser aus, seit ich dir die Nase gebrochen habe. Du warst doch ganz wild darauf, dich mit mir zu vergnügen. Sogar ersteigern wolltest du mich. Schon komisch, wie das Leben so spielt. Vielleicht bin ich es jetzt, die dich zu ihrem Vergnügen erwirbt. Vielleicht wäre es aber auch besser, dich in der Höhle einzusperren und alleine sterben zu lassen. Wer weiß, vielleicht wirst du eines Tages eine archäologische Sensation.«

Sie beobachtete sein Gesicht genau. Er hatte Angst. Und er war bereit, alles zu tun, um weiterzuleben.

Anita genoss das Gefühl der Macht. Und es erregte sie, seine Angst zu schüren. Für einen Moment fiel ihr Dr. Jones wieder ein. Sie wollte nicht zu solch einem Monster werden. Aber das musste sie ja auch nicht. Sie würde Hernando bitten, sie zu bremsen, wenn sie es übertrieb. Wahrscheinlich würde er sie schon von sich aus unter Kontrolle halten. Schließlich war sie seine Sklavin. Eine Sklavin, die sich einen Sklaven halten würde. Der Gedanke erregte sie sehr.

»Dreh dich. Ich will sehen, ob es sich lohnt, dich zu versklaven.«

Unsicher drehte er sich um die eigene Achse. Vollständig unangenehm schien ihm der Gedanke nicht zu sein, wie seine wachsende Männlichkeit verriet. Auch, wenn ihm das offenkundig sehr unangenehm war. Er versuchte, sein ›Problem‹ mit einer Hand zu verdecken.

»Was soll der Blödsinn? Verschränke die Hände hinter deinem Nacken.«

Er gehorchte, während seine Erregung erkennbar zunahm. Anita lachte.

»Schau einer an. So einer bist du also. Jetzt bück' dich und lege die Hände auf den Boden. Nein, ich will, dass du mir dabei den Hintern entgegenstreckst.«

Er richtete sich noch einmal auf und drehte sich von ihr weg. Dann bückte er sich erneut.

»Beine auseinander. Weiter. Noch weiter. Gut. Bleib so stehen. Und wehe du rührst dich, bevor ich es dir erlaube.«

Sie trat an ihn heran und umfasste mit einer Hand seine Hoden. Die andere strich über sein in der gebückten Stellung nach unten gerichtetes Glied. Er stöhnte leise. Sie warf einen Blick auf Hernando, der die Szene breit grinsend beobachtete. Er nickte ihr zu.

»Na ja, nicht perfekt. Aber es wird gehen.«

Sie trat zurück neben Hernando.

»Du darfst dich jetzt wieder hinstellen. Bist du bereit, dich mir bedingungslos zu unterwerfen? Jede meiner Anweisungen augenblicklich und nach besten Kräften auszuführen?«

»Ja«, kam es leise von ihm.

»Solltest du mich langweilen, werde ich dich auf eine interessante Weise töten. Hast du noch immer keine Einwände, mein wertloser Sklave zu sein?«

Sie hatte nicht wirklich vor, ihn zu töten. Aber es machte ihr Spaß, sich an seiner Angst und Verunsicherung zu weiden.

»Nein«, antwortete er diesmal noch leiser.

»Sprich deutlich, wenn ich dich etwas frage!«

»Nein.«

»Nein was?«

»Nein, ich habe keine Einwände.«

»Gut. Dann wäre das ja geklärt. Nimm die Hände wieder hinter den Kopf und komm heraus. Aber flott.«

»Soll ich meine Kleidung ...?«, begann Juan.

»Nein! Du bleibst nackt.«

»Hast du Handschellen oder so etwas dabei«, fragte sie Hernando halblaut.

»Im Koffer nebenan. Hand- und Fußschellen. Ich stelle sie dir gerne zur Verfügung.«

Nachdem Hernando die Höhle mit den sterblichen Überresten von Raoul verschlossen hatte, verließen sie den Raum durch den Geheimgang. Juan bekam die Hände auf den Rücken gefesselt. Seine Füße wurden mit einer kurzen Kette verbunden. Dann sammelte Hernando seine Geräte wieder ein und verstaute sie in dem schwarzen Koffer.

Sie machten sich auf den Rückweg durch den gewundenen Gang. Als sie wieder an die Oberfläche kamen, erhellte der Mond die Wolkendecke an einer Stelle. Es war dadurch etwas heller, als auf ihrem Hinweg. Für Juan, der durch die kurze Kette an den Füßen nur Tippelschritte machen konnte, wurde der Weg zum Geländewagen ziemlich anstrengend, zumal Hernando und A-nita bei ihrem Tempo keine Rücksicht darauf nahmen.

Die Fahrt zum Flughafen verlief ereignislos. Hernando verband Juans Augen mit Material aus dem Verbandskasten, bevor sein Flugzeug landete. Schweigend flogen sie zur schwimmenden Plattform und stiegen auf das Tragflächenboot um. Juan leistete zu keiner Zeit Widerstand, auch nicht, als er in jene Zelle gesperrt wurde, die auch Anita bei ihrer Ankunft auf der Insel kennengelernt hatte. Mit verbundenen Augen wartete er auf sein ungewisses Schicksal.

»Was für ein Zufall«, sagte Anita euphorisch, als sie mit Hernando gemeinsam auf der Veranda saß.

»Nein, kein Zufall«, widersprach er und machte dabei ein ernstes Gesicht.

»Wie meinst du das?«

»Alles verlief so, wie ich es geplant hatte.«

»Du meinst, du wusstest, dass Juan unser Sklave werden wird?«

»Dein Sklave. Ja, auch das hatte ich so geplant.«

Noch immer war er sehr ernst. Etwas belastete ihn. Es war doch alles gut gelaufen. Der Alien war keine Gefahr mehr, Raoul war ... Sie begann zu begreifen.

»Du hattest auch geplant, dass der Alien Raoul tötet«, sagte sie leise.

»Das war unvermeidlich. Ich hätte ihn nicht anders unschädlich machen können. Es gab nur diese eine Möglichkeit. Ich wusste, dass er einen grausamen Tod haben würde.«

Sie legte ihren Arm um ihn.

»Ich bin sicher, du hast das Richtige getan.«

»Ja, das habe ich. Ich hatte lange nach Alternativen gesucht. Es gab keine. Und trotzdem, er war mein Bruder ...«

»... der dich auch schon getötet hatte ...«

»... und ich ihn. Wir haben uns mehrfach gegenseitig getötet. Aber dieses Mal war es endgültig. Es war ein furchtbarer Tod. Der Alien hat mich an jeder Sekunde teilhaben lassen.«

Neue Perspektiven

Sie drückte ihn fest an sich. Schweigend saßen sie auf der Veranda.

»Was ist jetzt eigentlich aus dem Alien geworden?«, wollte Anita schließlich wissen.

»Sein Körper ist im wahrsten Sinne des Wortes zu Staub zerfallen. Und sein Geist kreist um eine Art metaphysisches Leuchtfeuer. Wie eine Motte um eine Kerze fliegt. Das Licht ist für den Geist so hell, dass er nichts anderes erkennen kann, insbesondere keine Lebewesen, denen er schaden könnte. In ein paar Monaten hört er auf zu existieren. Und in zwei Jahren schalte ich das Leuchtfeuer ab.«

»Wo ist es eigentlich?«

»Hier auf der Insel. In einem gut gesicherten Raum.«

Erneut schwiegen sie einige Zeit.

»Passt du auf, dass ich mich nicht zu einem Monster entwickle? Wegen Juan. Ich hätte nie gedacht, dass es mir so viel Spaß machen könnte, jemanden zu quälen. Mein Kopf läuft förmlich heiß vor lauter fiesen Ideen. Ich habe Angst davor, eines Tages zu einer Art Dr. Jones zu werden.«

»Keine Angst, dazu wird es nicht kommen. Du wirst feststellen, dass du Sympathie für deinen Gefangenen empfindest. Das ist auch gut so. Du fühlst mit ihm mit. Das wird dir helfen, zu erkennen, was du ihm zumuten kannst.«

»Ich liebe aber doch dich.«

Er streichelte ihr über den Kopf.

»Ich weiß. Daran wird sich auch nichts ändern. Genauso wenig wie daran, dass ich bestimmen werde, welche Freiheiten du hast. Du bleibst meine Sklavin. Aber da ist noch genug Raum für weitere Gefühle. Die Verbindung zwischen uns wird nicht schwächer, eher reicher. Lass es einfach auf dich zukommen.«

»Sag mal, wie kann ich Juan unter Kontrolle halten? Er ist schließlich viel stärker als ich. Und ich kann ihn ja nicht dauernd gefesselt lassen.«

»Das ist eine gute Frage, die du dir eigentlich vorher hättest stellen müssen. Aber keine Angst, dafür habe ich eine Lösung parat. Genau genommen sogar mehrere.«

Sie schaute ihn fragend an.

»Weißt du, wie man einen ausgewachsenen Elefanten festbindet, damit er nicht wegläuft?«

»Keine Ahnung.«

»Man bindet ihm ein dünnes Seil um einen Fuß und befestigt es irgendwo.«

»Und er reißt sich nicht einfach los?«

»Nein, denn er weiß, dass es nicht geht. Oder genauer, er ist fest davon überzeugt. Denn als er noch ein kleiner Elefant war, wurde er bereits mit einem Seil am Fuß angebunden. Damals hatte er versucht, sich loszureißen, war aber noch zu klein und zu schwach. Das hat er sich gemerkt. Deshalb versucht er es nicht mehr, weil er ja weiß, dass es nicht möglich ist. In einer extremen Situation würde er es vielleicht noch einmal probieren und wüsste dann, dass es doch geht. Unter normalen Umständen wird er es aber nicht herausfinden.«

Anita dachte einen Moment nach. Juan war bereits groß und kräftig. Und er konnte bestimmt gut einschätzen, wie viel Kraft er hatte. Hernando musste sein Beispiel im übertragenen Sinn gemeint haben. Nur übertragen worauf?

»Dass ich dir nicht vorschlagen will, Juan einen Strick ums Bein zu binden, ist dir natürlich klar. Es muss um etwas gehen, das er nicht kennt. Es gibt Halsbänder zur Hundeerziehung, die per Fernsteuerung einen Stromschlag abgeben können. So etwas Ähnliches kann ich für ihn anfertigen. Zusammen mit einer passenden Geschichte kannst du damit unsichtbare Grenzen ziehen, die er nicht überschreiten wird. Zumindest so lange, wie du ihm erträgliche Alternativen lässt.«

»Du meinst, er hätte dann Angst vor einem Stromschlag? Ich weiß nicht. Obwohl, so verängstigt, wie er in der Höhle war ... Ich hätte nicht gedacht, dass er so ein Feigling ist.«

»Da tust du ihm Unrecht. Du warst nicht im selben Raum, als der Alien auf Raoul und Juan losging. Sonst hättest du selbst die elementare Angst verspürt, die er durch eine sehr tiefe, durchdringende Frequenz erzeugte. Raoul konnte sich ihr entziehen, weil er dieselbe erweiterte Kontrolle über seinen Körper hatte, wie ich. Juan hat nur so reagiert, wie jeder andere Mensch.«

»Das wusste ich nicht.«

»Macht ja nichts. Du kannst ihm natürlich trotzdem seine Angst vorhalten, um ihn zu demütigen. Er wird dir und – auch sich selbst – beweisen wollen, dass er kein Feigling ist. Es wäre allerdings besser, wenn du das kanalisierst, damit sich dieser Drang nicht gegen dich wendet, sondern dir sogar dabei hilft, ihn in deinem Sinn zu lenken. Durch geschicktes Verhalten kannst du ihn viel wirkungsvoller unter Kontrolle bekommen, als mit stählernen Ketten.«

Nachdenklich schaute sie ihn an.

»Kann es sein, dass du das auch bei mir machst?«

Er lachte.

»Natürlich, mein Schatz. Das hatte ich dir ja sogar einmal angekündigt. Es macht mir Spaß, dich an unsichtbaren Fäden zu lenken. Nicht mit den Fähigkeiten der Alien-Seele, die noch immer in mir schlummert, sondern durch dezente Manipulation, gegen die du dich theoretisch jederzeit wehren könntest. Ich mache das allerdings nicht zu deinem Schaden, sondern zu unser beider Nutzen. In Bezug auf Juan solltest du zu der gleichen Einstellung finden.«

»Ich glaube, da brauche ich etwas Nachhilfe.«

Sie unterhielten sich noch eine ganze Weile, bis Anita schließlich müde wurde. Hernando blieb auf der Terrasse sitzen, als sie zu Bett ging. Sie hatte den Eindruck, dass er noch immer mit seinen Schuldgefühlen kämpfte.

Sie hatte sich eine dünne, fast transparente Bluse und einen knielangen, glockigen Rock angezogen, bevor sie am nächsten Morgen zu Juans Zelle ging.

»Na, gut geschlafen?«, fragte Anita gut gelaunt und riss ihm die Augenbinde ab.

Er lag auf dem harten Boden der Zelle. Seine Hände waren noch immer auf den Rücken gefesselt. Auch die kurze Kette hatte er noch zwischen seinen Füßen. Er sah zerknittert aus und hatte mit Sicherheit eine harte Nacht hinter sich. Mühsam richtete er sich trotz seiner Fesseln auf und stellte sich trotzig vor sie. Er war einen halben Kopf größer als sie und wollte sie das offensichtlich spüren lassen.

»Immerhin hast du so viel Kinderstube aufzustehen, wenn eine Dame den Raum betritt«, missverstand sie bewusst seine Absicht, »nachdem du dich gestern eher von deiner feigen Seite gezeigt hast.«

Das saß. Sie sah, dass sie ihn verletzt hatte. Genau das war auch ihre Absicht gewesen, obwohl er ihr jetzt ein wenig leidtat.

»Mal sehen, ob du wenigstens genug Mut hast, eine kleine Operation zu ertragen.«

Blitzartig griff sie zwischen seine Beine und hielt seine Hoden fest im Griff.

»Dann komm jetzt mit«, sagte sie und führte ihn an seinem empfindlichsten Körperteil aus der Zelle.

»Was hast du mit mir vor?«

Ihm war erkennbar nicht geheuer, was mit ihm passierte. Dass er außerdem eine Erektion bekam, machte es für ihn nicht einfacher.

»Das wirst du gleich sehen. Und ab jetzt halte den Mund, wenn du nicht gefragt wirst.«

Sie blickte auf seine erwachende Männlichkeit und grinste. Verlegen schaute er über sie hinweg. Zügig führte sie ihn in einen Raum mit einem halbhohen, weißen Tisch. In einer Metallschale lagen einige Skalpelle und weitere chirurgische Geräte. Als Juan langsamer wurde, verstärkte sie den Druck auf seine Weichteile, was ihn wieder schneller werden ließ.

»Leg dich mit dem Bauch auf den Tisch.«

Hernando betrat den Raum. Er hatte grüne Handschuhe und einen Mundschutz an.

Nach erneutem Druck von Anitas Hand legte Juan seinen Oberkörper auf den Tisch, sodass sein Kinn über die Tischkante ragte. Mit einer Hand hielt Hernando Juans Oberkörper fest, während er mit der anderen Desinfektionsmittel auf den Rücken direkt unterhalb des Halses zwischen die Schulterblätter sprühte. Er holte die Schale mit den Skalpellen dichter heran und klapperte etwas damit. Dabei zwinkerte er Anita zu. Dann fuhr er mit der stumpfen Seite eines Messers die Rückenwirbel an der Stelle entlang, die er vorher eingesprüht hatte. Er holte eine 15 cm lange, graue Folie hervor und legte sie auf diese Stelle. Sie saugte sich fest.

»Das war's. Du kannst es gleich ausprobieren.«

Mit diesen Worten ließ Hernando sie wieder mit Juan alleine.

»Du hast jetzt einen Empfänger implantiert bekommen, der dir ziemlich heftige Elektroschocks verpasst, sobald du den Bereich des zugehörigen Senders verlässt. Oder wenn ich auf meine Fernsteuerung drücke, falls ich es für angemessen halte.«

»Wie weit reicht denn der Sender?«

»Ein paar Meter weit. Es gibt allerdings mehrere Sender. Ich werde dir schon sagen, was dir gerade erlaubt ist. Da fällt mir ein, dass ich dir doch verboten hatte, ungefragt zu sprechen.«

Sie ließ ihn aus ihrem Griff.

»Komm erst mal wieder mit in deine Zelle. Dann werde ich dich dafür bestrafen.«

Sie ging vor ihm her und schaute sich nicht einmal um. Allerdings hörte sie seine Tippelschritte hinter sich, zu denen seine Fußfesseln ihn zwangen.

»Setz dich hin«, forderte sie ihn auf, als er wieder in seiner Zelle war.

Widerwillig folgte er ihrer Aufforderung. Sie löste seine Fußfesseln.

»Kommen wir also zu deiner Strafe. Oder willst du um Gnade winseln?«

Er schaute sie nur trotzig an. Grinsend betätigte sie die Fernsteuerung. Zuckend und keuchend lag er auf dem Boden. Er sabberte. Auch die Kontrolle über seine Blase hatte er offenbar verloren. Sie ließ den Knopf wieder los. Verstört schaute er sie an. Ihm wurde bewusst, dass er gerade in die Zelle gepinkelt hatte. Es war ihm außerordentlich peinlich. Ihr missbilligendes Kopfschütteln machte es für ihn noch schlimmer.

»Na toll. Dir ist ja wohl klar, dass du die Sauerei wieder wegmachen musst. Überleg dir schon mal, wie du das anstellen willst.«

Sie ließ ihn in der Zelle zurück. Es machte ihr Spaß, ihn zu demütigen, gerade weil sie seine Lage gut nachempfinden konnte. Allerdings war es keine gehässige Freude, die sie empfand. Er sollte leiden, aber keinen wirklichen Schaden nehmen. Einen Moment ließ sie ihn schmoren. Dann kam sie mit einem Eimer mit Putzwasser und einem Putzlappen zurück. Sie stellte beides ab und warf ihm den Schlüssel für seine Handschellen zu.

»Wenn ich wiederkomme, ist es hier sauber.«

Sie ließ ihm zehn Minuten. Dann schaute sie erneut in die Zelle. Juan hatte gehorcht.

»Gib mir die Handschellen und den Schlüssel. Gut. Jetzt nimm den Putzeimer mit Lappen und komm.«

Sie führte ihn in eine etwas bequemere Zelle, in der auch eine gepolsterte Pritsche stand. Außerdem gab es darin eine Nasszelle mit Toilette und durchsichtiger Duschkabine.

»Du riechst mir zu streng. Dusche dich jetzt. Ich erwarte, dass du hinterher überall sauber bist.«

Sie stellte sich demonstrativ neben die Duschkabine, sodass er sehen konnte, wie sie ihn bei der Reinigung beobachtete. Während des Duschens betastete er auch die Folie zwischen seinen

Schulterblättern. Wahrscheinlich probierte er dabei, ob er sie abziehen konnte. Das würde ihm allerdings nicht gelingen. Statt eines Handtuchs trocknete ihn warme Luft in der Kabine.

»Gut, komm mit. Ich habe noch einiges mit dir vor.«

Er schaute sie intensiv an. Offenbar lag ihm eine Frage auf der Seele.

»Was ist los?«, fragte sie grob.

»Warum hast du keine Angst, dass ich auf dich losgehe? Nur wegen der Fernsteuerung?«

Wollte er wissen, ob es sich lohnte, sie anzugreifen? Sie hatte eher den Eindruck, er brauchte für sich einen guten Grund, es gar nicht erst zu versuchen.

»Nicht nur deswegen. Was hättest du gewonnen, wenn du mich überwältigst?«

»Ich könnte die Fernsteuerung nehmen und fliehen.«

»Die Fernsteuerung würde dir nichts nützen. Du kämst nur ein paar Meter weit. Überall dort, wo du hingehen darfst, sind Sender, die deinem Implantat über eine Frequenz mitteilen, dass es dir KEINEN Stromschlag verpassen soll. Sobald du deren Reichweite verlässt – oder wenn sie abgeschaltet werden – liegst du sabbernd und zuckend auf dem Boden.«

»Irgendwann wird dem Implantat doch der Strom ausgehen.«

»Es zieht seine Energie aus deiner Körperwärme. Es würde also erst aufhören, dir Elektroschocks zu verpassen, wenn du tot und damit kalt bist. Vergiss es. Du hast keine Chance, mir zu entfliehen.«

Anita hatte den Eindruck, dass er ihre Erklärung mit Erleichterung aufgenommen hatte. Seine ausweglose Lage bot ihm die Chance, vor sich selbst zu rechtfertigen, warum er sich in sein Schicksal fügte. Ob er seine Gefangenschaft in Wahrheit genoss, so wie sie es tat? Wahrscheinlich konnte er es sich noch nicht einmal vor sich selbst eingestehen. Das war ihr ja anfangs nicht anders gegangen.

Hernando hatte ihr einige Tipps gegeben und verschiedene Vorbereitungen getroffen. Später, so hatte er ihr gesagt, würde sie bei Juan meist auf sich selbst gestellt sein. Aber in manche Aufgaben musste sie eben erst einmal hineinwachsen. Wer war schon von Geburt an ein guter Sklavenhalter? Sie grinste, während sie Juan in ein eigens für ihn eingerichtetes Spielzimmer führte.

»Leg dich mit dem Rücken auf die Pritsche«, wies sie ihn an.

Lebhaft erinnerte sie sich an ihre eigenen Erfahrungen auf diesem Gerät. Sie fixierte Juan genauso, wie Hernando es bei ihr gemacht hatte, also mit nach oben gebogenen Beinen. Eine passende Gesichtsmaske gab es für ihn allerdings noch nicht. Daher konnte er direkt zusehen, wie sie sich seinem Unterleib zuwandte.

»Ich finde«, sagte sie, während sie mit einer Hand durch seine Schamhaare fuhr, »du hast hier ziemlich viel Gestrüpp. Das werde ich gleich mal ändern.«

Ihre leichte Berührung erregte ihn sichtbar. Sie lachte, während sein Gesicht rot anlief.

»Ich deute das mal als Zustimmung.«

Ihre Hand strich sein aufgerichtetes Glied entlang. Beiläufig griff sie nach einem Knebelgeschirr, das sie so an seinem Kopf befestigte, dass er den Mundball nicht wieder ausspucken konnte.

»Nur, damit du nicht jammerst«, erklärte sie augenzwinkernd.

Nervös schaute er sie an. Offenbar fragte er sich, weshalb er jetzt wohl jammern könnte. Anita nahm ein Rasiermesser zur Hand, was ihm sichtbares Unbehagen verursachte. Er konnte schließlich nicht wissen, dass es völlig stumpf war. Hernando hatte ihr empfohlen, statt Rasierschaum Enthaarungscreme zu verwenden, da sie mit dem Rasiermesser nicht genug vertraut war. Für Juan würde der Unterschied nicht erkennbar sein.

Nachdem sie einen Großteil seiner Intimbehaarung eingeschäumt hatte, wetzte sie das vermeintlich scharfe Messer wie ein Barbier an einem Lederriemen. Durch die stumpfe Klinge hatte das allerdings nur den Effekt, dass die Enthaarungscreme genug Zeit hatte, ihre Wirkung zu entfalten. Mit betont ungeschickten Bewegungen schabte sie Creme und Haare mit dem Messer von seiner Haut. Er hielt immer wieder die Luft an, wenn sie mit dem Messer seinen Geschlechtsorganen bedrohlich nahe kam. Schließlich legte sie das Messer zur Seite, was ihn aufatmen ließ.

»Oh, ich glaube, da habe ich noch einige Haare übersehen. Ich nehme an, es ist dir lieber, wenn ich nicht mehr zum Messer greife, richtig?«

Andeutungsweise nickte er.

»Gut, dann werde ich sie dir einzeln ausreißen.«

Sein entgeisterter Gesichtsausdruck war zu köstlich, und sie brach in schallendes Gelächter aus. Dann griff sie zu einer Pinzette und entfernte mit großer Sorgfalt jedes der verbliebenen Haare. Die Erregung war bereits nach dem zweiten Haar aus seiner Männlichkeit gewichen. Seine nicht von ihr fixierten Finger ballten sich jedes Mal zu Fäusten, wenn sie ein weiteres Haar herausriss. Allerdings gab er keinen Ton von sich. Sie nahm sich vor, ihn dafür zu loben. Hernando hatte ihr erklärt, wie wichtig es war, immer auch einen Ausgleich zu geben. Schließlich war das letzte Haar entfernt. Anita rieb die enthaarten Stellen mit einer kühlenden Lotion ein. Dann stand sie auf und streichelte Juans Wange.

»Schön, dass du so tapfer warst. Vielleicht bist du ja doch nicht der Waschlappen, für den ich dich gestern gehalten habe. Wirst du bereitwillig und tapfer für mich leiden?«

Sie streichelte über seine Brust und schaute ihm direkt in die Augen. Nach einem Moment nickte er langsam. Ein geradezu euphorisches Gefühl durchströmte sie. Hernando hatte recht gehabt, gestern Abend. Es war ein viel größerer Triumph, wenn er sich freiwillig unterwarf, als wenn sie ihn mit Gewalt bezwang. Wobei sie sehr von Hernandos Wissen profitierte, wie sie diese ›Freiwilligkeit‹ lenkte.

»Das ist süß von dir.«

Sie strich noch weiter über seinen Oberkörper und sein Gesicht. Es schien ihm gutzutun. Er genoss ihre Zuwendung offensichtlich.

»Du wirst jetzt noch einmal ganz tapfer sein müssen«, säuselte sie ihm ins Ohr.

Er schaute sie fragend an, doch sie lächelte nur. Dann nahm sie eine dreieckige, leicht gewölbte Platte mit zwei dicht beieinanderliegenden Löchern aus einer Schachtel. Eins der Löcher hatte eine Art Manschette von einem Zentimeter Länge am Rand. Anita hielt die Platte zwischen seine Beine. Vorsichtig zog sie nacheinander seine beiden Hoden durch die eine enge Öffnung hindurch. Geschickt holte sie seinen Phallus durch die andere Öffnung mit der Manschette. Sie drückte die Platte auf seine enthaarte Haut und zog noch einmal an den durchgeführten Körperteilen. Dann hielt sie ein Gerät an die Platte, die sich daraufhin an der Haut festsaugte. Erneut stellte sich bei ihm eine Erektion ein, als ihre Hände ihn dort berührten.

»Tut mir leid, aber deine Erektion stört im Moment etwas.«

Mit einem Eisspray auf Bauch, Becken und Penis würgte sie seine Erregung wirkungsvoll ab. Erschreckt stöhnte er in den Knebel.

Sie nahm einen leicht gebogenen, durchsichtigen Zylinder zur Hand. Eine Seite war bis auf eine kleine Öffnung verschlossen. Von dieser Öffnung aus ging innen ein dünnes, graues Rohr ab, das die Krümmung des äußeren Zylinders nachvollzog. Sie zeigte Juan die Konstruktion.

»Hier werde ich gleich dein bestes Stück einsperren. Das innere Röhrchen kommt in deine Harnröhre. Es ist aus Titan mit einigen Silberanteilen. Dadurch wirkt es antibakteriell. Außerdem ist die Oberfläche so behandelt, dass sie praktisch keinen Reibungswiderstand hat. Dadurch verursacht es keine Irritationen und kann beliebig lange an Ort und Stelle bleiben. Wenn du pinkeln musst, geht das problemlos durch das hohle Röhrchen. Du wirst dieses Ding kaum spüren. Wenn du allerdings eine Erektion bekommst, endet diese ziemlich schnell wieder. Dafür ist in dem durchsichtigen Zylinder nämlich nicht genug Platz. Aber keine Angst, das wird nicht schmerzhaft. Die Platte zwischen deinen Beinen, an der ich diese Konstruktion befestige, sitzt fest auf deiner Haut. Das wird auch nicht nennenswert drücken. Von der fehlenden sexuellen Befriedigung abgesehen wird alles ganz normal sein.«

Sie konnte ihm ansehen, dass er das Fehlen sexueller Befriedigung für alles andere als normal hielt. Das konnte sie auch gut nachvollziehen. Trotzdem, vielleicht auch gerade deswegen, erregte sie die Vorstellung, gleich völlige Kontrolle über seine Sexualität zu bekommen. Vorsichtig fädelte sie das dünne Rohr in seine Harnröhre ein und schob dann den ganzen Zylinder langsam über sein Glied. Der offene Rand des Zylinders rastete in die Manschette der dreieckigen Platte ein und ließ sich nicht mehr bewegen.

»Keine Sorge, Juan, du wirst trotzdem viel Lust verspüren. Nur mit der Befriedigung sieht es für dich jetzt nicht mehr so gut aus. Aber du möchtest doch für mich leiden.«

Sie streichelte seine frei durch die Platte hängenden Hoden und sah, wie sein Glied sich in der transparenten Hülle leicht ausdehnte, bevor es an die Grenzen seines engen Gefängnisses stieß. Sie drückte ihm einen Kuss auf den Knebel und befreite ihn von der Pritsche. Sein erster Griff ging zwischen seine Beine. Verzweifelt zerrte er an der Platte, die sich jedoch keinen Millimeter von seiner Haut entfernen ließ. Anita ließ ihn gewähren. Sollte sie ihm schon sagen, dass sein Verschluss nicht dauerhaft sein würde? Nein, so weit ging ihr Mitgefühl auch nicht. Er würde es noch früh genug erfahren.

»Vergiss es. Du kannst dich nicht daraus befreien. Wenn du nicht sofort damit aufhörst, bekommst du einen Elektroschock.«

Er hielt inne und starrte sie an. Sie war sich nicht sicher, ob er einen wütenden oder einen verletzten Gesichtsausdruck hatte.

»Du würdest dich kastrieren, falls du es überhaupt abbekämst«, fügte sie sanft hinzu.

Seine Muskeln erschlafften. Er sah aus, wie ein begossener Pudel, wenn auch ein ziemlich muskulöser. Sie setzte sich auf einen bequemen Stuhl und öffnete ihre Bluse.

»Zieh dir den Knebel endlich aus und komm her. Ich möchte mich von dir verwöhnen lassen.«

Ungläubig schaute er sie an. Nachdem er das Knebelgeschirr abgelegt hatte, kam er unsicher auf sie zu. Sie reichte ihm ein Paar schwere Handschellen.

»Leg dir die auf dem Rücken an und knie dich dann vor den Stuhl hin.«

Sie rutschte etwas nach vorne. An den Haaren zog sie seinen Kopf zu ihren Brüsten. Ihre Beine legte sie um seine Taille und verschränkte sie hinter seinem Rücken. Seine Lippen saugten sich an einem Nippel fest.

»Nicht so hastig. Lass dir Zeit. Ich habe es nicht eilig. Steh mal kurz auf.«

Suchend fuhr sie mit einer Hand seinen Hintern entlang. Bevor er begriff, was sie tat, schob sie ihm ein Zäpfchen ins Poloch.

»Erinnerst du dich noch, dass du mir eine Salbe zwischen meine Beine geschmiert hast, als ich wehrlos in einer Zelle lag? Das war ein ganz fieses Zeug, das meine Lust und mein Verlangen enorm angestachelt hat. Und mir blieb nichts übrig, als zu warten, bis es wieder vorbei war. Das Zäpfchen, das ich dir gerade in den Hintern geschoben habe, wirkt so ähnlich. Tja, Rache ist süß. Du darfst dich wieder hinknien.«

Sie griff in seine Haare und streichelte mit der anderen Hand seinen Rücken. Ihre Erregung stieg unaufhaltsam. Schade, dass Hernando ihr den Keuschheitsgürtel nicht abgenommen hatte. So ging es ihr mit Juans Zuwendungen nicht viel anders als ihm. Auch sie würde warten müssen, bis ihr Hernando einen Orgasmus gestattete. Aber das brauchte Juan noch nicht zu wissen. Er durfte jetzt erst einmal herausfinden, wie erregend es sein konnte, jemand anderen zu verwöhnen, ohne selbst einen Höhepunkt zu haben.

Hernando hatte den Raum leise betreten. Lächelnd beobachtete er, wie Juan sie verwöhnte. Er nickte ihr zu. Sie lächelte zurück und seufzte. Was für ein Leben!